民國文化與文學_{研究文叢}

研究
文叢

七 編

第 16 冊

文學的戰時抒寫與傳播
——抗戰時期陪都重慶作家的生存狀態與創作心理研究（上）

王 鳴 劍 著

國家圖書館出版品預行編目資料

文學的戰時抒寫與傳播——抗戰時期陪都重慶作家的生存狀
態與創作心理研究（上）／王鳴劍 著 -- 初版 -- 新北市：花
木蘭文化事業有限公司，2017〔民106〕
目 2+144 面；19×26 公分
（民國文化與文學研究文叢 七編：第 16 冊）
ISBN 978-986-485-059-4（精裝）
1. 中國文學 2. 抗戰文藝 3. 文學評論
820.9   106013222

ISBN-978-986-485-059-4

9 789864 850594

民國文化與文學研究文叢
七 編 第十六冊   ISBN：978-986-485-059-4

文學的戰時抒寫與傳播
——抗戰時期陪都重慶作家的生存狀態與創作心理研究（上）

作 者 王鳴劍
總 編 輯 杜潔祥
副總編輯 楊嘉樂
編 輯 許郁翎、王 筑 美術編輯 陳逸婷
出 版 花木蘭文化事業有限公司
社 長 高小娟
聯絡地址 235 新北市中和區中安街七二號十三樓
     電話：02-2923-1455／傳真：02-2923-1452
網 址 http://www.huamulan.tw 信箱 hml810518@gmail.com
印 刷 普羅文化出版廣告事業
初 版 2017 年 9 月
全書字數 291500 字
定 價 七編 31 冊（精裝）新台幣 58,000 元

文學的戰時抒寫與傳播
——抗戰時期陪都重慶作家的生存狀態與創作心理研究（上）

王鳴劍 著

作者簡介

王鳴劍，男，漢族，重慶梁平人。重慶工商大學文學與新聞學院教授、碩士研究生導師。重慶市現當代文學研究會會員、重慶市文學研究會理事。長期致力於中國現當代作家作品、情感心理與創作關係及影視傳媒的教學與研究。在《當代文壇》、《社會科學研究》、《新聞界》、《文藝報》等報刊上發表學術論文 60 多篇。一些論文為人大複印資料和相關報刊全文轉載。主持、主研省部級以上科研項目 5 項。著有《上山下鄉：一場決定 3000 萬中國人命運的運動之謎》、《無希望的愛戀是溫柔的：中國現代作家婚戀生活對其創作的影響》、《民國的才子佳人：現代作家的婚戀與創作》、《國家恒至上：老舍在重慶》、《女性的天空：民國才女們的情感歷程》和《從文學到視聽：中國當代小說的影視改編與傳播》等書，方舟、超星等數字圖書館、華文出版網、新浪網「讀書」欄目全文或部分選載，國家圖書館、各省市和港臺及國外各大圖書館收藏。曾獲「重慶工商大學優秀教師」，重慶工商大學學術骨幹，重慶市教委資助中青年骨幹教師稱號。

提　　要

　　在抗戰時期，重慶因其重要的戰略地位而被國民政府定為戰時首都和陪都，伴隨著行政地位的不斷上升，重慶逐漸成為中國經濟文化中心。一大批有志於抗戰救國的愛國文化人士，從四方八面彙集於此。或長駐或短留，在重慶留下了他們戰鬥的身影。

　　本書沿襲郭沫若、茅盾、巴金、老舍、夏衍、曹禺、張恨水、蕭紅、陽翰笙、田漢和白薇等著名作家在陪都期間的足跡，在史料的基礎上，力求還原和再現他們在戰時首都時期的生存狀態：居無定所、食不果腹，時常還要承受逃難流亡的不安、驚恐和日軍空襲的侵擾。但他們並沒有因此氣餒，而是以實際行動從事抗戰文化工作，爭取民主人生權利。與此同時，他們還拿起手中的筆，盡情抒寫救亡圖存的民族心聲，傳播民眾抗戰到底的信心。因這些作家們的藝術個性和生存境況的不盡相同，他們在具體的創作中又呈現出不同的文學風格和藝術取向。

中國現代文學史研究中的「民國文學」概念——《民國文化與文學研究文叢》第七編引言

李　怡

與政治意識形態淵源深厚的文學學科

大陸中國現代文學研究，最近 10 來年逐漸失去了 1980 年代的那種「眾聲喧嘩」、「萬眾矚目」的熱烈景象，進入到某種的沉靜發展的狀態，如果說，在這種沉靜之中，有什麼值得注意的現象的話，那就是「民國文學」概念的提出以及引發的某些討論。

對於海外中國文學研究者而言，現代中國很自然地分作「民國時期」與「人民共和國時期」，這是一種相當自然的歷史描述，作為文學史的概念，也完全有理由各取所需地採用不同的概念：現代中國文學、中國現代文學、中國文學（民國時期）、中國文學（中華人民共和國時期）等等，這裡有思想的差異或者說審美意識形態的分歧，但是卻基本不存在嚴重的政治較量和衝突。站在海外漢學的立場上，人們難免困惑：現代文學也好，民國文學也罷，不過就是一種文學史的稱謂而已，是不是有如此鄭重其事地加以闡發、討論的必要呢？

這裡就涉及到對大陸中國現當代文學學科存在格局的認識。其實，嚴格的學科意義上的「中國現當代文學」並不是在 1949 年以前的民國時期建立的，儘管那時已經出現了「中國現代文學」的大學教育，也誕生了為數可觀的「中國現代文學史」著作，但是主要還是講授者（如朱自清）、著作者的個人選擇，體系化的完整的知識格局和教育格局尚不完整。真正出現自覺的「學科建設」的意識是在 1949 年中華人民共和國成立以後，各學科教育大綱的編訂、樣板

式教材的編寫出版乃至「群策群力」的從思想到文字的檢討、審查，都意味著「中國現代文學」學科由此納入到了政治意識形態的一體化架構之中，因此，討論「中國現代文學」學科的任何問題——從內容、結構到語言、概念都是非同小可的「國家大事」，在此基礎上的任何一次新的概念的設計和調整，都不得不包含著如何面對政治意識形態以及如何回答一系列「思想統一」的結論的問題，這裡不僅需要學術思想創新的智慧，更需要政治突圍的勇氣和決心。

回頭看大陸新時期以來的每一次文學史概念的提出，都兼有如此的「智慧」和「勇氣」：例如最有影響的概念——二十世紀中國文學。提出這一概念，其意義主要不是重新劃分晚清——近代——現代——當代的文學史時間，不在於從過去的歷史分段中尋找歷史的共同性；而是爲了從根本上跳脫政治化的「現代」概念對於文學的捆綁。

作爲學科史意義的「中國現代文學」的「現代」概念，其實已經與它在五四文壇出現之初就有了巨大的差異，完全屬於一種政治意識形態的產物。眾所周知，最早的「現代」概念與「近代」概念一樣都來自日本，最早用「近代」更多，到 1930 年代以後「現代」的使用頻率則超過了「近代」——在那時，中國的「現代」基本上匯通著世界史學界的理解框架，將資本主義發展、傳統世界自我封閉格局得以打破的「現時代」當作「現代」；但是，1949 年以後作爲學科史意義的「中國現代文學」的「現代」概念卻又不同，它更多地師法了前蘇聯的歷史觀念：由斯大林親自審查、聯共（布）中央審定、聯共（布）中央特設委員會編的《聯共（布）黨史簡明教程》和由蘇聯史學家集體編著的多卷本的《世界通史》重新認定了歷史的意義和分段方式，[註1] 馬列主義的五種社會形態進化論成爲劃分歷史的理論基礎，1640 年英國資產階級革命由於「階級局限性」屬於不徹底的「現代」，只能稱作是「近代」的開始，而「現代」演進關鍵點是十月社會主義革命的重大勝利，中國的歷史劃分是對蘇聯思維的仿傚：1840 年的鴉片戰爭被當作「近代」的開端，而標誌著「工人階級登上歷史舞臺」、「馬克思主義開始傳播」的「五四」運動則被當作了「現代」，後來考慮到「五四」之時，中國共產黨尚未成立，無法認定

〔註1〕 《聯共（布）黨史簡明教程》於 1938 年在蘇聯出版，人民出版社 1975 年正式出版中譯本。《世界通史》於 1955～1979 年出版，全書共 13 卷。中譯本《世界通史》（1-13 卷）於 1978～1987 年分別由三聯書店、吉林人民出版社和東方出版社出版。

其十月革命式的政治勝利，所以又在「現代」之外另闢 1949 年以後爲「當代」，以彰顯社會主義與共產主義社會的到來，由此確定了中國文學近代／現代／當代的明確格局——這樣的劃分不僅時間分段上不再模糊，而且更具有明確的思想的內涵與歷史文化質地：資產階級文學（舊民主主義革命文學）、新民主主義革命文學與社會主義文學就是近代——現代——當代文學的歷史轉換。

「二十世紀中國文學」是中國文學研究界學術自覺，努力排除前蘇聯「革命」史觀影響、尋求文學自身規律的產物。正如論者當年意識到的那樣：「以前的文學史分期是從社會政治史直接類比過來的。拿『近代文學史』來說，從一八四〇年鴉片戰爭到一八九八年戊戌變法，半個多世紀裏頭，幾乎沒有什麼文學，或者說文學沒有什麼根本的變化。」「政治和文學的發展很不平衡。還是要從東西方文化的撞擊，從文學的現代化，從中國人『出而參與世界的文藝之業』，從文學本身的發展規律，從這樣的一些角度來看文學史，才比較準確。」「『二十世紀中國文學』這一概念首先意味著文學史從社會政治史的簡單比附中獨立出來，意味著把文學自身發生發展的階段完整性作爲研究的主要對象。」〔註2〕

自「二十世紀中國文學」開啓歷史性的「重寫文學史」以來，中國現代文學的研究一直是富有勇氣地走在這一條「學術創新——政治突圍」的道路上，力圖讓文學回歸文學，歷史還原給歷史。可以說，「民國文學」也屬於這樣的努力，是「重寫文學史」的一種方式。

可疑的「現代性」

當然，這種方式也體現出了對既往文學研究的一種反思。

「二十世紀中國文學」這一歷史架構顯然具有重大的學術價值，直到今天依然是影響最大的文學史理念。然而，在「民國文學」的視野之中，它也存在著需要克服的問題：「二十世紀中國文學」這一概念是否已經具備了學科的穩定性？例如，在「二十世紀」業已結束的今天，它是否能有效地參照當下文學的異質性？如果說，「二十世紀中國文學」曾經闡發過的諸多概念都依然適用於今天，如果「新世紀文學」的基本性質、使命、遭遇的問題等等幾

〔註2〕 黃子平、陳平原、錢理群：《二十世紀中國文學三人談》36 頁、25 頁，北京：人民文學出版社 1988 年。

乎都與「舊世紀」無甚區別，那麼這一概念本身的內涵和外延至少也是不夠確定，需要我們重新推敲的了。對於「二十世紀中國文學」而言，其擺脫政治意識形態束縛的核心理念是文學的現代性（當時提出者稱之爲「現代化」）追求。但是，隨著 1990 年代中期以來，「現代性」話語逐漸演變成了我們文學研究的基本語彙，它內在的一系列矛盾困擾也日顯突出了。

在新時期，「現代化」與「現代性」主要指代我們打破封閉、「走向世界」的強烈渴望，在那時，「現代」的道義光芒與情感力量要遠遠重於其知識性的合理與完整，或者說，呼喚文學的現代性就如同建設「四個現代化」一樣天經地義，我們根本無暇追問這一概念的來源及知識學上的意義和限度，所以才會出現如汪暉所述的「現代」之問。在 1980 年代，汪暉曾就何謂「現代」向唐弢先生質詢，而作爲學科泰斗的唐先生也只是回答說，這是一個「很複雜」的問題。〔註3〕到了 1990 年代，中國學術界開始惡補「現代」課，從西方思想界直接輸入了系統而豐富的「現代性知識」，先是經過了短時間的「現代性終結」之論，接著便是在西方學術的鼓勵之下，迅速舉起「未完成的現代性」旗幟，對各種文化現象展開檢視分析，我曾經借用目前收錄最豐富、檢索也最方便的中國期刊網 CNKI 對 1979 年以後中國學術論文上的一些關鍵詞作數理統計，下面就是「現代性」一詞在各年的出現情況：

	79	80	81	82	83	84	85	86	87	88	89	90	91	92
按篇名統計	0	0	0	0	0	0	0	0	0	2	0	0	0	0
按關鍵詞統計	0	0	0	0	0	0	0	0	0	0	0	0	0	0

	93	94	95	96	97	98	99	00	01	02	03	04
按篇名統計	4	16	26	28	48	60	108	128	166	213	268	381
按關鍵詞統計	0	0	5	11	11	20	69	109	165	225	287	443

表格說明：

1. 統計單位爲「篇」。

2. 檢索的學科涵蓋「文史哲」、「經濟政治與法律」、「教育與社會科學」。

3. 自動檢索中有極少數詞語誤植的情形，如「現代性愛小說」「現代性」統計，另外個別長文（如高遠東《未完成的現代性》分上中下發表，被統計爲三篇，爲了保證檢索統計的統一性，以上數據有意識忽略了

〔註3〕 汪暉：《我們如何成爲「現代」的？》，《中國現代文學研究叢刊》1996 年 1 期。

這些情形。

研究一下以上的表格我們就可以知道，從 1979 年到 1987 年整整九年中，中國人文社科的學術論文中沒有出現過一篇以「現代性」爲題目的文章，1988 年出現了兩篇，但很快又消失了，直到 1993 年以後才連續出現了「現代性」論題。這些論文的代表作包括張頤武的《對「現代性」的追問——90 年代文學的一個趨向》（《天津社會科學》1993 年 4 期）、《「現代性」終結——一個無法迴避的課題》（《戰略與管理》1994 年 3 期）、《重估「現代性」與漢語書面語論爭——一個 90 年代文學的新命題》（《文學評論》1994 年 4 期），韓毓海的《「現代性」與「現代化」》（《學術月刊》1994 年 6 期），韓毓海與李旭淵《第三世界的現代性痛苦與毛澤東思想的雙重含義——兼說中國當代文學》（《戰略與管理》1994 年 5 期），汪暉的《傳統與現代性》（《學術月刊》1994 年 6 期），彭定安《20 世紀中國文學：尋找和創造現代性》（《社會科學輯刊》1994 年 5 期），文徵《後現代性與當代社會思潮》（《國外社會科學》1994 年 2 期），趙敦華《前現代性、現代性與後現代性的循環關係》（《馬克思主義與現實》1 年 4 期）等。

對概念的提煉和重視反映的是一種學術目標的自覺。當然，按照中國學術期刊的學術規範，由作者列舉「關鍵詞」的慣例是 1992 年以後才逐漸推行開來的，整個 20 世紀 80 年代的中國學術論文之前都不存在這樣的標誌性的「關鍵詞」，這也給我們通過統計來顯示中國學者概念的提煉製造了難度，不過即便如此，分析表格中作爲「篇名」的「現代性」話題的增長與作爲關鍵詞的現代性概念的增長，我們也依然可以十分清晰地看出：隨著 1993 年以後中國學者對「現代性」話題的越來越多的關注，「現代性」理念作爲重點闡述的對象或立論的主要依託才逐漸堂皇地進入學術文本，構成其中的關鍵詞語，大約在 1995 年以後開始「傲然挺立」起來。到新世紀第一個十年的中期，無論是作爲論題還是語彙的「現代性」都達到了空前的規模，對西方文化意義的「現代性」含義的追溯和「考古」業已成爲了我們的學術「習慣」。同時，在中國文化範圍之內（包括古代與現代）所進行的「現代性闡釋」更層出不窮，幾近成爲了現代中國文學與文化研究的基本語彙。到 2004 年，我們的統計已經可以見出歷史的重要轉變。可以說至此，「現代性批評話語」眞的正在實現著對於 20 世紀 80 年代一系列基本概念的置換。

這樣的置換當然首先還是得力於同一時期西方文學理論與文化理論的引

入，1990 年代中期以後，活躍在中國理論界的主流是後現代主義、解構主義、後殖民批判理論與西方馬克思主義，而「現代性」則是這些理論的核心概念之一，正是借助於這些西方理論的輸入，中國現代文學界可以說是獲得了完整的「現代性知識」。在這個知識體系中，人們對現代、現代性、現代化、現代主義的辨析達到了前所未有的深入和細緻，對文學的觀照似乎也獲得了令人激動不已的效果和不可估量的廣闊前程，中國現代文學史至此有望成爲名副其實的「現代性」或「現代學」意義的文學敘述。

應當承認，1990 年代對「現代」知識的重新認定的確是爲我們的文學史研究找到了一個更具有整合能力的闡釋平臺，借助福柯式的知識考古，我們固有的種種「現代」概念和思想得到了清理，現代、現代性、現代化，這些或零散或隨意或飄忽的認識都第一次被納入到了一個完整清晰的系統當中，並且尋找到了在人類精神發展流程裏的準確的位置。最近 10 年，「現代性」既是中國理論界所有譯文的中心語彙，也幾乎就是所有現當代文學史研究的話語支撐點。

但是，從另一方面來看，我們的「現代」史學之路卻難以掩飾其中的尷尬。追溯「現代性」理論進入中國的歷史，我們都會發現一個有趣的轉折：在 1990 年代初期，恰恰也是其中的一些論斷（後現代主義對社會現代性的批判）導致了我們對現代文學存在價值的懷疑和否定，而到了 1990 年代中後期，當外來的理論本身也發生分歧與衝突的時候（例如哈貝馬斯對現代性的肯定），我們竟又神奇地獲得了鼓勵，重新「追隨」西方理論挖掘中國文學的「現代性價值」——中國文學的意義竟然就是這樣的脆弱和動搖，只能依靠西方的「現代」理論加以確定？！這足以提醒我們，中國學者對「現代性」理論的理解和運用在多大的程度上是以自身的文學體驗爲依據的？同樣，在「現代性」視野下的中國現代文學研究當中，中國現代文學的種種現象也一再被納入到全球資本主義時代的共同命題中，例如「兩種現代性」、「民族國家理論」、「公共空間理論」、「第三世界文化理論」等等……跨越了歷史境遇的巨大差異，東西方文學的需要是否就這麼殊途同歸了？他者的理論是否眞讓我們的文學闡釋一勞永逸？中國文學的現代之路難道就沒有自成一格的更豐富的細節？

較之於直接連通西方「現代性」闡釋之路的言說，「民國文學」這一概念首先試圖表達的就是擺脫先驗的理論、返回歷史樸素現場的努力。

　　1997 年，陳福康借助史學界的概念，建議中國文學的現代／當代之名不妨「退休」，代之以中華民國文學／中華人民共和國文學之謂。後來，張福貴、湯溢澤、張中良、李怡等人都先後提出這一新的命名問題，〔註4〕我將這樣的命名方式稱之為「還原」式，就是因為它所指示的國家社會的概念不是外來思想的借用——包括時間的借用與意義的借用——而是中國自己的特定生存階段的真實的稱謂，借助這樣具體的國家社會形態框架，我們的文學史敘述有可能展開為過去所忽略的歷史細節，從而推動文學史研究的深入。

　　在多少年紛繁複雜的理論演繹之後，中國文學研究需要在一種相對樸素的歷史描述中豐富起來，自我呈現起來。

「民國文學」研究的幾種可能

　　當然，「民國文學」概念提出來以後，各方面也不無爭論和質疑，這些爭論和質疑的根本原因有二：長期以來「民國」概念的陰影不去，至今仍然以各種「成見」干擾著我們的思想，或者對我們的自由探索構成某種有形無形的壓力；新概念的倡導者較長時間徘徊在概念本身的辨析之中，文學史的細節研究相對不足，暫時未能更充分地展示新研究的獨特魅力，或者其他的同行業也未能從林林總總的研究中發現新思路的廣闊空間。

　　關於「民國文學」研究，有這樣幾個方面的問題可以澄清和深發。

　　一、「民國文學」是民國時期的現代文學，可以涵蓋絕大多數的現代文學現象。不僅可以對傳統的新文學傳統深入解釋，而且可以將舊體文學、通俗文學等等「新文學」之外的文學現象有效納入，在一個更高的精神性框架中理解古今中西的複雜對話關係；不僅可以包括從北洋政府到國民黨政府控制區域的文學現象，而且也能有效解釋紅色蘇區文學、抗戰解放區文學，因為後兩者也發生在民國歷史的總體進程當中，民國文學的概念不僅可以解釋後

〔註 4〕　參看張福貴《從意義概念返回到時間概念——關於中國現代文學的命名問題》（香港《文學世紀》2003 年 4 期）；湯溢澤、郭彥妮《論開展「民國文學史」研究的必要性與可行性》（《當代教育理論與實踐》2010 年 2 卷 3 期）；湯溢澤、廖廣莉：《論開展「民國文學史」研究的迫切性》（《衡陽師範學院學報》2010 年 2 期）；趙步陽、曹千里等：《「現代文學」，還是「民國文學」？》（《金陵科技學院學報》2008 年 1 期）；張維亞、趙步陽等：《民國文學遺產旅遊開發研究》（《商業經濟》2008 年 9 期）；楊丹丹《「現代文學史」命名的追問與反思》（《長春師範學院學報》2008 年 5 期）。

者，甚至是擴大了後者研究的新思路，解放區文化不是靠拒絕「人民之國」（民國）的理想而生存，它恰恰是以民國理想真正的捍衛者自居，最終通過批判了國民黨政權贏得了在「全民國」範圍內的聲響；對於投降賣國的汪僞政權，它也不敢輕易放棄「民國」之號，在這裡，民國的「名與實」之間存在一個值得認真分析的張力，並影響到南京僞政府統治下的寫作方式；到華北、蒙疆特別是東北淪陷區，日本文化與僞滿洲國文化大行其道，但是，我們能不能斷定淪陷區文學就理所當然屬於滿洲國文學、蒙古文學或者日本文學呢？當然也不能，近幾年的淪陷區文學研究，相當敏銳地發掘出了存在於這些殖民地的「中華情結」，而民國文化作爲現代中華文化的一種形態，依然對人們的精神發揮著根深蒂固的作用——雖然不是名正言順的「民國文學」，但是「民國文學」研究的諸多視角卻依然有效。

二、「民國文學」本身不是一個政治性的概念，就如同「民國」本身既有政權性含義，但同時也有政權政治所不能涵蓋的民族、社群等豐富的內涵一樣，而作爲精神文化組成部分的「民國文學」更具有超越政治的豐富的意義空間。我同意張中良先生的分析：「民國作爲一個國家，在政黨、政府之外，還有軍隊、司法機關、民間社團等社會組織，除了政治之外，還有新聞出版、學校教育、宗教信仰、民族傳統、地域文化、文學思潮、百姓生活等等，民國文學是在多種因素交織的社會文化背景下發生、發展起來的，因而其歷史化研究的空間無比廣闊。」〔註5〕事實在於，越是在一個現代的形態中，國家政權的強制力越有限，而作爲社會文化本身的力量卻越大，包含文學藝術在內的社會精神文化，恰恰努力在民國時期呈現出了自己的獨立性和自主性。所以，「民國文學」並不等於就是國民黨的文學，自由主義文學與左翼文學都是民國文學的主體，而且由左翼文學所體現的反抗、批判精神也可以說是民國文學主要的價值取向，「民國批判」恰恰是「民國文學」的基本主題。曾經有大陸學者擔心「民國文學」研究會重新推動中國現代文學研究走入政治的死胡同，相反，也有臺灣學者對大陸「民國文學」研究刻意切割文學與政權制度的關係有所不滿，〔註6〕我覺得這兩方面的意見雖然有異，但都是出於對民國時期文學獨立性、自主性的認知不足。民國文學本身就是知識分子追求

〔註5〕 張中良：《民國文學歷史化的必要與空間》，《文藝爭鳴》2016 年 6 期。
〔註6〕 王力堅：《「民國文學」抑或「現代文學」？——評析當前兩岸學界的觀點交鋒》，《二十一世紀》2015 年第 8 期。

政治自由的體現，對政治自由的嚮往當然是將我們的精神帶離了專制政治的陷阱；而民國政權在文學政策上的某些讓步和妥協從根本上講並不來自統治者的恩賜，恰恰也是民國的社會力量、民間力量蓬勃發展、持續抗爭的結果，現代國家出現之後，其文化發展最可寶貴之處就是「明君」與「賢臣」文化的逐步消失（雖然政治家的開明和理性依然重要），同時社會性力量不斷加強、民間力量日益發展，後者才是最值得我們注意和總結的文化傳統，只有在後者被充分發掘的基礎上，政治制度的種種歷史特徵才有可能獲得真實的把握。

　　三、「民國文學」研究其實有別於隸屬於大眾文化、流行文化的「民國熱」。作為對長期以來「民國史」的粗暴化處理的背棄，「民國熱」已經在大陸中國流行有年，民國掌故、民國服飾、民國教育，還有所謂的「民國範兒」等等，這本身不難理解，而且我以為在「各領風騷三五年」的各種「熱」當中，「民國熱」依然保留了更多的自我反省的因素，因而相對的「健康性」是明顯的。儘管如此，我認為，當代中國社會出現的「民國熱」歸根結底屬於大眾文化潮流，而「民國文學研究」則是中國學術多年探索發展的結果，是文學研究「歷史化」趨向的表現，兩者具有根本的不同。其實，「民國文學」研究雖然與當今的「民國熱」差不多同時出現，但中國學界本著實事求是的精神，努力救正「以論代史」的惡劣現象、盡可能尊重民國史實的努力卻是由來已久了。在大陸中國，雖然因為政治原因，「民國」一詞一度包含了某種政治禁忌，需要謹慎使用，但總體來看，除了「文化大革命」這樣的極端的文化專制時期之外，對「民國史」的關注和研究一直有學人勉力進行。從新中國成立到1980年代初，「民國史」的考察、研究一直都得到來自國家層面的高度重視，並不斷被納入各種國家級的科研計劃與出版計劃。《中華民國史》的編修工作早於《劍橋中國史》的編寫計劃，「民國史」的研究也早在 1956 年就已經列為了國家科學發展十二年規劃，民國史的出版也在 1971 年就進入了國家出版規劃。呼籲「民國史」研究的既包括董必武、吳玉章這樣的「民國老人」，又包括周恩來總理這樣的黨和國家領導人。「民國文學」的研究借概念之便，當更能夠順理成章地汲取「民國史」的研究成果，以大量豐富的歷史材料為基礎，對中國現代文學研究的「歷史化」進程作出堅實的貢獻。

　　當然，民國文學研究，一方面固然應當強調加強學術研究的自覺性，與大眾文化的趣味相區分，但是，也不是要刻意區隔和拒絕那些來自社會民間

的寶貴情懷，相反，有價值的研究總能從現實關懷中汲取力量，讓學術事業擁有的豐沛的社會情懷，本身也是在健康和積極的方向上爲中國的當代文化貢獻自己的智慧和力量。

四、「民國文學」研究可以形成與華文文學研究諸多問題的有益對話。當「民國文學」這一概念的使用跨出中國大陸，尤其是與海峽對岸學界形成對話之時，可能就會遇到嚴重的困擾：在我們大陸學界的立場來看，它理所當然就是一個歷史性的概念，「民國」在 1949 年已經結束，我們的「民國文學」研究如果不加特別說明，肯定是指 1912 民國建立到 1949 年中華人民共和國成立這一段歷史時期的文學，使用「民國文學」概念，存在著一個嚴肅的政治的界限；但是，繼續沿用著「民國」稱號的對岸，是否就是大張旗鼓地書寫著「民國文學史」呢？弔詭的現實恰恰是，當代臺灣學界似乎比我們離「民國」更遠！在經過了日本殖民文化——國民黨統治——解嚴後思想自由——政黨輪替、「去中國化」思潮這樣一系列複雜過程之後，在一個被稱作「後民國」的時代氛圍中，「民國」論述照樣承受了「政治不正確」的壓力，其矛盾曖昧之處，甚至也不是「一個民國，各自表述」就能夠概括得了的。也就是說，在海峽兩岸這最大的華人世界裏，「民國文學」都存在相當的糾纏矛盾之處。如何解決這樣的尷尬呢？如何在兩岸學術界，建立起彼此都能夠接受的論述呢？我覺得這裡有兩個可以展開的思路。

首先是集中研討那些沒有爭議的時段。例如民國成立到 1949 年中華人民共和國成立這一歷史時期，我稱之爲民國文學的典型時期，對臺灣而言，1945年光復之後，特別是國民政府遷臺之後，民國文化與文學當然也完成了移植與建構，不過解嚴以來，本土化傾向日益強化，與「典型時期」比較，情況已經大爲不同，固有的「民國文化」發生了變異、轉換與遮蔽，只有首先清理那些「典型」的民國文化，才最終有助於發掘現存的「民國性」。目前，對於研討「民國文學典型時期」的設想，在兩岸學界已經有了基本的共識。

其次是通過凸顯「民國文學」研究方法的獨特性與華文文學的其他學術動向形成有益的對話。所謂「民國文學」研究不過是一個籠統的稱謂，指一切運用「民國文學」概念創新解釋現代文學現象的嘗試，它至少包括兩個大的方向，一是對民國時期文學發展的種種問題進行新的梳理和闡述；二是通過對於「民國是中國的現代形態」這一思路的認定，生發出關於如何挖掘、描述中國知識分子「現代追求」的種種學術思路，進而對現代中國文化獨創

性問題作出令人信服的闡發，借助這一的闡發，「現代性」視野才不至於單純流於西方的邏輯，而成為中國現代精神生產的一種獨特形式，這些努力的背後，樹立著發現現代中國精神主體性與學術主體性的深遠目標，這可謂是「民國作為方法」的特殊價值。對於這種「文化主體性」的重視，我們同樣可以從作為臺灣學術主流的「臺灣文學」以及史書美、王德威等人倡導的「華語語系文學」那裡看到，彼此對話的空間值得開拓。

「臺灣文學」一度有意識與中華文學相區隔，尋求自己的獨立空間，然而身居「民國」卻是寫作者不能不面對的事實，「民國」與「臺灣」在現實中相互糾纏，在歷史中前後延續、滲透、轉化、變異，無論從哪一個方向來看，離開「民國文學」的歷史與現實，都無法清晰道出現代「臺灣文學」的脈絡與底蘊，這一理念，似乎已經為越來越多的臺灣學者所認可，臺灣文學研究者如陳芳明、黃美娥都多次出席兩岸舉辦的「民國文學研討會」，發表了梳理民國文學與臺灣文學關係的重要論文。

「華語語系文學」（Sinophone literature）是當今華文文學界的最有代表性的命題。儘管其倡導者史書美、王德威、石靜遠等人的具體觀念尚有不少的差異，但是突破華文文學的「中國中心」立場，在類似於英語語系、法語語系、西班牙語系的多樣化格局中建立各華人世界的文化獨立性和主體性，確實是他們的共同追求：「中國內地各種討論海外華文文學的組織、會議、出版，其實存在著一個不可擯除的最後界限，即要歸納在一個大中國的傳承之下，成為四海歸心的一個象徵。很多海外學者會覺得這種做法是過去的、老派的、傳統的帝國主義的延伸，於是提出華語語系文學，使之成為對立面的說法。」〔註7〕擺脫「西方中心主義」來談論「全球文學」，去「中心」、解「權力話語」，不再將華語文學當作某種「中國」本質的「離散」，而是始終在流動性、在地化、變異與重構中生成，這是「華語語系文學」的基本追求。應當說，「民國文學」的研究理念剛好可以與之構成有趣的對話：作為文化主體性與學術主體性的建構，兩者顯然有著共同的意願，

不過，在不斷表述擺脫西方理論模式束縛的同時，「華語語系文學」卻將主要的批判矛頭對準了「中國性」與「中國文化」，史書美甚至為了執著地對抗「中國」，將中國文學排除在「華語語系文學」之外。這裡就產生了一個需

〔註7〕 李鳳亮：《「華語語系文學」的概念及其操作——王德威教授訪談錄》，載《花城》2008年第5期。

要認眞探討的問題：阻擾現代華語世界精神主體性建構的力量是否就主要來自「中國」，而非實力更爲強大的歐美？或者說，在普遍由歐美文化主導的「現代性」格局中，各種現代中華文化形態的經驗更缺少相互啓迪、相互借鑒與相互支撐的可能？如果考慮到「現代性」的言說模式迄今基本還是爲歐美強勢文化所壟斷，「大華文區域」依然共同承受著這些文化壓力之時。以「在地」華文世界各自的經驗獨特性構製各自的「主體性」固然重要，在華文世界與其他世界的比照中尋找我們共同的經驗、重建華文文學本身的認同和主體價值，同樣不可或缺。而「民國文學」的經驗梳理，也就是華文世界的「現代認同」的基礎，也是華文文學主體性的主要根據，「作爲方法的民國」需要在這樣共同的文化經驗的基礎上加以提煉。

這裡具有中華文化的共同傳統與民族記憶，又都在不同的條件下融入了全球現代化的過程。文學發展的背景同樣經歷了農業文明到工業文明、後工業文明的歷史過程，同樣遭遇了從威權專制到現代民主的轉變。

就文學本身而言，同樣具備了中國古典文學的修養和基礎的積澱，同樣進入到現代白話文學的時代，雖然因爲政治意識形態的介入，中國新文學傳統的理解和繼承方式有別，彼此有過對新文學傳統的不同的認識——大陸以左翼文學爲正統，臺灣等區域可能更認同以胡適爲代表的自由主義，但是作爲大的現代文學經驗依然具有相當的同一性。〔註8〕

對主體性的任何形式的尋找最終都不是爲了將自身的族群從周遭的世界中分裂出來，而是爲了更深刻地認識自我，發現自我的價值，最終也可以與「他者」更好地溝通與共存。大陸「中國中心」意識值得警惕和批判，但是與其徑直將大陸中國的華文文化視作對立的「他者」，毋寧將其當作既挑戰自我又激發自我的「他者」，而且這樣的「他者」也不能取代我們從歐美強勢文化的「他者」中承受的壓力，換句話說，大陸中國的華文世界並不是包括臺灣在內的華文世界的唯一的壓力，各區域華文文學的成長同時也不斷感受著來自其他文化力量的持續不斷的擠壓和挑戰。如果我們能夠面對這樣的事實，那麼，就會發現，華文文學世界的「共同經驗」的分享依然有效，依然重要，依然值得進一步挖掘和發揚，而在民國——這樣一個由華人所建立的現代意義的文化形態中，存在著值得我們共同珍惜的精神遺產。正如王德威

〔註8〕 參見李怡：《命運共同體的文學表述——兩岸華文文學視野中的「民國文學」》，《社會科學研究》2013 年 6 期。

所意識到的那樣：「在我看來，將海外與中國內地相對立，是另一種劃地自限的做法……如果只強調海外的聲音這一面，就跟大陸海外華文文學各種各樣的做法沒有什麼兩樣，只不過站在反面而已。」「對於分離主義者來說，我覺得華語語系文學這個概念也適用……如果你不知道中國是什麼樣子的話，你有什麼樣的能量和自信來聲明你自己的一個獨立自主的自為的狀態（不論是政治或是文學的狀態呢）？〔註9〕

〔註 9〕 李鳳亮：《「華語語系文學」的概念及其操作——王德威教授訪談錄》，載《花城》2008 年第 5 期。

目

次

緒論 抗戰時期陪都重慶作家的 生存狀態與創作心理

一、抗戰時期陪都重慶作家的物質生存狀態

重慶在抗戰之前雖是西南地區的一方重鎮，其城市化進程卻長期滯後於東部沿海地區，社會各方面的發展較爲落後。爲人所熟知的是「霧都」，其他方面鮮爲人知。抗戰爆發後，因其獨特的地理位置、氣候條件和地貌特徵所具備的重要戰略地位而被國民政府定爲戰時首都和陪都，〔註1〕伴隨著行政地位的不斷上升，重慶逐漸成爲中國經濟文化中心。凡是有志於抗戰救國的愛國文化人士，無不云集於此。無論是常駐還是短留，都在重慶都留下了他們的身影。

全面抗戰爆發後，隨著京津滬寧漢的相繼淪陷，原先居住在北平和上海等地的大部分作家（一部分滯留在上海的「租界地」），分別向西、南、西南和西北三個方向遷徙，重慶、桂林和延安又自然成爲三大文學中心。1941年太平洋戰爭爆發後，滯留在香港和「孤島」上海的作家又遷往重慶和桂林。到 1942年，在重慶全國性的社會團體達 90 個，其中文藝團體約有 35 個。〔註2〕而文

〔註 1〕從 1937 年 11 月中華民國國民政府發佈《國民政府移駐重慶宣言》到 1946 年 5 月 5 日發佈《還都令》（還都南京）的八年半期間，重慶一直是中國的「戰時首都」。1940 年 9 月 6 日，國民政府又發佈《國民政府令》，正式頒令「明定重慶爲陪都」、「還都以後，重慶將永久成爲中國之陪都」，既明確了重慶擔負「戰時首都」的法律地位，也宣示了即使還都南京後，重慶作爲陪都的地位也不會改變，即「永久陪都」。

〔註 2〕郝明工：《陪都文化論》，新疆大學出版社 1994 年版，第 213 頁。

藝協會在戰時重慶的使命之一，就是收容和吸納逃出淪陷區的文藝家，在給他們一個安身立命之所的同時，組織他們從事抗敵文藝活動。全國「文協」在重慶把維護作家的生存權益始終作為一項重要工作，使得全國文藝界的精英大部分聚集在重慶。8 年抗戰，隨著大量移民的湧入，重慶人口驟增，到 1945 年，市區人口達到 125 萬人，遷移人口佔了一半以上，比戰前增加了約 3 倍。〔註3〕人口激增，基礎設施的建設速度跟不上難民的增長速度，加上戰時物資與資金都非常短缺，重慶的生活條件極為艱苦。不少寓居於此的作家，物質生存狀態相當惡劣，生活舉步難艱，居無定所、食不果腹，還需要承受逃難流亡的不安、驚恐和日軍空襲的侵擾。但作家們並沒有氣餒，而是拿起手中的筆，抒寫民族不屈的抗戰決心，鼓舞民眾抗戰到底。

（一）抗戰時期陪都重慶作家的構成

1. 本土作家

抗戰前，重慶文化雖相對落後，但並非一潭死水，新文藝之風在「五四」之後也吹進了巴山蜀水。隨著《新蜀報》、「新文化社」和《南鴻》周刊等新文化報刊書籍的出版發行，魯迅、郭沫若等人的新文學作品相繼傳入重慶。特別是「一二九運動」之後，重慶文壇的抗戰文化成份日益加重，抗日救亡運動方興未艾。1936 年 6 月重慶各界救國聯合會成立後，開展了多次活動。影響較大的是同年 10 月 19 日魯迅逝世追悼會和 11 月 14 日《新蜀報》發起的援助綏邊守土將士的募捐救亡運動。

與此同時，伴隨著抗戰烽火而創辦的《沙龍》、《山城》、《春雲》等一批文藝刊物，為重慶培養了一大批本土作家，如李華飛、芝菲、林娜、李斯琪、金滿成、廖翔農、陳靜波、章邬和陳君冶等，他們用自己擅長的短篇小說形式，把抗日救亡的信息和中國必戰的緣由傳遞給重慶市民。因戰爭的急速推進和這些作家處於強烈的愛國熱情燃燒之中，抗戰爆發前後重慶文壇的本土作家，疏於長篇小說的創作，而以短篇小說取勝。《春雲》文藝月刊的創辦（1936年 12 月）和《1937 年春雲短篇小說集》（1938 年）的問世，使戰前重慶抗戰文化活動增添了更多的文藝色彩。如《博士的悲哀》（李華飛）、《中日關係的另一角》（金滿成）、《激流》（李斯琪）、《到前線去》（廖翔農）、《靈魂的堅定》（陳靜波）等小說，從各個側面呈了抗日救亡的社會生活與社會心態。特別

〔註 3〕周勇：《重慶通史・第三卷・近代史・下》，重慶出版社 2003 年版。

是李華飛在 1937 年 7 月 23 日創作的《博士的悲哀》，率先表現了「日本人攻打盧溝橋」造成「華北吃緊」時，重慶等內陸城市知識分子們的心理狀態，頌揚了熱血沸騰的知識分子的愛國主義意識，暴露和諷刺了「洋博士」舒學高在抗日浪潮衝擊下膽戰心驚、魂飛魄散的醜態，是一篇頌揚與暴露兼有的優秀之作。

1937 年 12 月重慶《詩報》半月刊創刊。同月 4 日，重慶詩報社主持召開了「抗戰中的詩歌陣線」的詩歌座談會，重慶本土詩人嚴華龍、郝威、曾巴波、佳樂等人到會。抗戰初期重慶本土詩人的詩歌創作，呈現出理性追求寓於情感追求與審美追求之中，抗日救亡仍是壓倒一切的主題，狂奔的激情、戰鬥的吶喊而缺乏獨特的個性是其共同特色。代表作有嚴華龍的《迎一九三八年》等。

2. 外來作家

抗日戰爭爆發後，隨著重慶被國民政府定為戰時首都和陪都，全國性的文化團體、文化機構、文化生產部門紛紛遷渝。特別是 1938 年 8 月，當時的全國性文化團體——中華全國文藝界抗敵協會（簡稱「文協」）遷往重慶。「在抗戰救國的總目標下，全國文藝作家不分畛域，不分思想觀點，不記舊仇新恨，都聚集在一起來了」，〔註4〕重慶業已成為抗戰時期的文化中心。

從 1937 年下半年開始，全國有影響的作家，陸續西遷到重慶。在當時重慶的文壇上，既有一批二三十年代已成名的文壇宿將，如郭沫若、茅盾、巴金、老舍、曹禺、冰心、梁實秋、張恨水、沙汀、艾蕪、蕭紅、端木蕻良、田漢等；也有一批嶄露頭角的文壇新秀，如吳組緗、路翎、陳白塵、田濤、姚雪垠、萬迪鶴、碧野、豐村、白朗、草明、蕭蔓若、郁茹、黃賢俊等。這些作家來渝後，克服艱難的生活環境，積極從事抗日救亡運動。

抗戰期間的重慶文壇，各種文學體裁都有建樹，其中，以其直觀性和鼓動性見長的戲劇，成就最高。其表現有二：其一，群眾性的戲劇活動開展得如火如荼，影響廣泛。兩屆戲劇節和「霧季戲劇公演」運動，收效甚大。郭沫若的《屈原》，陽翰笙的《天國春秋》，夏衍的《法西斯細菌》，曹禺的《北京人》和吳祖光的《風雪夜歸人》等話劇的上演，盛況空前。其二，參與的

〔註 4〕胡紹軒：《中華全國文藝界抗敵協會始末》，中國人民政治協商會議西南地區文史資料協作會議編《抗戰時期西南的文化事業》，成都出版社 1990 年版，第 19 頁。

作家眾多，一些以小說或詩歌等文學樣式立足於文壇的作家，也嘗試話劇創作，並取得了驕人的成績。郭沫若、陽翰笙的抗戰歷史悲劇，夏衍、陳白塵的抗戰現代喜劇，無不矛盾衝突尖銳，現實感強烈，既凝結了抗戰時期人民大眾的心聲，又富有濃鬱的抗日民主鬥爭的時代色彩。老舍在渝期間創作的《殘霧》、《國家至上》等話劇，也充分發揮了「戲劇在抗戰宣傳上有突擊的功效」〔註5〕作用。

此外，一大批優秀作家，諸如郭沫若、茅盾、巴金、老舍、曹禺、柳亞子、田漢、艾青、冰心、梁實秋、胡風、陳白塵、吳祖光、陽翰笙、洪深、沙汀、張恨水、臧克家、艾蕪等，在陪都重慶創作了他們一生中最重要、乃至於巔峰之作。如郭沫若的《屈原》、茅盾的《白楊禮讚》、《清明前後》，巴金的《寒夜》、《憩園》，老舍的《四世同堂》，張恨水的《八十一夢》，沙汀的《在其香居茶館裏》，吳組湘的《山洪》，梁實秋的《雅舍小品》，冰心的《關於女人》，曹禺的《家》，吳祖光的《風雪夜歸人》，陳白塵的《陞官圖》，陽翰笙的《天國春秋》，艾青的《向太陽》、《火把》，臧克家的《泥土的歌》、力揚的《射虎者及其家族》、袁水柏《馬凡陀的山歌》等作品，陪都重慶或顯或隱地成為其作品中的文學背景和描寫對象。陪都重慶的政治、經濟和文化，特別是重慶市民的日常生活、衣食住行，悉數融入其筆端，使之我們得以瞭解抗戰時期重慶作家的生存狀態，並從中得以窺探他們在抗戰期間的創作心理。這些作品，不僅在大後方，乃至在全國廣泛流傳，產生了巨大的影響，而且還以其揭示剖析社會生活的深刻和藝術技巧的圓熟，在中國現代文學史上佔有顯著位置。

（二）抗戰時期陪都重慶作家的經濟支撐

1. 飛漲的物價

重慶成為戰時首都後，日軍為了擊潰國民政府的抗戰信心，在進行軍事轟炸的同時進行了嚴格的經濟封鎖，一些不法商人又趁機大發國難財，使國統區的物質極度匱乏。國民政府的財政收入銳減，軍政支出驟增，財政赤字居高不下。國民政府雖然為此建立了一套物價管制機構，頒佈了許多管制物價的法律、法規，採取了一系列開源節流的措施，但依然無法平抑物價，彌補巨大的財政缺口。權宜之計，靠增發法幣以艱難度日，結果導致國統區嚴

〔註5〕老舍：《寫給導演者》，胡絜青、王行之編《老舍劇作全集》第 1 卷，中國戲
　　　劇出版社 1982 年版，第 119 頁。

重的通貨膨脹，物價飛漲，加劇了包括作家在內的民眾生活困難。

　　1939 年，當時重慶市民對生活中常見的水果——廣柑的感受，就直觀地表現了物價的飛漲：「前年冬季，一毛錢可買十幾個；去年冬季，一毛錢已只能買六七個了。今年冬季，一毛錢能買到又小又酸的兩個廣柑，可算相因極了。（注：相因，重慶俗語，即上海人所謂便宜）。」〔註 6〕在重慶，「談到物價，其飛漲程度可使你老大吃驚。本來物價飛漲是受生產力、匯價和通貨、運輸與操縱等各種因素的鞭策而造成的。現在日用必需品的物價，如最普通的藍布漲至一元一角一市尺，零售的煤油要賣三個法幣一市斤，其他奢侈及消耗的商品，更不必論了。」〔註 7〕

　　飛速上漲的物價，必然會影響到了每一個人的日常生活。張恨水就說：「我在重慶二十八（一九三九年）到三十年（一九四一年），這是我生活最艱苦的一段，自己由重慶扛著平價米，帶到十八公里的南溫泉去度命。所以我還不能不努力寫稿。」〔註 8〕1939 年 6 月，老舍為參加全國慰勞總會北路慰勞團，咬牙買了兩身灰布做的中山裝，準備遠行。此後，這兩件中山裝就沒有離開過他。因沒有餘錢重新添置衣服，這兩身服裝，「下過幾次水以後，衣服灰不灰，藍不藍，老在身上裹著，使我很像個清道夫。吳組緗先生管我的這種服裝叫作斯文掃地的衣服」。「從二十九年（1940 年）起，大家開始感覺到生活的壓迫。四川的東西不再便宜了，而是一漲就漲一倍的天天往上漲。我只好經常穿著斯文掃地的衣服了。我的香煙由使館降為小大英，降為刀牌降為船牌，再降為四川土產的捲煙——也可美其名曰雪茄。別的日用品及飲食也都隨著香煙而降格。」〔註 9〕

　　1943 年，陪都重慶物價暴漲、產品偷工減料，連燒餅、油條也紛紛漲價。《新民報》編輯程大千將一條物價飛漲的新聞，仿宋代詞人蔣捷《一翦梅·舟過吳江》詞：「流光容易把人拋，紅了櫻桃，綠了芭蕉」，擬了一條標題：《物價容易把人拋，薄了燒餅，瘦了油條》來諷刺當時的物價。

　　抗戰後期，國民政府公職人員也感受到了物價飛漲的壓力，一些職務低的公務員因入不敷出，淪為盜賊。連國民政府軍事委員會下的調查統計局也

〔註 6〕顧夢五：《閒話戰時首都》，《旅行雜誌》1939 年第 11 期，第 10 頁。

〔註 7〕思紅：《重慶生活片段》，《旅行雜誌》1940 年第 4 期，第 9 頁。

〔註 8〕張恨水：《寫作生涯回憶·抗戰小說》，張占國、魏守忠主編《張恨水研究資料》，天津人民出版社 1981 年版，第 72 頁。

〔註 9〕老舍：《八方風雨》，《老舍生活與創作自述》，人民文學出版社 1997 年版。

因薪水低廉，難以招到人才。爲緩解公職人員的生活壓力，國民政府爲他們提供特殊的津貼，廉價的住房和各種低價供應的日用必需品，如大米，食鹽，糧油，糖和布匹之類，但終究是杯水車薪，於事無補。因蔣介石身邊的某些人，採取作僞手段蒙蔽他，他對重慶物價的惡劣程度知之甚少，導致一些有識之士對國民黨的統治深爲憂慮。美國參戰後，國統區的美軍人數急劇增加，從 1942 年末的 1255 人增加到 1945 年 1 月的 32956 人，到 1945 年 8 月增至 60369 人。這些軍人的開支都由國民政府承擔，一個美國士兵在中國的花費，相當於 500 個中國士兵的費用，中國用於美國軍隊的開支對通貨膨脹的影響，在戰爭的最後一年半裏，這筆開支足足等於新發行貨幣的 53%。〔註 10〕

2. 維持生活的途徑

陪都重慶的財政困難和物價飛漲，使當時寓居在此的作家們，生活艱難，居住不易。由於作家們各自的身份地位和經歷際遇不同，經濟來源有異，其日常生活狀態存在著較大的差別。政治經濟基礎直接決定著生活的水平與質量。抗戰時期，重慶作家維持生活的經濟來源，大致有如下三類：

（1）受邀來渝，邀請者負擔其生活費

抗戰爆發後，一些著名作家受人邀請來到陪都重慶，從事抗日救亡的文化宣傳活動。他們在受邀期間，生活尚有保障，邀請期一過，則靠稿費爲生，生活立即捉襟見肘。

「七七事變」爆發後，梁實秋隻身來渝，翌年當選國民參政會參政員。不久，接受程滄波的邀請，主持《中央日報》副刊《平明》，因一篇《編者的話》而引發「與抗戰無關論」的軒然大波，隨後辭職。重慶遭空襲後，他又接受教育部次長張道藩的邀請，在北碚主持編印中小學教科書。1941 年秋，梁實秋在北碚購一棟茅舍，取名「雅舍」，並以「小佳」筆名，在《星期評論》上開闢「雅舍小品」專欄，開始撰寫和發表日後風靡一世的《雅舍小品》。1940 年 7 月，艾青接受陶行知的邀請，從湖南新寧來到合川育才學校擔任文學組主任。不久，即接受《文藝陣地》的聘請，擔任其編委，參與編輯刊物。同時，積極創作和參加各種文藝活動。像梁實秋和艾青等作家，在渝期間，因有邀請者提供的較爲穩定的收入和稿酬，他們在陪都重慶的生活還算過得去。

〔註 10〕 〔美〕費正清，費維愷編《劍橋中華民國史 1912～1949》下卷，劉敬坤，葉宗敔，曾景忠，李寶鴻，周祖義等譯，中國社會科學出版社 1994 年版。

　　1940 年冬，客居在昆明郊外呈貢縣「默廬」的冰心，受昔日美國威爾斯利學院的同學——中國「第一夫人」宋美齡的邀請，出任婦女指導委員會下屬的文化事業組組長，並以「社會賢達」的身份參加了第二屆國民參政會，當選為女參政員。不久，冰心辭去了婦女指導會之職，家裏的開支全靠丈夫吳文藻（時任國防最高委員會參事室參事）的薪水支撐。為補貼家用，她在歌樂山的「潛廬」種起了南瓜。勞作之餘，還應邀為《星期評論》、《大公報》撰寫《關於女人》、《再寄小讀者》等散文，以換取稿費。1940 年底，周恩來致電茅盾前來重慶擔任「文工會」常委。茅盾來渝後，復刊《文藝陣地》，發表了禮贊解放區生活的名篇《風景談》。「皖南事變」後，茅盾夫婦疏散到黃炎培在南溫泉的職業教育社。不久，又輾轉到香港。太平洋戰爭爆發後，折回重慶，接受鄒韜奮和國訊書店的邀請，擔任「國訊文藝從書」主編和中蘇文化協會的領導工作。1944 年深秋，應何其芳之邀，沙汀再次返渝（抗戰初起，沙汀帶著妻兒從上海撤退回四川安縣時曾路過重慶）參加整風學習。沙汀因長居安縣鄉下，患上了神經衰弱症，來重慶後，常常失眠，日顯消瘦。不久，因獨山失守，他又奉命疏散到故鄉安縣睢水，創作了《困獸記》等作品。像冰心、茅盾和沙汀等作家，雖受邀來渝，卻因邀請中斷，便陷入輾轉遷徙之途，生活時好時壞。

　　（2）職業（公職人員或教師）不穩定，生活受影響

　　抗戰時期，一部分著名作家，在接受國民黨軍事委員會政治部第三廳（簡稱「第三廳」）、文化工作委員會（簡稱「文工會」）的任職時，有一份較為穩定的俸祿，生活尚可；還有些著名作家，在接受大（中）學聘任從事教學時，因有一份薪水，還能勉強度日。可是，一旦辭去公職或教職，生活隨及陷入困境。

　　1938 年 2 月，曹禺隨國立戲劇專科學校來渝後，一邊在劇專擔任導師和教務主任，親自指導學生排演名劇，積累演戲經驗；一邊為學校招攬人才，並和宋之的合寫《全民總動員》。1942 年曹禺從江安返回重慶，在唐家沱改編巴金的小說《家》為同名話劇時，生活「非常貧困，只能抽最便宜的香煙。他後來的妻子常常送他幾包煙，使他創作時能有煙抽。」〔註11〕1938 年 12 月，胡風一家從湖北輾轉來到重慶北碚後，任復旦大學客座教授，主講「創作論」和「日語選讀」，同時兼任「文協」研究股主任，復刊《七月》雜誌。他的言

〔註11〕張耀傑：《戲劇‧人生——曹禺的婚戀情緣》，《傳記文學》2000 年第 4 期。

行，遭致國民黨當局的忌恨，他憤而辭職。周恩來知道後，推薦他到「文工會」任專任委員，生活才有了保障。郭沫若從 1938 年 12 月 27 日來重慶後，先後擔任「第三廳」廳長和「文工會」主任。在周恩來的直接領導下，一直高舉抗日愛國的文化大旗，帶領廣大文化工作者為抗日救國而戰。因辦公在市區的天官府四號，居家卻在歌樂山下的賴家橋，兩地相隔較遠，來往不便。他譏諷時政的《屈原》等歷史劇上演後，遭致國民常頑固派的不滿，行動受到限制，但溫飽不成問題。1939 年初陽翰笙來渝後，任「第三廳」主任秘書，擔負起聯絡、團結進步文化人士的組織工作，同時，兼任《中原》雜誌的編委和中國電影製片廠編導委員會主任。「第三廳」解散後，轉任了「文工會」副主任。作為國統區進步文藝隊伍的實際工作者和指揮者，陽翰笙指導拍攝了電影《塞上風雲》和「重慶霧季公演」等活動，工作異常繁忙，常常一早出發，夜半才回到賴家橋的家。一家四口，少食患病，日子艱難。父親病死，無錢安葬，靠典賣衣物和舉債才使老父入土為安。1939 年冬，洪深來到重慶，在「第三廳」任戲劇科科長，領導十個抗敵演劇隊，前往各地巡迴演出，宣傳抗戰。「皖南事變」後，洪深一家三口，生活十分窘迫，女兒洪鈴又突患嚴重肺病，無錢醫治，生命垂危。他又身染瘧疾，牙痛難忍。前途無望，生活無著，洪深在留下絕命書（「一切都無辦法，政治、事業、家庭、食衣住，種種。如此艱難，不如且歸去，我也管不盡許多了。」）後，吞服了大量奎寧、紅藥水自殺。洪鈴因服毒藥劑量較小，醒來後打電話求救，洪深夫婦才得以幸免於難。可是不久，18 歲的愛女洪鈴最終卻因肺病不治身亡。像曹禺、胡風、郭沫若、陽翰笙和洪深等作家，雖有一份公職或教職，卻因經濟負擔過重，微薄的薪水難以支撐一家人的開支，如遇家中發生變故，便陷入絕境。

（3）寫稿為生，入不敷出，生活艱難

戰時的陪都重慶，大部分作家以寫作為生，靠稿酬養家糊口，而戰時的稿酬版稅制度使作家們的生活異常艱難。抗戰前，作品的稿費千字三元，是印刷排版工的五倍；而到 1941 年前後，稿費竟低至排版工的一半。私營出版社又競相壓低稿酬，一些作家的作品出版後，拿到的稿費並非現金，而是一張要延期幾十天才能兌付的支票。在物價飛漲的抗戰相持階段，錢到手時，票值又縮水不少。

孫慧在回憶父親孫伏園在戰時重慶出版《魯迅先生二三事》一書時寫道：「出版單位是重慶作家書屋，老闆是文化界名人，父親的朋友姚蓬子先生，

書銷得不差，可是直到 1944 年都沒拿到稿費。有一天父親無意中透漏出來：姚說稿費拿不出，有上海產的新光牌襯衫，拿幾件去如何？弄得父親哭笑不得。」〔註12〕長期擔任「文協」常務理事兼總務部主任的老舍，1938 年 8 月 14 日到達重慶後，因「文協」經費緊張，他不拿報酬，生活全靠稿費收入。老舍創作勤奮，因體弱多病，生活常常捉襟見肘。臧克家就回憶說，老舍從北碚來市區開會，大家湊在一起打「牙祭」，苦中作樂。老舍呷上幾口酒，便高談闊論起來。因為「平素，大家生活都極苦，香煙，下等的，還是單支買。到對面小飯館裏吃上一碗『擔擔麵』就覺得很美滿了。」〔註13〕1937 年 10 月陳白塵率領上海影人劇團來渝後不久，就在國泰大戲院上演了他創作的三幕劇《盧溝橋之戰》和獨幕劇《瀋陽之夜》，將票款的四分之一捐款勞軍。在拉開了大後方抗戰劇演出序幕的同時，生活全靠在渝期間的筆耕和上演的票房。同樣，戲劇家吳祖光 1941 年來重慶後，創作了一些具有強烈的現實意義的劇作。《風雪夜歸人》在陪都第二屆霧季公演中，獲得極大成功，周恩來曾七次前往觀看。1942 年 7 月，臧克家自河南葉縣，歷經艱難，徒步來到重慶，長住歌樂山。在編輯《難童教養》雜誌期間，為了生活，先後創作出版了詩集《泥土的歌》等作品。

此外，很多靠稿酬為生的作家們，因稿費太低，不足以養活一家人，總是想方設法找一份較為穩定的職業，聊以裹腹，並夜以繼日地撰稿養家。如吳組緗到重慶後，一家人的生活很困難，妻子持家至勤，飼養小花豬和雞鴨，補貼家用。老舍見狀，四處託人為他在中央大學等高校謀一臨時教職，以解其斷炊之虞。路翎自 1938 年入川後，先後換過五次工作，做過短暫的文學組員和圖書館助理員。失業後，生活無著，只好回到他母親和繼父在北碚鄉下的家裏生活。1944 年 9 月，艾蕪一家六口由桂林逃難來渝後，租住在白鶴林的鄉下，在續寫長篇小說《故鄉》時，也時不時地趕寫一些短篇小說、散文之類的文章換點稿費補貼家用。

（三）抗戰時期陪都重慶作家的日常生活

1. 生活必修課，「跑警報」

為躲避日寇的狂轟濫炸，每當日機來臨之前，國民黨當局就會拉響警報，

〔註12〕敦楓　趙婷：《抗戰時期重慶作家的生存狀態》，《重慶社會科學》2010 年第 10 期。

〔註13〕臧克家：《老舍永在》，《人民文學》1978 年第 9 期。

人們聞聲躲避，故名「跑警報」。抗戰時期，作為陪都的重慶，成為日機轟炸的重點，跑警報，進防空洞業已成為當時重慶市民的生活常態。最為慘烈的是 1939 年的五三、五四大轟炸，重慶市區房屋毀損 4871 幢，市民死亡 3991 人，傷 2287 人，財產損失不計其數。〔註14〕《抗戰文藝》與《七月》等雜誌為此專門設立了專欄，刊載作家們「身臨其境」的親身經歷。作家們在大轟炸中受到的驚嚇，在防空洞中的見聞，重慶市民在轟炸中的慘狀，都盡收筆底，樸實呈現。如老舍在《「五四」之夜》中就記載了 1939 年 5 月 4 日晚，周文、宋之的、羅烽、趙清閣、安娥和胡風等人在日機轟炸中的不幸遭遇。梅林對這場大轟炸總結道：這是一場「亙古少有的殘暴罪行」，「整千的良善人民死亡在敵人的炸彈機槍轟擊下了，難以統計的財產毀滅在敵人所投放的罪惡火焰中了。」〔註15〕從 1938 年 12 月 26 日到 1943 年 8 月 23 日，日寇對重慶進行了長達五年的狂轟濫炸，重慶市民承受了最大的民族犧牲，直接死傷 26000（不計大隧道慘案）人，財產損失更是不可記數。當時生活在重慶的作家們，感同身受地記述了日寇飛機對重慶進行曠日持久的轟炸情形。如宋之的的《從仇恨生長出來的》、秋江的《血染的兩天》、白朗的《在轟炸中》、安娥的《炸後》、李輝英的《空襲小記》、蕭紅的《放火者》和羅蓀的《轟炸書簡》等，在這些紀實性的文字中，無不充滿著作者的悲憤之情和抗戰必勝的熱情期望。

2. 茅屋簡陋，一房難求

重慶成為戰時首都和陪都後，隨著大量人口的遷入和日機的頻繁空襲，重慶市民的住房日益緊張。當時，在「重慶的房子，除了大機關與大商店的，差不多都是以竹篾為牆，上敷泥土，因為冬天不很冷，又沒有大風，所以這種簡單、單薄的建築滿可以將就。力氣大的人，一拳能把牆砸個大洞。這種房子蓋得又密密相連，一失火就燒一大片。」〔註16〕1939 年 3 月，初到重慶國防最高委員會任參事之職的浦薛風，對重慶的住房緊張感觸頗深：「初到時即聞房荒，時有謀事不如娶妻易，租屋不如謀事易之諺。以各大學而論，確有一個家庭擠住一間房子者。中央大學之建築，全屬臨時性質。一切竹撐泥牆，因陋就簡。大抵一家只一間房。一般公務員宿舍亦擠得不堪言狀。大房間要住十餘人，

〔註14〕http：//fujian.people.com.cn/n/2012/0503/c337163-17002319-1.htm。
〔註15〕梅林：《以親愛團結答覆敵人的狂炸》，《抗戰文藝》1939 年第 4 期。
〔註16〕施康強：《征程與歸程》，中央編譯出版社 2001 年版，第 283 頁。

小房間要住三四人。攜帶家眷者更覺痛苦。」〔註17〕一般人的住房簡陋如此，就是在戰時陪都最好的賓館——嘉陵賓館，「房間裏的電鈴沒有電，不響。抽水馬桶因水管損壞，不能自動沖洗。夜間，燈光十分昏暗……簡陋的鐵床上，又小又窄，而且油漆剝落。」〔註18〕就是如此簡陋的住房，也是一間難求，房價猛漲，「重慶自去年避難而來之旅客日多，房價已較前飛漲三四倍。譬如在新市區一帶，從前每一房間每一季租二十元者，到後來就非五六十元或至七八十元不可……至今春，則來渝之人益眾，已無屋可租，甚至大小旅社均無日不告客滿，其盛況可謂空前。」〔註19〕即或有幸租到了房子，「有房東乘時漲價，多方刁難，致使租屋甚至寧願暫住旅館，通常重慶佃屋習慣，必明預付約相當於租金一年之押租，其他小費雜費名目繁多。」〔註20〕雖然，後來國民政府頒佈條令，規範了租房行為，但因僧多粥少，禁而不止，住房問題仍然困擾著重慶市民。

3. 居無定所，食不果腹

日機的狂轟濫炸和物價的飛漲，使作家們的生活日益艱難。當時很多寓居在重慶的著名作家都在其文字中留下了居無定所、食不果腹的境況。如女作家白薇，1940 年輾轉來渝後，避居在「文協」所在地的南溫泉。體弱多病的她常常暴發熱病，發高燒，說胡話。抗戰後期的重慶，物價飛漲，她的生活全靠寫點稿子和朋友們的臨時資助勉強度日。她常常在街上或朋友的家裏餓暈，鄧穎超知道後，才為她在「文工會」謀得的一份工作，薪水只能維持溫飽，難以應付她多病的醫療費。為了節約開支，白薇搬到了遠離市區的賴家橋。為了治病、活命，她自己開山挖土，生產自救，並編歌自勵自娛。再如張恨水從 1938 年 1 月 10 日來重慶後，先在市區賃房而居。後因住房緊張，日寇飛機轟炸頻繁等原因，他從 1940 年就把家從市區遷往 30 裏外的郊區：南溫泉桃子溝。先從當地農民租了兩間乾淨的瓦房，後疏散到此的人多了，房東待價而沽，將他一家趕出。多虧老舍伸出援手，將「文協」搬遷後空下的「國難房子」留給了他，他們一家才有了一個落腳之處。可避難在此的三間茅屋，全是竹夾黃泥壘成的茅草屋，下起雨來，滿屋皆漏，張恨水謂之「待

〔註17〕　左雙文：《陪都重慶：一些曾被忽略的側面》，《同舟共進》2013 年第 1 期。
〔註18〕　《顧維鈞回憶錄》，中華書局 1987 年版。
〔註19〕　吳濟生：《新都見聞錄》，光明書局 1940 年版，第 84 頁。
〔註20〕　陸思紅：《新重慶》，中華書局 1939 年版，第 170 頁。

漏齋」。

1940 年 6 月 12 日，「文協」所在地臨江門會所被毀後，老舍歷經艱辛才
在南溫泉為「文協」租下幾間房子臨時辦公。後來，他又先後搬到林語堂在
北碚的房子和市內張家花園 65 號，為南來北往的「文協」會員們尋找暫時安
身之地。國民政府為了大後方的穩定，平抑物價，為每個市民配給平價米，
可米中卻滿是砂礫和稗子。桑子中就對自己 1943 年寒假在北碚與老舍邂逅，
老舍請他吃餃子一事銘記在心。〔註21〕身為「文協」負責人的老舍，生活捉
襟見肘，被迫戒掉自己喜歡的煙酒茶。他在頭暈目眩的病痛中，堅持多寫稿
子，以換取微薄的稿費來緩解自己的生活窘境。1944 年 9 月 15 日，老舍在重
慶《新民報晚刊》上發表的《戒茶》中寫道：「戒葷嗎？根本用不著戒，與魚
不見面者已整整二年，而豬羊肉近來也頗疏遠。」「必不得已，只好戒茶。……
茶是女性的。我不知道戒了茶還怎樣活著，和幹嗎活著。但是，不管我願意
不願意，近來茶價的增高已教我常常起一身小雞皮疙瘩！」「我想，在戒了茶
以後，我大概就有資格到西方極樂世界去了——要去就抓早兒，別把罪受夠
了再去！」調侃的語氣難以掩飾生活的艱辛！

4.「斗米千字運動」，公開募捐

不穩定的收入和微薄的稿酬，遠遠不夠維持作家全家的生計，當時的「文
協」和廣大作家曾發起「斗米千字運動」，要求提高稿酬，改善作家的生活待
遇。1944 年 7 月中旬，「文協」還為貧病作家在重慶的《新華日報》上公開募
捐，王魯彥、艾蕪、張天翼等，都曾接受過援助。王魯彥死後，家人生活艱
難，「文協」補助 2 萬元；洪深胃出血，「文協」當即從「援助基金」中贈送 1
萬元；田漢的母親在疏散中困居獨山，「文協」亦已匯去 1 萬元。

此外，國民政府也對一些優秀作品進行獎勵。1944 年，國民政府教育部
在戲劇節獎勵優秀劇本時，老舍和趙清閣合著的《桃李春風》獲得獎金 2 萬
元；曹禺的《蛻變》獲獎金 1.5 萬元；于伶的《杏花春雨江南》和沉浮的《金
玉滿堂》各獲得 1 萬元獎金。老舍的《劍北篇》、吳組緗的《山洪》、沈起予
的《人性的恢復》、洪深的《黃白丹青》等優秀作品，也曾受到過各種形式的
資助和獎勵。

1937 年抗日戰爭的全面爆發，在近乎一夜之間摧毀了適宜文學發展的物

〔註21〕桑子中：《我記憶中的朋友老舍先生》，舒濟編《老舍和朋友們》，三聯書店 1991
　　　　年版。

質環境。戰爭期間的物資匱乏，溫飽尚且得不到保證，有良知的中國作家，面對祖國橫遭入侵，國土淪喪，家園不保，避難重慶。來渝沿途困苦不堪，飢寒交迫；客居重慶，又遭受日機的狂轟濫炸。求職無門，稿酬低廉，居無定所，時時有斷炊之虞。時局的發展，戰事的失利和物價的飛漲，帶給作家們莫大的生存壓力，他們雖惶恐不安，卻並沒有喪失鬥志。陪都重慶的作家們總是以極大的熱情，勤奮創作，積極投身於抗戰宣傳之中，甚至奔往抗戰前線，為抗戰的勝利奉獻了自己的青春、健康、激情乃至生命。

二、抗戰時期陪都重慶作家的創作心態

從「九一八」到「七七事變」，日寇對中國的入侵，不僅使中國的政治、經濟形勢和社會心理、意識發生了巨大的變化，而且還粗暴地打破了自五四以來形成的，以北平、上海為中心的中國新文學運動格局。輾轉流徙的逃亡生活和居無定所的生存環境，必然會使作家們的文學觀念和創作心態發生變化。團結禦辱、共同抗日的民族凝聚力和戰時讀者的閱讀期待，共同改變著文學創作的面貌。五四以來倡導的個人自由意識，在日寇的瘋狂進攻和狂轟濫炸下，自覺不自覺地讓位於神聖的抗戰。作家的個人情感與救亡圖存的民族命運融為一體，發揮文藝作為戰鬥武器的宣傳作用，成為從事文學創作的作家們義不容辭的社會責任。

抗戰時期陪都重慶的作家們，其共同的心聲就是救亡圖存。隨著抗日戰爭形勢的發展和時代環境的改變，他們創作的群體心態也隨之發生變化：由抗戰初期的鼓動宣傳和對民族命運的認真思考，到抗戰中期擔負的救亡責任和個人難以融入時代的困惑，終止於抗戰後期難返故土的憤懣和對中國向何處去的憂慮。因作家們的藝術個性和生存境況的不盡相同，在具體的創作中，自然又呈現出不同的文學風格和藝術取向。

（一）抗戰初期的鼓動宣傳和對民族命運的認真思索

抗戰爆發後，重慶成為戰時首都和陪都，伴隨著「文協」的遷渝，全國有影響的作家，陸續彙聚山城。在當時的重慶，馳騁全國的文壇宿將（郭沫若、茅盾、巴金、老舍、曹禺、冰心、梁實秋、張恨水、沙汀、艾蕪、蕭紅、端木蕻良、田漢等）與嶄露頭角的文壇新秀（吳組緗、路翎、陳白塵、田濤、姚雪垠、萬迪鶴、碧野、豐村、白朗、草明、蕭蔓若、郁茹、黃賢俊等），群星閃爍，美不勝收。這些寓居在重慶的作家們，克服艱難的生存環境和身外

異鄉的心理困惑，積極從事著抗日救亡運動。

　　抗戰初期的重慶文壇，大部分西遷的作家，都經受過戰火的洗禮和逃亡的艱辛，意識到文學藝術在救亡圖存中對民眾進行宣傳鼓動的重要性。他們稍許安頓下來，便拿起手中的筆，致力於立竿見影能迅速反映抗日鬥爭現實，爲人民大眾樂於接受、又富有戰鬥鼓動性的通俗文學創作，諸如街頭劇、活報劇與短詩、朗誦詩等小型作品。

　　探究這些致力於採取通俗文藝、民間文藝進行鼓動宣傳的作家們的創作心態，不難發現，是國民政府文化政策的鼓勵、左翼文藝的大眾化導向和「文協」的大力推動等合力促成。「文章下鄉、文章入伍」是全國文藝工作者動員民眾積極參與抗戰最爲切實有效的方式。當時，無論是平頭老百姓還是穿起軍裝的士兵，大多數都是文盲或半文盲，只有淺顯易懂又針對性強的民間藝術形式，才能引起他們的共鳴，易於其接受。

　　作爲「文協」的負責人老舍，來重慶後，基於「我既不會打槍，也不會帶領人馬。想報仇，只有拿緊了我的筆。從『七七』抗戰後，我差不多沒有寫過什麼與抗戰無關的文字。我想報個人的仇，同時也想爲全民族復仇，所以不管我寫得好不好，我總期望我的文字在抗戰宣傳上有一點作用。」〔註22〕的創作心態，不僅大力提倡，積極推廣通俗文藝，而且還果斷地停止已經寫了十萬多字的兩部長篇小說《蛻》和《小人物自述》，披肝瀝膽地嘗試寫作各種民間藝術形式：歌詞、鼓詞、相聲、河南墜子、新三字經、唱本、通俗小說、西洋景畫詞，以及評劇、京劇等戲曲曲藝。後來，他又將這些通俗文藝作品編輯成《三四一》出版。書中收錄鼓詞三篇、舊形式新內容的戲四出和一篇小說，以富有成效的創作業績較爲出色地響應了「文協」提出的「文章下鄉，文章入伍」口號，實現了「給民眾以激發，給戰士以鼓勵」的創作宗旨。這些借「舊瓶裝新酒」的民間藝術形式對於打擊漢奸，鼓舞軍民鬥志，起到了很好的宣傳作用。

　　與老舍同聲相應的老向（王向辰），基於「用民間文藝的題材寫民眾讀物，目的是爲民眾，爲士兵」的現實目的，於 1938 年 1 月，創辦了全國性通俗文藝半月刊《抗到底》，以發表人民喜聞樂見的通俗文藝爲主，文字淺顯，明白如話，「初識文字的看得懂，不識文字的聽得懂」，深受大後方老百姓的喜愛。老向將《抗到底》第五期辦成了「抗日通俗文專號」，其編撰的《抗日三字經》，

〔註22〕老舍：《述志》，《宇宙風》，1942 年第 129 期。

一經發表，即引起轟動，一時洛陽紙貴。書店、出版社、機關、團體競相翻印、轉載，甚至湧現出難以計數的手抄本，總份數在數十萬冊以上。此後，他耗時一個月，數易其稿創作的《抗日千字文》，1939年在重慶刊行出版後，被當時的教育部作為非常時期民眾叢書之一。「文協」舉辦的「通俗文藝講習會」，老向是主講人之一。他還與老舍等合作編輯了《通俗文藝五講》。此外，他還協助《民眾文章》和「通俗讀物編輯刊社」的編輯工作，提供稿件，推薦作品，出版了大量通俗文藝小冊子。老向在重慶期間創作的通俗作品，對於喚醒民眾抗日救亡做出了積極的貢獻。

在當時的重慶，還有被稱為「通俗文學三老」（老向、老舍、老談）之一老談（何容），也發表了大量激勵民眾愛國熱情的通俗作品。如果說在抗戰初期陪都重慶文藝大眾化、通俗化運動中，老舍是主將的話，那麼，老向就是其得力助手，何容則是其中堅分子，他們以「幽默、通俗、有鄉土味兒」的共同特點，為普及通俗文藝，宣傳和鼓勵人民群眾同仇敵愾，團結抗日，起到了顯著的積極作用。

此外，左翼詩人穆木天在抗戰期間大力提倡和實踐朗誦詩運動的同時，也熱衷於通俗文學的創作。他撰寫的傳播抗戰英雄事跡的《抗戰大鼓詞》，深受市民讀者的歡迎。國民政府軍事委員會副委員長馮玉祥，不僅出資設立三戶圖書社，而且還用通俗語言寫了大量宣傳抗戰、鼓舞士氣的「丘八詩」，在士兵和民眾中引起了強烈反響。

抗戰全面爆發後，因其體裁具有強烈的時代感和真實性而被稱為「文學輕騎兵」的報告文學，應時而起，迅速勃興，在抗戰初期的文壇上「演了最活躍的腳色」〔註23〕，「成為抗戰以來文藝創作實踐中最主要的，也是最發達的樣式之一」〔註24〕。全國十分之九的文藝刊物，刊載通訊、速寫和報告文學，絕大部分作家放下自己擅長的文藝體裁，轉而創作出大批反映時代急劇變化的文藝作品。

臺兒莊大捷所產生的抗戰速勝的急躁情緒，在武漢等大城市相繼淪陷後，一閃即逝，很快便重歸於冷靜，抗戰是持久戰成為全民族的共識。當一些身處前線或剛從淪陷區脫身的作家，將目光聚焦在抗戰前方時，遷居重慶

〔註23〕周揚：《新的現實與文學上的新的任務》，《抗戰文藝論集》，上海書店1939年版。

〔註24〕羅蓀：《談報告文學》，《讀書月報》，1940年1月第1卷第12期。

的作家，開始用理性的思考去燭照社會，思索民族的災難、國民的覺悟和政府的現狀，用自己手中的筆「橫掃隱藏在民族暗蔭中的卑污、陰私、貪婪⋯⋯」〔註25〕

　　宋之的的《從仇恨生長出來的》一文，就以獨特的視覺和創作理念，記載了1939年5月4日重慶大轟炸中一個只會叫爸爸的孩子的悲慘遭遇，揭露了日寇對生命的摧毀，對未來和希望、微笑與和平的踐踏！此外，秋江的《血染的兩天》、白朗的《在轟炸中》、安娥的《炸後》、李輝英的《空襲小記》、蕭紅的《放火者》、羅蓀的《轟炸書簡》、張周的《血的仇恨》等，無不用浸透血淚的文字報導了戰時首都重慶蒙受的巨大災難，表達了對日寇無比仇恨的悲憤之情和抗戰必勝的熱情期望。

　　有良知和正義感的作家們，通過自身遭遇和目睹無辜生命的消失，形而上的思考了整個民族在日寇入侵後所蒙受的恥辱和淪陷區日寇實施的亡國滅種的奴化教育。前者，如老向在《故都暫別記》中就真實地記載了火車上日本兵持刀搜查的野蠻行徑。翻箱倒櫃，無論男女，一律摸之，連女學生也不放過。陶鑄在《奴隸們》中，也記錄了上海市民被迫領取「良民證」時的屈辱，不僅要向日本武士鞠躬致意，而且男女都要當著大眾的面，把衣裳脫得精光，任由這群畜生檢驗體格。「驗後，各賞糖果一塊。那包糖紙是一葉透亮的紙，畫上一條犬，舐著糖，拉長著舌頭，這是多麼惡毒的漫畫、辛辣的諷刺喲！」〔註26〕後者，如陳超的《敵蹄蹂躪下的北平》等，真實地記錄了日寇對淪陷後北平的蹂躪，對中國歷史地理的肆意篡改和對北大校園的任意踐踏。由此可見，當作家們面對侵略者的暴行時，絕非僅僅「廉價地發泄感情或傳達政治任務」。他們除了憤恨和悲痛之外，更是以自身的使命感和責任心在深刻地思考著整個中華民族所遭受的恥辱與災難。

　　面對侵略者高高舉起的屠刀，天性善良的中國人民開始時也倍感恐懼和不知所措，但很快就鎮靜下來，以自己的從容、倔強和勇敢面對日寇的屠殺。作家們以「幸存者」的身份，將「身臨其境」的感受呈現出來。蕭紅的《放火者》，以實錄的筆墨記敘了日軍飛機對重慶的轟炸所造成的數萬無辜百姓慘死的法西斯罪行。字裏行間，燃燒著抗議日本侵略者暴行的仇恨怒火。面對日寇飛機的狂轟濫炸，中國人民並沒有被嚇倒和征服，在激發起義憤的同時，

〔註25〕《新華日報社論》，《新華日報》，1938年3月27日。
〔註26〕陶鑄：《奴隸們》，《上海一日》，華美出版公司1938年版。

更為「樂觀」和「從容」。這是作家們對中華民族骨子裏內在性格的發掘，也是對民族命運和國家前途的深刻思考。如 1938 年 11 月，巴金《在廣州》中寫道：

> 正南路一條街被炸完了。在僅留著的一間殘破的樓上我看見一個人的住房，那位衣冠齊整的居住者穿過了瓦礫堆，安閒地經過破爛的樓梯，登上那間缺少一面牆壁的住房。一個人住在瓦礫堆裏，還能夠如此從容，這的確是別處很少有的事情，它可以說明這裡居民的倔強了。

再如，老舍的《「五四」之夜》，更是以親歷者的身份，在記敘 1939 年 5 月 4 日晚周文、宋之的、羅烽、趙清閣、安娥和胡風等人在日機轟炸中不幸遭遇的同時，著重表現中華民族在面對外敵入侵時的團結與勇敢：

> 街上滿是人，有拿著一點東西的，有抱著個小孩的，都靜靜地往坡下走——坡下是公園。沒有哭啼，沒有叫罵，火光在後，大家靜靜地奔向公園。偶然有聲高叫，是服務隊的『快步走』；偶然有陣鈴聲響，是救火車的疾馳。火光中，避難男女靜靜地走，救火車飛也似地奔馳，救護隊服務隊搖著白旗疾走；沒有搶劫，沒有怨罵，這是散漫慣了的、沒有秩序的中國嗎？像日本人所認識的中國嗎？這是紀律，這是團結，這是勇敢——這是五千年的文化教養，在火與血中表現出它的無所侮的力量與氣度！

泱泱大國為何抵擋不了小日本的瘋狂進攻？有良知的進步作家們為此進行了認真的思考：「失敗主義者」消極情緒的影響，汪精衛的賣國行為導致的大批附敵漢奸卸下道德的重負，各地軍閥的明哲保身和民眾力量的渙散，加上國民政府的一味退讓和「地方政府的壓迫束縛」，導致「覺悟的分子不能自由活動，落後的群眾不知道怎樣行動，沒組織的大眾像一盤散沙」〔註 27〕，縱有愛國之心的中華兒女，面對大好河山的相繼淪陷，也只有痛心疾首，獨自歎息了！

隨著抗日戰爭的持續推進和日寇暴行的逐步升級，敏銳的作家們發現了日軍內部出現的分化與裂痕。侵略戰爭是滅絕人性的，反對戰爭、反對暴行是包括中國人民在內的全世界一切愛好和平的人民的共同心聲。適越的《人獸之間》，就真實地記載了金寶、銀寶和小寶三個失去父母的同胞姊妹，在兵

〔註27〕岳軍：《山東是怎樣棄守的》，《七月》，1937 年第 1 期。

燹與虐殺中輾轉逃生苟且活命的經歷。她們在浙江境內的 H 村,碰上了一個
全副武裝的日本士兵。這個禽獸,在河邊追上了金寶,在山上捕獲了銀寶,
還逼著村長交出小寶……可當他發現金寶懷中的嬰兒酷似他遠在東京的孩子
時,人性復蘇,放過了她們。〔註28〕佚名的《北平淪陷以後》,實錄了天壇一
個叫田中誠一郎的日本軍官剖腹自殺後,手上還持有「不願再爲日本人」的
一張紙片。作者以記者的眼光和頭腦深入地思索和挖掘了日寇表面猙獰下的
內心虛弱。

抗戰初期的這些報告文學,雖限於前方與後方的紀實,卻是抗戰之初「中
國文學的主流」。基於宣傳鼓動的「廉價」樂觀,只是抗戰初期文學的一部分,
並不是一切。事實上,一些親臨實戰的作家們,秉承良知和責任,對這場滅
絕人性的侵略戰爭進行了全方位的思考,儘管不成熟,顯得膚淺,但我們不
應忽視,惟其如此,才能全面地總結抗戰初期作家的創作心態,才能符合實
際地解釋抗戰中後期中國文學的深刻與成熟、發展與繁榮。

(二)抗戰中期擔負的救亡責任和個人難以融入時代的困惑

抗戰進入相持階段後,遷徙來渝的作家們,雖滲透到了重慶生活的各個
領域,卻仍然與重慶當地人無論是觀念還是生活習慣上都存在著較大差異,
尤其是這些作家們所攜帶的文化因子與重慶本地的生活習俗在交匯時,不可
避免要發生衝撞與矛盾。這就必然會使寄居在此的作家們的創作心態和文學
風貌,發生一些變化。一方面,他們雖與重慶這座城市共患難,卻未能眞正
地融爲一體。在他們的創作中,重慶僅僅作爲一個時間段故事發生的地點因
素,遠景圖式的存在著。如宋之的《霧重慶》、老舍《殘霧》、沉浮《重慶二
十四小時》、袁俊《山城故事》等話劇,雖都將重慶作爲戲劇人物活動的舞臺,
但這個舞臺是模糊而極其簡陋的,舞臺上表演的社會弊端可以放之於整個國
統區,鮮見重慶這座城市特有的生命力。另一方面,抗戰初期鼓動宣傳的熱
情和對民族命運的思索逐漸被抗日救亡的責任和個人難以融入時代的困惑所
取代。宣傳鼓動的小型通俗作品逐漸減少,反思民族命運、探索民族前途的
大型作品驟然增加,特別是暴露、批判國民黨頑固派的黑暗統治和賣國投降
罪惡行徑的歷史劇、諷刺小說,以及家族題材小說,更是出現了一些堪稱優
秀的堅實之作。

〔註28〕適越:《人獸之間》,《文藝陣地》,1939 年第 2 卷第 6 期。

誠如白居易在《與元九書》中說：「文章合爲時而著，歌詩合爲事而作。」反映時事和爲了現實的創作心態，決定了有正義和良知的陪都作家，在抗戰進入相持階段後，「緣事而發」地切入時弊，堅持對時代精神的自覺追隨。生活在民族解放戰爭的大時代裏，誰也不能置身於戰爭的事外，誰也不能不受戰爭的影響！

1939 年 6 月，「文協」舉辦作家戰地訪問團，全國慰勞總會組織了南北兩個慰勞團，老舍、王平陵、胡風、姚篷子等參加「筆游擊隊」，到前線採訪、寫稿和演出，以此鼓舞軍民的抗日鬥志。他們創作的集體日記《筆游擊》和「作家戰地訪問團叢書」等反映前線情況的作品，極大地鼓舞了全國軍民的抗戰信心和救亡責任，也因此推動了國際反侵略運動。可當他們返回到重慶，在國民黨頑固派的眼皮下，筆觸及到現實，又受到了嚴格的審查和鉗制。

基於戲劇既能滿足戰時抗敵宣傳的政治需要，也能適應戰時文學的生產環境和消費環境。在特殊的政治氣候條件下，陪都作家們充分發揮自己的聰明才智，採用歷史劇來借古諷今。用歷史題材來表達作家們對時代的看法，在陪都重慶時期漸成一種創作風氣，產生了許多既有思想力度，又具藝術魅力的膾炙人口的優秀之作。如郭沫若的《屈原》，陽翰笙的《天國春秋》、阿英的《洪宣嬌》等歷史劇的公演，把大後方話劇創作和演出提高到了一個全新的境界，在廣大觀眾中產生了巨大的反響。

從事歷史劇創作的在渝作家，大都是戰時活躍的社會活動家，他們基於寫歷史的目的是爲了直指時事，企望從歷史的遺跡中尋找一些事關國難當頭團結一致挽救民族危亡的故事，來影射當時的時代，現實指向性明確。當時歷史劇創作中最傑出的代表郭沫若，其官方身份是國民政府軍事委員會政治部第三廳廳長和文化工作委員會主任。或許置身於國民黨限制與反限制鬥爭的前沿，又熟悉歷史的緣故，郭沫若在「皖南事變」發生後，在短短的一年半時間內，創作出《棠棣之花》（1941）、《屈原》、《虎符》、《高漸離》（1942年）、《孔雀膽》（1942）和《南冠草》（1943）六部大型歷史劇。這些取材於戰國時代或民族矛盾尖銳時刻的史事的歷史劇，在「失事求似」的創作原則和心態下，「借了屈原的時代來象徵我們當前的時代。」〔註29〕，既宣揚了爲正義與理想而獻身的崇高精神，又充分發揮了文學團結人民、教育人民、打擊敵人的巨大戰鬥作用，還使其登上了 20 世紀中國歷史劇創作的高峰。

〔註29〕郭沫若：《序俄文譯本史劇〈屈原〉》，《人民日報》1952 年 5 月 28 日。

　　與借古諷今的歷史劇相呼應，一批針砭現實、暴露黑暗的諷刺小說應運
而生。茅盾和沙汀有感於抗戰大後方的現實黑暗和人們私欲，分別創作了長
篇小說《腐蝕》和《淘金記》。《腐蝕》以「日記」的方式，通過一個誤入歧
途又不甘墮落的女特務趙惠明，良心未泯，幡然悔悟的經歷，深刻暴露了抗
戰時期蔣汪合流的黑暗內幕，控訴了國民黨特務腐蝕、摧殘、迫害青年的血
腥罪行。《淘金記》側重於對四川農村和城鎮黑暗生活畫面的地域抒寫，辛辣
地諷刺了土豪劣紳大發國難財的醜惡現象，被卞之琳譽為「抗戰以來所出版
的最好的一部長篇小說」。〔註30〕

　　個人的流亡與抗戰現實的衝突，主體意識如何與時代意識融合，一些作
家為此進行了文學的思考與解答。巴金在抗戰開始後不久，自覺地放下《激
流三部曲》第三部《秋》的構思，轉向鼓動抗日救亡的「抗戰三部曲」《火》
的創作。他之所以如此，是基於「為了喚起讀者抗戰的熱情」和「當時鬥爭
服務」的需要而有意為之。可《火》第一部尚未完成，巴金就「覺得這工作
失敗了」，空有與時代融合的激情，而把「主要的精神失掉了」。〔註31〕於是，
他又重拾自己熟悉的家族題材，創作了小說《秋》，但救亡圖存的時代精神又
時時敲打著他的愛國之心。在匆忙結稿《秋》後，他又進行了《火》的第二
部《馮文淑》的創作。因《馮文淑》是「一本宣傳的」書，結果依然不如人
意，可是，「為了宣傳，我不敢掩飾自己的淺陋」，「斗膽」面世。〔註32〕個人
難以融入時代的困惑，使巴金在責任與藝術之間糾結、矛盾與痛苦。這種複
雜心態使他在完成《馮文淑》後又重新回到了自己熟悉的家族題材——《憩
園》的創作。然而不久，他又拿起筆完成了《火》的第三部《田惠世》的創
作。「抗戰三部曲」《火》，從 1938 年 5 月動筆到 1943 年 9 月最終完成，斷斷
續續寫了五年多，典型地反映巴金本人融入時代的艱難歷程。

　　這種融入時代的困惑在巴金塑造的人物中也有表現。巴金在重慶完成的
中篇小說《憩園》，觸動於他在抗戰期間兩次回到成都老家的見聞。沿襲《激
流三部曲》的路子，巴金在講述「憩園」舊主人——楊三老爺楊夢癡，浪蕩
敗家死於監獄的故事後，又不露聲色地寫出了「憩園」的新主人——一個新

〔註30〕卞之琳：《沙汀的〈淘金記〉》，《文哨》，1945 年第 1 卷第 2 期。
〔註31〕巴金：《〈火〉第一部後記》，《巴金全集（第 7 卷）》，人民文學出版社 1988 版，
　　　　第 173 頁。
〔註32〕巴金：《〈火〉第二部後記》，《巴金全集（第 7 卷）》，人民文學出版社 1988 版，
　　　　第 373 頁。

時代的新富貴姚國棟的人生困境。實際上，作者的用意在於對理想失落、金錢對人性腐蝕以及家族制度的反思，楊夢癡和姚國棟都是無法融入時代現實的失敗者。同樣，《寒夜》中的汪文宣和妻子曾樹生懷抱共同從事鄉村教育的志向，逃難到重慶後，卻逼迫作了圖書公司的校對和大川銀行的「花瓶」。汪文宣為人善良、正直、清高、仁愛而溫情，可貧病和挫折擊敗了他。在社會上，他人輕言微，處處受人欺侮；在家裏，因妻子與母親不和，他夾在中間兩頭受氣，加上他又患上肺病，家庭經濟非常拮据。他本想使家人幸福，卻在各個生存角色中都不能稱職，終日在婆媳的爭吵中自怨自艾。最後，妻子跟隨銀行年輕的經理乘飛機去了蘭州，他也在苦悶中病死，被時代所拋棄。巴金對於汪文宣等小知識分子在抗戰時期融入時代是心存疑慮的。

同樣，1944 秋，夏衍在「依廬」完成的話劇劇本《芳草天涯》，也表現了自己在救亡圖存中對時代生活的理解。劇本通過教授尚志恢與妻子石詠芳、老友孟文秀侄女小雲的感情糾葛與困惑，表現了個人與時代的疏離，遭到了評論界的不滿與批評。左翼人士認為，在大時代背景下，戀愛並不能夠真正地呈現知識分子的主要方面。「我們判斷一個人，主要是看他的大的方面即政治上的思想和行動呢，還是看他的小的方面即私人生活的這樣和那樣呢？無疑的應該是前者，這樣才合乎我們的道德標準……」〔註33〕在民族危亡時期，文學不能拘泥於個人的情感，應放眼於走出自我，走向到大時代的群眾中去。

冷酷的現實和生存的艱難，使寄居在重慶的外來作家，倍感壓抑和寂寞。一方面，他們對時代大背景中個人命運的無奈認同；另一方面，當文學喪失了其獨立性，逐漸淪為政治權力的喉舌時，他們又與國民政府保持著疏離與不合作的態度。如 1938 年 12 月 1 日，抗戰進入相持階段，「空洞的抗戰八股」日趨嚴重時，時任《中央日報》副刊《平明》主編的梁實秋在《編者的話》中說道：「於抗戰有關的材料，我們最為歡迎；但是與抗戰無關的材料，只要真實流暢，也是好的」，提出了文藝「與抗戰無關」論，強調文學的獨立性。這一觀點遭到了羅蓀、宋之的、張天翼、巴人等左翼作家的圍攻，進而在國統區、解放區、淪陷區及香港等地掀起了批判文藝「與抗戰無關」論的浪潮。

〔註33〕何其芳：《評〈芳草天涯〉》，《中原》、《希望》、《文哨》聯刊，1946 年第 1 卷第 1 期。

　　國共之間的政治分歧，使在渝作家無法置身事外，保持自己的獨立，救亡圖存的愛國熱情也不得不面臨著一個左中右的政治選擇，這也給他們造成了嚴重的精神危機。作為執政黨，國民政府針對物價高漲、一般作家生活艱難的境況，成立了「文藝獎助金管理委員會」，制定了《文藝作品獎勵條例》、《文藝界貸金暫行辦法》和《文藝界補助金暫行辦法》。「文協」也開展了為援助貧病作家募捐籌款的活動。生存還是自由，是每一個在渝作家都無法迴避的現實處境。誠如劉西渭曾說：「我們如今站在一個漩渦裏。時代和政治不容我們具有藝術家的公平（而不是人的公平）。我們處於神人共憤的時代，情感比理智旺，熱比冷容易。我們正義的感覺加強我們的情感，卻沒有增進一個藝術家所需要的平靜的心境。」〔註34〕

（三）抗戰後期難返故土的憤懣和對中國向何處去的憂慮

　　抗戰後期，隨著世界反法西斯戰爭的節節勝利，中國抗戰形勢漸趨好轉，隨著軍事上從防禦到反攻，一些失地相繼收復，流亡在重慶的作家充滿了期待重回故土的喜悅。這一時期的詩歌大都洋溢著思念故土、思念親人和對勝利後新生活無限憧憬的真摯感情。如杜谷在《耕作季》中寫道：「現在／我們回來了／縱使我們的村莊化為灰燼／我們的田園如此的荒蕪／／我們的久別的土地呵／敞開你沉鬱的胸膛／銀亮的犁／要為你蓬亂的田畝梳理／／我的心喜悅／今天，終於我又看到你／看到在你新耕的潮暗的土壤裏／我自己滲流的／濕紅的血跡……」〔註35〕再如，綠蕾的《我有滿腔的愛戀》〔註36〕，以直抒胸臆的寫法，將一個馳騁沙場的戰士對遙遠的家鄉、遙遠的親人（母親）的切切思念表達得淋漓盡致。

　　抗戰即將勝利，中國朝何處去的社會心理，必然導致政治環境與文學生態的變化。身處重慶的外地作家，對國家新生的渴望和重返故土的遙遙無期，對所處生存環境更為敏感，特別是對社會上的醜陋現象和社會弊端更是無法容忍。無奈，百無一用是書生，只好在提筆創作時，竭力譏諷。一些在重慶倍受磨難的詩人，開始了諷刺詩的創作，為抗戰勝利後重慶諷刺詩的繁榮點燃了星星之火。此時，國民政府忙於收復失地和還都南京，對作家的管理相對寬鬆，來自不同地方的外地作家，以重慶的歷史與現實為基礎，從精神層

〔註34〕劉西渭：《咀華二集》，文化生活出版社1947年版，第36頁。
〔註35〕1944年9月《抗戰文藝》第9卷3、4期（合刊）。
〔註36〕1945年6月《抗戰文藝》第10卷2、3期（合刊）

面和文化角度為切入點，對陪都重慶進行了文化抒寫。特別是抗戰即將勝利或剛剛勝利之時，他們內心強烈的政治傾向性和責任感，對國家的前途和未來，更是平添了一份憂慮。郭沫若就曾指出：「不要夢想一切都已經自由如意了，因為人民還沒有真正恢復到主人的地位。」巴金也說：「單是『勝利』兩個字並不能解決我們的一切問題，我們的確狂歡得太早了。」〔註37〕正是秉承這樣的理性認識和創作心態，巴金在《寒夜》中才會安排汪文宣在勝利的前夕，在眾人的歡笑聲中死去。作為手不能提，肩不能挑的作家，在時代大變革的政治夾縫中求生，敏感地預見到，伴隨抗戰勝利而來的必將是國共兩黨的黨派之爭。碧野在回憶錄中就提到：「八年的烽煙已稀，八年的流亡生活結束，該是令人歡欣鼓舞的了吧。但我回到重慶，卻看見人們仍然深鎖愁眉。是八年的痛苦壓縮了人們的心？是祖國的前途使人感到迷茫？即使是慶祝勝利的探照燈光柱在山城的夜空上交叉照耀，也喚不起人們的熱情。」〔註38〕

　　滯留重慶，歸期渺茫，不免心浮氣躁，本不熟悉的重慶方言、生活習慣和多霧的天氣，更是使許多急於返鄉的外來作家倍感不適和苦悶。他們被重慶本地人冠之「下江人」稱呼的江浙滬口音，使之在重慶的街上連洋車也叫不到〔註39〕，夏衍就曾遭遇過這樣的對待〔註40〕。在丁西林的獨幕劇《三塊錢國幣》裏，圍繞女僕李嫂不慎打碎了主人吳太太的一隻花瓶，吳太太強迫她按原價賠償三塊錢國幣，從而引發同住在四合院裏的兩個學生租客楊長雄和成眾，分別與李嫂和吳太太結盟的故事，就側面反映出當時本地人與下江人涇渭分明的地域陣線。張恨水的《巴山夜雨》和蕭紅的《山下》，也思考和折射出下江人對本地人所造成的文化衝擊。氣候對人的心情的影響是不言而喻的，重慶終年不散的濃霧，使作家們感到心情十分壓抑。「生活在憂鬱的山城，我底心也如山城一樣憂鬱，沒有光亮，沒有熱力，只有灰暗的霧，烏黑的雲，蒙蔽著山，遮蔽著山城。」〔註41〕這樣的生存環境，使作家們在精神上始終陷於漂泊的狀態，如今，無力返鄉，一票難求，逃離重慶的感覺愈發

〔註37〕　羅蓀：《關於〈抗戰文藝〉》，《中國新文學史料》1980年第2期。

〔註38〕　王文琛：《作家在重慶》，重慶出版社1983年版，第17頁。

〔註39〕　何其芳：《下江人及其他》，《何其芳選集》（第一卷），四川人民出版社，1979年版，第287頁。

〔註40〕　夏衍：《下江人語》，《夏衍雜文隨筆集》三聯書店1980年版，第319頁。

〔註41〕　包白痕：《憂鬱底山城》，戈寶權：《中國抗日戰爭時期大後方文學書系》（第五編），重慶出版社1989年版，第169頁。

強烈。在他們的創作中，對重慶的觀察不免浮躁，對重慶的塑造自然會帶著負面的感情色彩。美國記者白修德‧賈安娜就指出：「戰爭將近結束時，重慶成了一個毫無忌憚的悲觀厭世的城，骨髓都是貪污腐化的」。〔註42〕

作家們開始厭惡重慶，抒寫重慶陰暗面的作品增多，重慶成了罪惡的象徵和醜陋的代名詞，逃離重慶，甚至毀滅重慶的衝動日益強大起來。郭沫若就將重慶比作「罪惡的金字塔」，他渴盼日軍轟炸的大火將重慶毀滅：「連長江和嘉陵江都變成了火的洪流，這火——難道不會燒毀那罪惡砌成的金字塔麼？」〔註43〕詩人艾玲對重慶沒有半點留戀：「別了古老的山城，別了，這一串褪色的日子，讓我輕輕地揮一揮手吧，沒有留戀。」〔註44〕在抗戰後期，一些激進的作家甚至在筆下發出了毀滅重慶的呼聲。司馬訏在《風雨談》中高呼用雷電把「戰都千萬種的不平，都給他爆炸了」〔註45〕。草明在《南溫泉的瘋子》裏說：「如果敵人的炸彈，能把這社會的腐敗，野蠻和齷齪毀掉，倒是一件痛快的事情。」〔註46〕茅盾的《清明前後》呼籲的是改變現實黑暗世界，重建新世界。在即將離開重慶的作家們的筆下，抒寫重慶表面上的陰暗面較多，而對重慶的文化精神內涵卻發掘不夠，使之在藝術上粗糙有餘而細膩不夠，歷史價值大於文學價值。

抗日戰場上的捷報頻傳，反映抗戰現實的小說創作，又出現一次曇花一現的勃興，只是抗戰的勝利來得太突然，作家和普通民眾一樣，一下墮入勝利的狂歡之中。小說創作主要抒發抗戰勝利後的喜悅和對抗戰英雄的謳歌。然而，短暫的狂歡難以掀掉內戰的陰雲，國民政府還都南京，作家們隨及先後離開戰時首都重慶。交通的不便和返鄉的艱難，使抗戰後期的作家，在短時間內無創作小說的心境。隨著返鄉結束，生活安定下來，小說創作的數量迅即增多，一些優秀的作品脫穎而出。如姚雪垠的《新苗》（《夏光明》），通過一個在戰爭中死了母親又與父親失去聯繫的孩子夏光明，在抗日隊伍中的成長過程，歌頌了抗日隊伍和人民群眾中人與人之間產生的新型同志關係。

〔註42〕〔美〕白修德‧賈安娜：《外國人看中國抗戰：中國的驚雷》，端納譯，新華
　　　出版社1988年版，第20頁。
〔註43〕1941年9月18日《詩創作》月刊第3、4期合刊。
〔註44〕艾玲：《沒有留戀》，臧克家主編《大後方文學書系第13卷：詩歌》，重慶出
　　　版社1989年版，第332頁。
〔註45〕《重慶客》，重慶出版社1983年版，第142頁。
〔註46〕草明：《南溫泉的瘋子》，《大後方文學書系第6卷：小說》，艾蕪主編，重慶
　　　出版社1989年版，第1898頁。

小說又名《新生頌》，象徵著中華民族將在這場偉大的反侵略戰爭中自覺和新生。路翎的《卸煤臺下》，通過許小東濃厚的「還鄉情結」，表現了中國民眾對傳統生存方式的眷戀。許小東的這種「歸土意識」，是中華民族固有的性格特徵和生活態度。魯迅對此就曾一針見血地指出：「我們的古今人，對於現狀，實在也願意有變化，承認其變化的。變鬼無法，成仙更佳，然而對於老家，卻總是死也不肯放」，畢竟「家是我們的生處，也是我們的死所。」〔註47〕這種安土重遷的思想，無助民族的活力與新生。在生活的殘酷打擊下，許小東成了瘋子，他最終明白的，只有「飛」──尋找一種新的生活，大家才會好起來。作者的用意，在於對於傳統生活模式的背棄。再如，「下江人」的路翎，因家庭變故和命運多舛，在抗戰後期創作的《人權》，感同身受地再現了中國新一代知識分子在大時代漩渦中理想破滅後的迷茫、苦悶與彷徨的複雜心情。小說中的中學教師明和華和教務主任嚴京令，在感受現實的虛偽與黑暗後，痛感理想的破滅，萌生以革命實際的行動推翻現有統治秩序的強烈願望。

　　作家的創作心態，既作用於作家的創作過程，也制約著文學作品的風貌，而抗戰時期的重慶作家，基於相似的生存環境和共同的時代命運，必然會形成相近的創作心態，救亡圖存是其總的創作趨向，進而引發大後方獨特的文學思潮、文學運動和文學流派的產生。抗戰時期陪都重慶文學的繁榮，是在「地不分東西南北，人不分男女老幼」的全面抗戰的時代背景下形成的，也與全國大批不甘作亡國奴的作家滯留在此，努力為抗戰奮鬥密切相關。雖然作家們的生存處境艱難，又飽受戰爭的離亂之苦，甚至不得不在文學與政治之間作出自己的選擇。但立足於反映現實，引領抗戰，爭取民主的創作心態是一以貫之的。因群體總是由若干個體組成，而個體與群體又常常交織，這就決定了在救亡圖存的時代風貌下，抗戰時期陪都重慶作家創作的豐富多樣性。如崛起於 30 年代末，興盛於 40 年代的「七月派」這個創作群體，就秉承「主觀戰鬥精神」的創作心態，立足於主觀擁抱客觀，在創作中將時代的感應、現實的關注與生命的體驗融為一體，人生和藝術密不可分，風格獨特，卻又內容駁雜、風格繁複。從此，可以窺見抗戰時期陪都重慶作家在物質生存狀態日益艱難的條件下，他們懷抱抗日救國之心，採用直抒胸臆或隱晦曲折的筆法，生動地表達他們內心的壓抑、不滿和反抗的複雜的心態。

〔註47〕魯迅：《南腔北調集・家庭為中國之基本》，《魯迅雜文全集》，河南人民出版社 1994 年版，第 515 頁。

第一章　老舍在「文協」任上的工作與創作

　　抗戰時期，老舍爲了挽救國家和民族的危亡，不計較個人得失，肩負起領導中華全國文藝界抗敵協會（「文協」）的重任。從 1938 年 8 月 14 日由武漢到達重慶，直到 1946 年 2 月 15 日與曹禺乘飛機離渝赴滬，老舍在重慶整整戰鬥了 7 年半時間。在這長達七年多的時間裏，他以自己獨特的人格魅力和嘔心瀝血的勤奮工作，促使了文藝界的大團結。不僅如此，爲了更有效地宣傳抗戰，調動全國民眾的抗日熱情，老舍還身體力行地嘗試通俗文藝和抗戰宣傳劇的創作，並在這個過程中，從理論上總結其藝術規律、反思其成敗得失，探討如何通過通俗文藝和抗戰宣傳劇等藝術樣式，將文藝普及的任務落到實處，以滿足動員廣大民眾起來抗戰的需要。

一、文藝界空前大團結

　　中華全國文藝界抗敵協會在漢口成立時，老舍眾望所歸，被國共雙方推舉爲「文協」總務部主任，即「文協」實際上的總負責人。作爲「文藝界盡責的小卒」〔註1〕的老舍，獨自支撐著「文協」這面大旗七年多。他不僅爲「文協」籌措經費、處理日常事務、爲來渝的作家迎來送往，耗費了大量的時間和精力，而且還以自己能說會道的親和力和獨特的人格魅力，使這些黨派不同、政見各異的作家們，捐棄文人相輕的陋習，緊密地團結在「文協」周圍，

〔註 1〕《中華全國文藝界抗敵協會發起旨趣》，1938 年 4 月 1 日《文藝月刊》（戰時特刊）第 1 卷第 9 期。

為抗日救國而戰。1944 年 4 月 17 日，《新華日報》為慶祝老舍創作 20 週年刊發短評《作家的創作生活》。在文中，短評充分肯定了老舍為文藝界的大團結所做出的貢獻：「他在抗戰七年來為文藝界團結所盡的力量是值得人們永遠追憶的」。茅盾也在當天《新華日報》的「新華副刊」上，發表了《光輝工作二十年的老舍先生》。他無比深情地寫道：「如果沒有老舍先生的任勞任怨，這一件大事——抗戰的文藝界的大團結，恐怕不能那樣迅速地完成，而且恐怕也不能艱難困苦地支撐到今天了。這不是我個人的私言，也是文藝界同人的公論。」誠如斯言，「老舍先生是熱愛朋友的，在他，沒有朋友即似乎不能生活。他常說，抗戰以來，私人方面，他最大的快樂是會見了許多熟朋友，認識了許多新朋友。無論他到什麼地方去，最主要的目的是看朋友。日常除寫作休息外，其餘的時間大抵用在看朋友方面。如果是在集會或找個友人談天，他一定用各種方法娛樂朋友，務使朋友們不感到寂寞不感到沉悶。而當他和友人們喝酒猜拳時更有風趣了。」〔註 2〕更為可貴的是，老舍「對文藝界朋友不分彼此，一視同仁。若說有個標準，那還是老舍自己說的，誰抗戰，誰就好；誰為害抗戰，誰就不好。」加上他「為人隨和，交遊廣闊。與人相處，毫無成見偏見，最能大度包容。他跟任何初識與隔行的人往來，都能娓娓而談，越談越親密，終日忘倦。」總之，「老舍對文藝界朋友無不一見如故，親如弟兄。」他常常以「我拿的稿費比你的多，這次你讓我付賬。」〔註 3〕的名義請人吃飯，無微不至地關心朋友們的生活和創作。這就使他在文藝界具有強大的凝聚力，人緣關係極好，威信甚高。

我們可以從老舍與共產黨人和一些作家的交往中，窺見出他為文藝界的大團結披肝瀝膽的身影。

（一）老舍與共產黨人

1. 老舍與周恩來

老舍是在周恩來的關心和影響下，從一名進步的愛國作家成長為人民藝術家的。周恩來也是老舍接觸最早的中共領導人。他們相識於抗戰的烽火之中。老舍對周恩來的欣賞和周恩來對老舍的器重，延續在他們生命中的 28 年裏，凝聚成血濃於水的深厚情誼。

〔註 2〕梅林：《老舍先生二三事》，1944 年 4 月 20 日《天地畫報》。
〔註 3〕吳組緗：《〈老舍幽默文集〉序》，《老舍幽默文集》，湖南人民出版社 1983 年 1 月版，第 5～9 頁。

　　抗戰爆發後，具有愛國情懷的老舍，辭去山東大學教職，別婦拋雛，隻身南下，來到武漢。國民黨政府從南京遷都武漢後，爲了更好地團結各黨派政治勢力，領導全國人民抗擊日寇，專門成立了國民政府軍事委員會。周恩來應邀出任軍事委員會政治部副部長，授中將軍銜。周恩來到任後，爲了把全國的進步作家團結起來，共同抗日，他開始與文藝界進步人士廣泛接觸。共產黨內負責統戰工作的陽翰笙提議籌組全國性的抗戰文藝團體「文協」（全名「中華全國文藝界抗敵協會」），並推薦爲人正直，又有號召力、國共雙方都能接受的老舍來負責，得到了周恩來的首肯。

　　老舍流亡到武漢後，與何容和老向（王向辰）等人在馮玉祥出資辦的《抗到底》雜誌當編輯。陽翰笙向他轉達了周恩來的意見後，他便積極地參與「文協」的籌備工作。老舍憑藉自己在文藝界的威望，吸引了許多有名望的文藝界人士入會。1938 年 3 月 27 日「文協」在漢口總商會禮堂舉行成立儀式。周恩來到會上並作了即席演講，他說：「今天到會場後最大的感動，是看見了全國的文藝作家們，在全民族面前，空前的團結起來。這種偉大的團結，不僅僅是在最近，即在中國歷史上，全世界上，如此團結，也是少有的！這是值得向全世界驕傲的！諸位先知先覺，是民族的先驅者，有了先驅者不分思想、不分信仰的空前團結，象徵我們偉大的中華民族，一定可以凝固的團結起來，打倒日本帝國主義！」〔註 4〕隨後，他又就抗戰的希望、建國的任務和作家的責任談了自己的看法。周恩來的講話，字字鏗鏘，深深地觸動了老舍的愛國情懷。5 月中旬「文協」召開理事會，周恩來、于右任等名譽理事出席並講話。老舍在他補記的《會務報告》中寫道：「輪到周恩來先生講話了。他非常地高興能與這麼些文人坐在一起吃飯。」「不，不止是爲吃飯而高興，而是爲大家能夠這麼親密，這麼協力同心的在一塊兒工作。他說，必須給文協弄些款子，使大家能夠多寫些文章，使會務有更大的發展。最後（他眼中含著淚）說他要失陪了，因爲老父親今晚到漢口！（大家鼓掌）暴敵使我們受了損失，遭了不幸；暴敵也使我的老父親被迫南來。生死離合，全出於暴敵的侵略；生死離合都增強了我們的團結！」〔註 5〕老舍的記載如此的詳細和生動，足見他對周恩來的敬重和欽佩。

〔註 4〕文天行編：《國統區抗戰文藝運動大事記》，四川省社會科學院出版社 1985 年 6 月版，第 61 頁。

〔註 5〕文天行編：《國統區抗戰文藝運動大事記》，四川省社會科學院出版社 1985 年 6 月版，第 78 頁。

　　事實上，周恩來也非常欣賞老舍的為人和才華。1939 年夏天，老舍以「文協」代表的身份，隨全國慰勞總會北路慰勞團一行 15 人從重慶出發，開始了南起襄樊、北迄五原，東達洛陽、西抵青海，行程近兩萬里，長達近半年時間的西北勞軍活動。9 月中旬，老舍隨北路慰勞團抵達延安，受到延安各界的熱烈歡迎。毛澤東因事先接到周恩來的電報，便在窯洞裏親切地會見了老舍。他對老舍說：「你是周恩來的朋友，也是我們的朋友。為了抗戰，我們走到一起來了⋯⋯」延安之行，老舍從中共領導人的身上看到了民族的希望，也從中感受到了共產黨對他的莫大信任，這種信任甚至影響了他的後半生。〔註 6〕

　　1946 年 2 月 15 日，老舍和曹禺應邀前往美國講學，一去三年。1949 年 7 月，全國第一次文代會在北平召開，面對解放區和國統區兩股文藝大軍在北平會合的大好形勢，周恩來又想到了遠在美國的老舍。他滿懷深情地說：「現在就差老舍了，請他快回來吧！」根據周恩來的旨意，郭沫若、茅盾、周揚、丁玲、陽翰笙、曹禺、田漢和馮雪峰等 30 多人簽名寫了一封邀請信，正式邀請老舍回國。這封邀請信，通過在美國的中共黨員司徒慧敏秘密轉交給了老舍。〔註 7〕因老舍是有世界影響的著名作家，臺灣當局也通過他在臺灣的老朋友吳延環帶信給他，許以優厚的條件，希望他去臺灣工作。為了促使老舍早日回國效力，陽翰笙等人又通過趙清閣的關係，將周恩來希望他回國的消息傳遞給他。老舍知道周恩來在百忙之中還惦記自己，非常感動，遂動身回國。1949 年 12 月初，老舍歷經艱辛，終算回到了朝思暮想的故鄉北京。

　　1950 年 5 月 28 日，周恩來參加了北京市文聯的成立會議。在預備會議上，他以徵詢的口氣說：「老舍先生是享譽中外的大作家，又是北京人，長期與我黨合作，是一位愛國的知識分子，建議選舉他為文聯主席。」〔註 8〕大家一致讚同。後來，老舍又當選為全國文聯副主席（主席為郭沫若）、中國作協副主席（主席為茅盾），開始了他為新中國文藝事業奮鬥的新征程。

　　解放後，周恩來雖然位居國務院總理，但他總是以普通人的身份，與人平等相待、密切交往。他熱愛文藝事業，有較高的文藝修養，與文化界人士建立了深厚的友誼。

〔註 6〕參見金寶山：《周恩來與老舍》，《百年潮》2007 年第 2 期。

〔註 7〕參見胡絜青：《巨人的風格》，陳荒煤編《周恩來與藝術家們》，中央文獻出版
　　　　社 1992 年 5 月版。

〔註 8〕參見金寶山：《周恩來與老舍》，《百年潮》2007 年第 2 期。

　　1950 年 7 月 14 日中午，周恩來在中南海西花廳用家鄉菜宴請老舍夫婦。席間，他勉勵老舍多爲人民寫作，多寫自己熟悉的北京，多寫北京在解放前後的新變化。老舍告訴周恩來「他已基本寫完話劇《方珍珠》，青年藝術劇院正在排演，打算馬上動筆再寫一部以龍鬚溝的變遷爲題材的話劇。」並說：「他已約好在第二天就上金魚池、龍鬚溝去實地採訪」，周恩來聽後，連聲說：「對，對，一定要去，等著看你的戲。」〔註 9〕

　　爲了報答周恩來的知遇之恩，老舍回國後，以飽滿的熱情，積極投身到社會主義文藝事業的建設之中。他先後創作了《龍鬚溝》、《茶館》等多個劇本，用藝術的形式，形象地揭示了人民政府爲人民、只有共產黨才能救中國的眞理。可是，這兩部話劇傑作在創作和成稿時，卻遭遇了不同聲音的抵制。周恩來知道後，給予了充分的肯定，使之能順利搬上舞臺，轟動國內外。老舍爲此對周恩來充滿感激之情，他曾對妻子胡絜青說：「偉人周恩來最瞭解我，最信任我，我應該多寫文章，回報黨和毛主席、周總理！」〔註 10〕

　　周恩來不僅在創作上給予老舍以大力支持，而且在生活上也處處關心他。據胡絜青在《巨人的風格》一文中記載，周恩來時常舉行家宴，宴請老舍和她。1954 年夏天，周恩來在中南海設家宴，邀請老舍、曹禺和吳祖光夫婦，談的主要是文藝出新題材和寫新戲的事。周恩來還拿出一瓶英國伊麗莎白女王送給他的百年陳釀白蘭地請大家品嘗，並親自下廚做了一道拿手菜——乾絲湯。還有一次也是在夏天，周恩來在西花廳外面宴請陳老總，邀請老舍夫婦作陪。爲了營造氣氛，周恩來還特地邀請了溥雪齋老先生彈奏古箏。1961 年 6 月，周恩來又借溥傑夫人嵯峨浩的母親訪華之際接見在京的整個溥氏家族，包括載濤和溥儀在內，並邀請同是滿族人的老舍夫婦和程硯秋夫人果素貞作陪。不久，周恩來爲了感謝林巧稚大夫等人爲鄧穎超做過一次手術，在西四缸瓦市附近的一家小飯館宴請她們，又邀請老舍夫婦作陪。席間，胡絜青拿出自己畫的一把絹團扇送給鄧穎超。畫的是一大朵牡丹，工筆重彩。老舍題詞：「昔在帝王家，今供萬人賞。」周恩來和鄧穎超非常喜歡這把絹團扇，後來，他們還拿著那把扇子，在向陽廳的家裏合影留念。

　　周恩來在百忙之中，總是想到老舍，視他爲好友，他連報自己歲數都愛這麼說：「我和老舍、鄭振鐸、王統照同庚。」有了這種親密的關係，老舍與

〔註 9〕　胡絜青：《周總理對老舍的關懷與鼓勵》，《人民戲劇》1978 年第 2 期。
〔註 10〕　胡絜青：《周總理對老舍的關懷與鼓勵》，《人民戲劇》1978 年第 2 期。

周恩來之間毫無拘束，坦誠相待。有一次，愛喝兩杯的老舍在中朝友協宴請朝鮮朋友的宴會上，酒興大發，喝得不省人事。周恩來知道後，毫不客氣地批評了他。周恩來聽說老舍在人大會上，抱怨文山會海，擠了他的寫作時間，請求免去他的社會兼職，以便多寫幾個劇本後，表示理解。他在政協「老人會」上說：「老舍同志有一次在全國人大代表大會上『將』了我一『軍』，要求給他安排時間搞業務。對這部分同志要加以照顧，不要弄得太緊張。」不久，老舍又在一次座談會上提出來，他要到新疆石河子地區去體驗生活，話音未落，周恩來就說：「你年紀大了，腿腳又不方便，不一定跑那麼遠去體驗生活。可以選近一點的地方，也可以不蹲下來，走馬觀花也是一種方式。噢，我打斷了你的發言，對不起，請接著談。」老舍瞪了總理一眼，笑道：「話都讓你說了，我還說什麼！」

胡絜青回憶，周恩來還曾專門到老舍家和他密談，談了整整四個小時，「由兩點一直談到六點，該吃晚飯了，總理還沒有出來的意思。好不容易盼著舍予叫我，卻嚇了我一大跳：總理要在家吃飯！我毫無準備，出了一頭汗，『抓』出來兩樣菜——攤雞蛋和一塊蒸魚。總理一看菜就樂了，說：『你和小超一樣，知識分子，不會做飯！』」〔註11〕周恩來和老舍密談的內容，成了一個永遠無法解開的謎。胡絜青猜測，可能與老舍長期留在黨外有關。

「文革」爆發後，從海外歸來的老舍，在劫難逃。1966 年 8 月 23 日，他被紅衛兵綁到國子監孔廟批鬥，跪著被輪番毆打達 3 個多小時，後又被繼續毒打至深夜。性格剛烈的老舍忍受不了這樣的人格侮辱，悲憤萬分。第二天，即投太平湖自殺身亡。周恩來得知老舍突然死亡的消息後，大為震驚。當年國慶節時，他仍然沒有忘記老舍的慘死。在天安門城樓上，周恩來碰見了北京市副市長王崑崙，即叫他代表自己去看望胡絜青，並要求他向自己詳細彙報 8 月 23 日孔廟那場武鬥的詳細情形。胡絜青知道後，向周恩來寫信表示感謝。老舍之死，對周恩來觸動很大，在老舍去世五天後，他就親自簽發了關於保護老幹部的電文，並親自擬就了要保護的人員名單。同樣是在老舍死後的第五天上，《人民日報》發表了《要文鬥，不要武鬥》的社論。胡絜青在《巨人的風格》中寫道：「舍予的血和死，還有同期死去的成千上萬的善良的人們的悲劇，換來了那份保護名單和那篇社論，代價可謂大矣。」

〔註11〕 參見胡絜青：《巨人的風格》，陳荒煤編《周恩來與藝術家們》，中央文獻出版社 1992 年 5 月版。

在周恩來的關心下，胡絜青的境況逐漸好轉。而事實上，周恩來也從來沒有忘記過老舍。1975 年 8 月 24 日，他在北海養病，醫護人員陪他在湖邊散步，他默默地望著湖水出神，突然問道：「你們知道今天是什麼日子嗎？」對方回答不出。他喃喃地說：「今天是老舍先生的祭日！」隨後，他又向陪護他的醫護人員詳細地談起老舍的死，談起了他們之間的交往和友誼，思念之心和悼念之情，使人感動不已！〔註12〕

2. 老舍與陽翰笙

老舍與陽翰笙相識在抗戰初期的武漢。西安事變後，國共合作，共同抗日。全國文藝界知名人士薈萃武漢。國共雙方都想爭取文化人士，為自己的政治信仰服務。周恩來就任國民黨軍事委會政治部副部長後，為了把全國文化界的愛國人士團結在黨的周圍，決定籌組各種文藝社團，團結抗日。隨即，他就把這個任務交給負責文藝戰線統戰工作的陽翰笙去執行，並派馮乃超輔助。

1937 年 12 月 26 日，陽翰笙不辱使命，籌組了中華全國戲劇界抗敵協會（「劇協」）。在「劇協」的成立大會上，他還與國民黨作家王平陵達成共識，組建全國性的文藝界抗敵協會。1938 年元旦，陽翰笙與王平陵各自向周恩來和邵力子（時任國民黨中宣部長）彙報，都得首肯。於是，他們開始了積極籌備中華全國文藝界抗敵協會的準備工作。為了掌握抵制國民黨對「文協」掌控的主動權，陽翰笙推薦了國共雙方都認可的老舍來負責。接著，周恩來和邵力子分別找老舍談話，達成共識。1938 年 1 月中旬，「文協」臨時籌委會成立。老舍與陽翰笙就此相識。經過近二個月的積極籌備，1938 年 3 月 27 日，「文協」在漢口正式成立，左、中、右的文藝界代表和政界要人四百餘人，在「團結抗日」的宗旨下出席了「文協」的成立大會。「文協」共選出 345 位理事，老舍和陽翰笙的得票數分別排在第一和第五。

隨後，陽翰笙奉命去籌備第三廳。「文協」主要由老舍、馮乃超、胡風等人負責。作為總務部（股）主任，老舍事必躬親，選擇辦公地點、籌措協會經費、接待全國各地來渝的作家、協調各方面關係，老舍以「老黃牛」的實幹精神和出色的管理才華，確保了「文協」工作的正常運行，也贏得了大家的一致好評，連續七年當選總務部主任。

〔註12〕參見胡絜青：《巨人的風格》，陳荒煤編《周恩來與藝術家們》，中央文獻出版社 1992 年 5 月版。

當時，老舍雖然不是共產黨員，但他絕對服從中共南方局周恩來的領導，與陽翰笙眞誠相待，竭盡全力做好「文協」的工作。「文協」經費緊張，老舍沒有固定工資，全靠稿費生活。當時代表中共與老舍一起共事的研究部副主任胡風說：老舍「是盡了他的責任的，要他賣力的時候他賣力，要他挺身而出的時候他挺身而出，要他委曲求全的時候他委曲求全……。特別是爲了公共的目的而委屈自己的那一種努力，就我目接過的若干事實說，只有暗暗歎服包在謙和的言行裏面的他底捨己的胸懷。」〔註13〕

1944 年 4 月 16 日，「文協」在重慶舉行成立六週年紀念會。郭沫若、陽翰笙領導的文化工作委員會及重慶文藝界爲老舍創作 20 週年舉行茶話會。陽翰笙撰寫《一封向老舍先生致賀的信》，表達他對好友的祝賀。陽翰笙在信中寫道：「文協是全中國文藝家的一面團結抗日的旗幟，六年以來你艱撐著這面大旗，我深知你流的汗最多，出的力最大，而且受的氣也算不少，可你的精力卻並沒有白費，抗戰需要文協；大家需要你，你的苦心你的勞績，誰都會深深地銘記在心裏。」〔註14〕

作爲黨在文藝戰線上進行統戰工作的代表陽翰笙，與老舍在共同的戰鬥中結下了深厚的友誼。他對老舍領導「文協」在抗戰期間所做的具體工作，知之甚詳，感受頗深。事隔多年，他還一再地強調老舍對抗戰文藝的特殊貢獻：「由於老舍的作用，使『文協』領導權沒落到國民黨手中，也沒變爲空牌子。『文協』在抗戰期間，貫徹執行黨的統戰政策，團結了一大批進步作家。在火熱的鬥爭中，堅定不移地站在人民大眾的立場上，拒絕國民黨的利誘，不怕他們脅迫，一心跟著黨走，成爲共產黨的一位忠實可靠的朋友。」〔註15〕奉行獨立自由，不依傍權勢和反對黨同伐異的老舍，之所以一心跟隨共產黨走，與陽翰笙的引導和幫助是不無關係的。老舍在工作中遇到困難，總是找陽翰笙商量解決。老舍甚至不止一次地說過：「陽翰笙是文壇上的周恩來」〔註16〕

抗戰結束後，老舍與曹禺應美國國務院的邀請去美國講學一年。1946 年1 月 20 日，陽翰笙出席了中華全國文藝界協會爲他們舉行的歡送酒會。老舍

〔註13〕 胡風：《在文協第六屆年會的時候祝老舍先生創作二十年》，舒濟編《老舍和
　　　　 朋友們》，生活・讀書・新知三聯書店 1991 年 10 月版，第 94 頁。
〔註14〕 舒濟編：《老舍和朋友們》，生活・讀書・新知三聯書店 1991 年 10 月版，第
　　　　 100 頁。
〔註15〕 陽翰笙：《我所認識的老舍》，1984 年 3 月 19 日《人民日報》。
〔註16〕 轉引自徐志福：《陽翰笙與老舍的友誼》，《文史雜誌》2004 年第 3 期。

到美講學結束後，因要創作《四世同堂》第三部《饑荒》和與人合作將全書譯成英語而滯留在美三年多。當解放戰爭的捷報頻傳，身在異國遠離戰鬥的老舍，倍感苦悶和寂寞。陽翰笙從他給友人的信中知道老友的近況後，立即向周恩來作了彙報。周恩來聞訊，專門寫信邀請老舍回國效力，並委派陽翰笙去促成此事。陽翰笙便託與老舍關係甚好的趙清閣代爲轉遞。老舍收信後，不等坐骨神經手術傷口完全癒合，就乘船取道香港回國。

1949 年 12 月 12 日，老舍經天津回到北京時，陽翰笙親赴機場迎接。第二天，他又帶老舍去見周恩來。周恩來的親切關懷，令老舍歡欣鼓舞。老舍回國後的喜悅心情，他在《由三藩到天津》中寫道：「剛入國門，卻感到家一樣的溫暖！在抗戰中，不論我在哪裏，『招待』我的總是國民黨的特務。他們給我的是恐怖與壓迫──他們使我覺得我是個小賊。現在，我才又還原爲人，在人的社會裏活著。」〔註 17〕

回國後，老舍不顧腿腳不便，積極地投入到新的工作。他和陽翰笙不僅是相知相契的好友，而且也是配合默契的同事。老舍任政務院文教委員會委員時，陽翰笙任該會副秘書長。他們在一起共同協商戲劇、戲曲改革政策。1953 年，老舍任中國作協副主席和北京市文聯主席時，陽翰笙任中國文聯黨組書記；1960 年第三次文代會後，他們共同主持中國文聯工作。老舍任文聯副主席、兼中國作協和中國民間文學研究會副主席；陽翰笙任文聯副主席、秘書長、兼黨組書記。陽翰笙不僅對老舍的創作才華十分欣賞，而且也爲他從海外歸來後所受到的冷遇鳴不平。1962 年 3 月，中華人民共和國文化部、中國戲劇家協會首次召開的全國戲劇創作會議在廣州舉行。周恩來、陳毅等蒞臨講話。陽翰笙隨後作了長篇發言。他在發言中，不僅旗幟鮮明地糾正了戲劇創作上的「左」傾錯誤，而且還在大膽地表揚一些作家時說：「老舍雖比我大點，但他『童心』盛，寫了兒童劇，我擁護他，希望他再給我們寫十個八個。」〔註 18〕

廣州會議後，陽翰笙滿懷激情地寫成電影劇本《北國江南》，1964 年 7 月投拍公映後，康生、江青等人不看影片，僅憑電影畫報就點名批評。一時間，掀起了對《北國江南》的大批判。後來，江青稱這次批判是「文化大革命的序幕」。老舍此時正在安徽訪問，看到報刊上對自己黨內老友的莫名批判，他

〔註17〕 胡絜青編：《老舍寫作生涯》，百花文藝出版社 1981 年 5 月版，第 245 頁。
〔註18〕 《陽翰笙選集》第四卷，四川文藝出版社 1989 年 8 月版，第 325 頁。

不避嫌疑，接二連三給陽翰笙寫信。在信中，他隻字不提《北國江南》的事，只是事無鉅細地談他自己的行蹤，要陽翰笙保重身體。陽翰笙從老舍的字裏行間，看出了老友內心的不平和對自己處境和健康的關心。「他那些信的弦外之音，是在安慰我，鼓勵我，危難之中見交情。這也表現了老舍的爲人，表現了他一貫的正義感，對邪惡、淫威、暴虐的蔑視和無畏」〔註19〕

1979 年 2 月，陽翰笙在重獲自由並恢復中國文聯副主席職務後不久，就積極爲冤死的戰友老舍的平反奔走呼號。同時，他還積極撰寫回憶錄，將老舍在「文協」時所做的業績呈現出來，使客觀史實不被時間所湮沒。在陽翰笙留下的幾十萬字的《日記》中，提到老舍處達 16 次之多。字裏行間，記錄著他們和衷共濟、親密無間的眞誠友誼，這種彌足珍貴的同志愛、戰友情，甚至延續到他們的下一代。

（二）老舍與作家

1. 老舍與趙清閣

抗戰爆發後，老舍與趙清閣，懷抱救亡圖存的愛國之心，分別從濟南和南京輾轉來到當時的抗戰中心武漢。歷史使他們交匯在作家流亡的洪流之中。到武漢後，老舍被推舉爲籌備成立「中華全國文藝界抗敵協會」的負責人。在「文協」的籌備過程中，他與許多作家有了往來，並由此建立了深厚的友誼。趙清閣到達武漢以後，接受華中圖書公司的委託，籌備出版一份宣傳抗戰的文藝刊物。她將刊物取名《彈花》，「象徵那『子彈』開放的『花』」〔註20〕。趙清閣（1914～1999）當時年僅 23 歲，是一個打扮時髦，思想活躍，能說會寫，兼具男性的健美和女性的溫柔的美女作家。她特別擅長交際，人緣極好。〔註21〕

1938 年 2 月，《文藝戰線》主編胡紹軒做東，在武昌糧道街一家酒樓訂了兩桌酒席，宴請十餘位作家和詩人，老舍和趙清閣應邀赴宴。在這次宴會上，趙清閣向老舍談到了她正在爲《彈花》出刊的稿子發愁。老舍對她獨自一人創辦刊物的勇氣和努力，深爲感佩，答應爲她寫稿支持。3 月 15 日，老舍的

〔註19〕陽翰笙：《老舍和朋友們》，生活‧讀書‧新知三聯書店 1991 年 10 月版，第100 頁。

〔註20〕《我們的話》，1938 年 3 月 15 日《彈花》第 1 卷第 1 期。

〔註21〕參見胡紹軒：《我所知道的趙清閣與〈彈花〉》，《現代文壇風雲錄》，重慶出版社 1991 年版。

《我們攜起手來》，就刊登在趙清閣主編的文藝雜誌《彈花》創刊號的頭條。3 月 27 日，「文協」在漢口成立，老舍和趙清閣都出席了成立大會。「文協」成立後，老舍被推舉爲總務部主任，趙清閣與葉以群、謝守恒等人被聘請爲「文協」組織部幹事。因工作關係，他們之間的接觸和交往更加頻繁。

武漢戰事日益緊張，印刷困難，《彈花》在武漢出了五期後就難以爲繼，趙清閣決定與好友楊郁文將《彈花》遷到重慶繼續出版。老舍知道後表示支持。7 月 10 日，他在「同春酒館」專程爲趙清閣餞行，兩人互道珍重，相約重慶相見。20 天後，老舍也撤離武漢，趕赴重慶。不久，他們在重慶重逢。來渝後，由於《彈花》稿源不暢，已由月刊改爲雙月刊，加上時局動盪，刊物銷路大量萎縮，市場份額急劇下降。

在《彈花》陷入困境時，老舍予以了大力支持。他在《彈花》上發表了散文《我爲什麼離開武漢》、《兔兒爺》、《生日》，新詩《一九三九元旦》，長詩《劍北篇》之三《劍門——廣元》、之四《漢中——留侯祠》，舊體詩《詩四首》，創作談《由〈殘霧〉的演出談到劇本荒》等文章。據與趙清閣兩度共事的胡紹軒說，老舍是「在《彈花》上寫稿最多」的作者，共寫稿 10 篇，也是支持趙清閣最有力的四個人之一（此外還有老向、胡紹軒和左明）〔註22〕。老舍對趙清閣的情誼，由此可窺見一斑。

因入不敷出，華中圖書公司的老闆唐性天與趙清閣商量，停辦《彈花》，請她主編「彈花文藝叢書」。趙清閣勉強同意，但她不願意《彈花》就此夭折，決定自己來辦。在教育部國民教育司司長、國畫家顧樹森的幫助下，取得了國民政府的辦刊津貼。《彈花》從第二卷第五期起，由趙清閣自辦復刊，又陸續出版了十期。1941 年，因趙清閣行文開罪官方，官方取消資助，刊物終至停刊。

趙清閣對於老舍主持的「文協」活動，總是積極參加。歷經的戰亂和共同的事業，使他們彼此間更加親密無間。1939 年 5 月 4 日傍晚，趙清閣去市區理髮，遭遇日機轟炸，被炸彈震倒，埋在木石下面。待蘇醒過來，頭上已腫起一個大包。無處可逃之際，遇到一個到市內買書的小女生，便與她結伴來到老舍處，一同逃到公園靜候出城的機會。半夜十分，才和老舍等人一同出城回家。1940 年 3 月下旬，趙清閣在老舍的勸說下，克服曾被劉峙以「共黨嫌疑」逮捕而坐牢半年的恐懼，與老舍、華林和陸晶清四人去找劉峙，爲

〔註22〕 參見胡紹軒：《我所知道的趙清閣與〈彈花〉》，《現代文壇風雲錄》，重慶出版社 1991 年版。

營救作家魏猛克到處奔走。〔註23〕

趙清閣在主編「彈花文藝叢書」時，老舍慷慨相助，爲之撰寫話劇《張自忠》。因缺乏寫作話劇的經驗，初稿完成後，將其交給趙清閣修改。趙清閣看後，提出了一些修改意見。老舍在《致南泉「文協」諸友信》中說：「這時候清閣女士已讀完了那個劇本，她又澆了我一場涼水。我說明了寫作時所感到的困難，但是並不足以使她諒解。」〔註24〕

此後，老舍又先後創作了《大地龍蛇》、《歸去來兮》、《誰先到了重慶》等劇本。長於小說創作的老舍，深感自己缺少「舞臺的經驗」，而趙清閣「是研究戲劇的，她的劇本中對人物的左轉右轉都清楚的注明」。〔註25〕如果能和趙清閣合作，進行「集體寫作」，也許能夠互相取長補短，寫出質量高一點的劇本來。爲此，老舍邀請趙清閣共同創作《王老虎》（又名《虎嘯》）和《桃李春風》（又名《金聲玉振》）兩個劇本。兩人事先商量後分工，趙清閣「比較懂得『戲』的表現」，負責「想結構」；老舍「善於寫對話」，負責「寫詞」。〔註26〕

兩人相知相悅，自然心有靈犀。合作不僅默契，而且風格互補。《桃李春風》因此取得了空前的成功，不僅上演轟動一時，而且還獲得國民政府教育部的文藝大獎。合寫《桃李春風》時，老舍和趙清閣同住北碚，毗鄰而居。《桃李春風》開始創作不久，趙清閣就得了盲腸炎。所以，劇本的第三四幕，是她躺在重慶北碚醫院的病床上寫的。初稿剛剛寫就，老舍就感到腹部疼痛。他在《割盲腸記》中寫道：「10月4日，我去找趙清閣先生。她得過此病，一定能確切的指示我。她說，頂好去看看醫生，她領我上了江蘇醫院的附設醫院。」因趙清閣曾在此住過院，「和大夫護士都熟悉」。在她的陪同下，老舍住進江蘇醫學院附屬醫院割盲腸。動手術時，趙清閣和老向等好友一直在手術室外守候。老舍住院期間，得到了朋友們的輪流照顧。

老舍出院之日，《桃李春風》在《文藝先鋒》第3卷第4期上發表，並在重慶等地公開上演，不久，中西書局又出版了單行本。趙清閣在《〈桃李春風〉序》中，介紹了兩人合作的經過。當老舍約她合作《桃李春風》時，她是「不大贊成。」其原因，她在1943年9月11日給陽翰笙的信中有所透露：「人與

〔註23〕 參見趙清閣：《陸晶清逝世週年誄》，《新文學史料》1994年第3期。
〔註24〕 1940年9月24、25日重慶《新蜀報》。
〔註25〕 老舍：《作家書簡》，1942年7月15日《文壇》第6期。
〔註26〕 趙清閣：《〈桃李春風〉序》，《桃李春風》，中西書局1943年12月初版。

人之間既無『瞭解』，而又有『批評』。這些批評是什麼？即惡意的讒謗，因為他不瞭解你，所以他誤會你，甚而猜疑你，至於冤誣你。尤其是對於女性，作人更難。他會給你造出許多難以容忍的想入非非的謠言。天知道我們（像我同老舍）這種人，刻苦好學，只憑勞力生活，為的是保持淡泊寧靜，而孰料仍不免是非之論。苟果知媚上，則何至如此清貧？」信中「媚上」之語，係指《桃李春風》是為了紀念 8 月 27 日（孔子誕辰日，國民政府在 1939 年決定）的教師節而寫。有人據此誹謗他們諂媚當局。而信中所謂「女性，作人更難」的感慨，是有好事者對她和老舍毗鄰而居，關係甚好，頗有桃色微言。所以，老舍邀請她合作《桃李春風》，她有這樣的顧慮，也在情理之中。

　　劉以鬯在《記趙清閣》中說：「在抗戰時期的重慶，趙清閣的名字常與老舍聯在一起。」其原因是眾所周知的。在趙清閣從事的一切文學活動中，總能見到老舍大力支持的身影。《彈花》的創辦、「彈花文藝叢書」的加盟、《王老虎》和《桃李春風》的合作。不僅如此，趙清閣年輕貌美，又多才多藝，年近而立，尚未婚配，老舍的妻兒又不在身邊，自然會讓人「想入非非」。何況他們又毗鄰而居，人們道聽途說，傳言他們是「同居」關係。（這種傳聞，直至今日仍有餘音。如林斤瀾就稱：「老舍和趙清閣，早已是公開的秘密」，「他們一段時間是同居關係。」〔註27〕牛漢也說：「她在重慶時期和老舍在北碚公開同居，一起從事創作，共同署名。」〔註28〕），引發桃色想像也就不足為怪了。事實的真相究竟如何，梁實秋在《關於老舍》一文中說得清楚明白：「後來老舍搬離了那個地方（按：林語堂的私家別墅），搬到馬路邊的一排平房中的一間，我記得那排平房中趙清閣住過其中的另一間，李辰冬夫婦也住過另一間。」〔註29〕如此看來，說老舍與趙清閣公開同居，是捕風捉影，沒有任何依據。但也無可否認，他們之間關係甚好，親密無間，在彼此的心目中有一種至純至潔的情愫在生根發芽。

　　然而，這份朦朧的情愫還未開花，老舍的夫人胡絜青就帶著三個孩子，在老向的幫助下，從北平歷經艱辛，耗時一個多月，來到了重慶。「老向的此次義舉屬秘密行動，事先沒有跟老舍商量。到了重慶後，他找人到郊區北碚

〔註27〕　程紹國：《林斤瀾說》，人民文學出版社 2006 年 12 月版，第 191 頁。
〔註28〕　何啓治，李晉西編撰：《我仍在苦苦跋涉：牛漢自述》，生活・讀書・新知三聯書店 2008 年 8 月版，第 201 頁。
〔註29〕　《梁實秋文集》第 4 卷，鷺江出版社 2002 年 10 月版，第 608 頁。

去問老舍，要不要跟妻子兒女馬上團聚。那一刻老舍正在吃餛飩，聽到這一消息，手中正夾著餛飩的筷子微微抖顫了一下，但他馬上恢復了平靜，略微沉思了一會兒，說：『既然來了，就讓他們過來吧。』」〔註30〕老向幫助老舍夫妻團圓，固然出於好意，可是在戰亂，這畢竟是一件大事，事先不肯與老舍商量，不合情理。老舍得知家人來了時的表現，難免使人生疑。

據桑農在《相思欲訴又彷徨：老舍與趙清閣》一文中考證，胡絜青到重慶的確切時間是1943年10月28日，她一直在市區滯留到11月17日，才帶著孩子們到北碚與老舍團聚。而在這段時間裏，趙清閣卻從北碚遷居到了重慶市內。胡絜青千里迢迢來重慶尋夫，而丈夫近在咫尺，又剛做了手術需要人照顧，卻不急著趕去相見，個中原因未見親歷者的文字記錄，倒是旁證者林斤瀾和牛漢的說法，除時間上與事實有出入外，大體一致。林斤瀾說「1942年10月，胡絜青攜子女三個輾轉抵渝，他們一家在北碚住下。趙清閣只得退讓。」〔註31〕牛漢稱：「胡絜青得到消息，萬里迢迢，輾轉三個月到重慶衝散鴛鴦。」〔註32〕

活潑開朗，磊落大方的趙清閣，原本坦然面對與老舍的交往，可作為一個單身女性，在謠言四起之際，難以承受心中的壓力，在胡絜青來渝後，不得不離開北碚以避嫌疑。可她的這種行為卻適得其反，反而給此前的謠言提供了口實。為此，她內心非常苦悶。好友冰心知道後，建議她把心思轉移到改編《紅樓夢》上。趙清閣在《紅樓夢話劇集》的序中解釋她研究和改編《紅樓夢》的原因是：「1943年秋，我從北碚遷居重慶。當時身體、心情都很壞，是逃避現實又像是在迷霧裏找精神出路；總之，我是在百無聊賴中開始了《紅樓夢》的研究和改編。」〔註33〕

帶著這樣的心緒，趙清閣在改編《紅樓夢》中，不可避免要把自己的情感和好惡融入其中。《紅樓夢話劇集》〔註34〕由《賈寶玉和林黛玉》（又名《詩魂冷月》）、《晴雯贊》（又名《鬼蜮花殃》）、《雪劍鴛鴦》和《流水飛花》四部獨立的分冊構成。前兩部，在重慶完成。劇中人物的身上明顯地承載了她此時難以敘說的心聲。諸如，她認為寶黛之情是「從友誼發展為愛情」的；薛

〔註30〕北塔：《老舍與胡絜青的生死婚戀》，2003年1月23日《北京娛樂信報》。
〔註31〕程紹國：《林斤瀾說》，人民文學出版社2006年12月版，第191頁。
〔註32〕何啟治，李晉西編撰：《我仍在苦苦跋涉：牛漢自述》，生活・讀書・新知三
　　　　聯書店2008年8月版，第201頁。
〔註33〕轉引自桑農：《相思欲訴又彷徨：老舍與趙清閣》，《書屋》2008年第12期。
〔註34〕四川文藝出版社1985年6月初版。

寶釵「羨嫉林黛玉的才智及其獲得寶玉的專寵；她追求賈寶玉的貴族身份及其家庭地位」；晴雯「和賈寶玉親密相處不分尊卑，但她心地坦蕩無私，行動光明磊落。她可以抱病徹夜爲賈寶玉補綴孔雀裘，絕不肯做那些替賈寶玉『洗澡』、『換衣』的下作事！她更不會幹襲人那種『鬼鬼祟祟勾當』。」

老舍因初戀失敗，在情感心理上產生了揮之不去的陰影。他從來不主動與異性交往，與胡絜青的婚姻也是母親相中，朋友們一手促成的。長此以往，他見著女人老是覺得拘束，和趙清閣走近，與她的豪爽和略帶陽剛的性格不無關係。胡絜青突然來渝，他只好接受既成的事實。這就不難理解，梁實秋爲什麼在《憶老舍》中說，「那時候他的夫人已自北平趕來四川，但是他的生活更陷於苦悶」的原因了。

老舍與趙清閣的住處雖然分開了，一個北碚的鄉下，一個在市區的神仙洞街。但兩人的往來並沒有中斷。1944 年夏天，老舍爲趙清閣題寫扇面，落款是：「錄白香山秋居應清閣作家之囑，甲申夏，老舍。」第二年夏天，他又在傅抱石贈趙清閣的畫上題詞：「國畫以善運筆爲主，筆堅墨暈，體韻雙妙得爲上品，今代畫師獨抱石公能之，證於此作。乙酉夏初，讀抱石《清閣著書圖》，敬誌數言，老舍。」抗戰勝利後，趙清閣爲了去上海，擺地攤處理家產，籌備路費。老舍進城到天官府拜訪郭沫若，隨後與郭沫若一道來神仙洞街看望趙清閣，碰巧看到她正在街上擺攤。因此與之打趣，叫她把地攤擺到外國使館門前，並願幫她寫塊招牌，叫做「作家地攤」，「也讓洋大人們見識見識咱們中國作家的體面！」後來，趙清閣好友方令孺得知她的窘況後，慷慨解囊，幫助她解決赴滬的路費。1945 年 10 月 23 日，老舍來到蓮花池，爲趙清閣離渝赴滬送行。傅抱石贈送給趙清閣紅楓扁舟圖冊頁一幀，老舍在冊頁題五絕詩一首：「風雨八年晦，／霜江萬葉明，扁舟載酒去，／河山無限情。」〔註35〕

或許離開重慶到了上海，趙清閣的顧忌少了。1946 年 1 月 1 日，她在自己主編的《神州日報》副刊「原野」第 1 期的顯著位置上，刊載了 1941 年 1 月老舍在北碚養病期間，與她等友人一起共度夏曆除夕時所作七絕《新年吟》。老舍這首詩曾隨《自遣》一文發表過。時過五年，物是人非，又天各一方，重刊舊作，其意自明，趙清閣難以忘懷她和老舍共同度過的美好時光。1 月 15 日，她又在《原野》上刊發老舍已發表三年的舊作：《舊詩與貧血》，懷念之情溢於言表。

〔註35〕 參見趙清閣：《行雲散記》，百花文藝出版社 1983 年 11 月版，第 71、74 頁。

　　趙清閣從好友冰心的信中得知老舍和曹禺「應美國文化專員之邀赴美一年，明春二月間可以啓程」〔註36〕的消息後，即在 1946 年 1 月 19 日《神州日報》副刊「原野」第 68 期刊載了這則消息。2 月 13 日，老舍與曹禺離渝抵滬，滯留上海等船期間，他與趙清閣多次見面交談。2 月 18 日，趙清閣出席「文協」上海分會在金城銀行七樓餐廳爲老舍、曹禺舉行的歡送會。3 月 3 日，鄭振鐸與許廣平共同做東，宴請老舍等人，趙清閣也陪同出席。第二天下午，老舍和曹禺乘「史各脫將軍號」輪船離開上海，趙清閣一直將他們送到船上。3 月 16 日，冰心在致趙清閣的信中寫道：「我的侄子那天送他表妹上船，說看見你送老舍。老舍想來一定高興得很，去換一換空氣。」〔註37〕

　　作爲閨中好友，趙清閣與冰心的關係甚好。1943 年秋，趙清閣懷著悵惘從北碚搬到重慶市內居住後，常去冰心處傾訴自己的苦悶。冰心對趙清閣與老舍之間的情誼，深表同情和認可。1947 年 3 月 4 日，她在日本給趙清閣的信中如此寫道：「大妹（冰心之女吳冰）躺在床上後，我更少出去，除非是不得已。她在床上看了許多書，最欣賞老舍，還和老舍通了兩次信（老舍說也許三月中回國，大妹就請他過日本來住些時）。她請你代她買些老舍的一切作品（除了《四世同堂》，她已有了）。」〔註38〕從冰心的信中可知，老舍在美國與趙清閣的聯繫頗爲頻繁。

　　老舍與趙清閣相約，他去美一年後就回來。然而，當他回來時，時間已是三年後。這三年多的時間裏，他們之間究竟談了些什麼，已不得而知。我們能看到的只是趙清閣一再地重刊和改編老舍的作品。1946 年 5 月 1 日，趙清閣在她列名編委的《文潮》月刊創刊號上，將《桃李春風》更名爲《金聲玉振》重新刊載。後來，該刊的「文壇近訊」、「文壇一月訊」等欄目裏，非常及時報導了老舍在美國的最新動態。其消息來源，該刊稱是「老舍致函其國內友人」，這個國內友人當是趙清閣無疑。1947 年 11 月 1 日，趙清閣又將老舍在北碚寫下的《村居》、《中年》（其一、其二）〔註39〕和《端午》〔註40〕等舊體詩從原文中抽出來，一併發表在《文潮》上，以此緬懷他們在戰亂歲

〔註36〕卓如編：《冰心文集》第三卷，海峽文藝出版社 1994 年 12 月版，第 399 頁。
〔註37〕卓如編：《冰心文集》第三卷，海峽文藝出版社 1994 年 12 月版，第 404 頁。
〔註38〕卓如編：《冰心文集》第三卷，海峽文藝出版社 1994 年 12 月版，第 437 頁。
〔註39〕這三首詩曾以《舊詩與貧血》爲題發表在 1943 年 1 月 15 日《抗戰文藝》第 8
　　　　卷第 3 期上；1946 年 1 月 15 日上海《神州日報》副刊「原野」第 64 期重刊。
〔註40〕1942 年 7 月 7 日《大公報》副刊「戰線」第 929 號。

月裏結下的眞摯情誼，抒發自己對遠在美國的老舍的思念。不僅如此，她在繁忙之中還將老舍的長篇小說《離婚》改編爲同名電影文學劇本在《文潮》上發表。趙清閣在改編的「前言」中寫道：「本劇是忠於原作的改編，宜於讀，而攝制電影稍嫌人多，景多，情節多，故攝制之腳本又刪改了些，與本劇略有不同。」〔註41〕

　　1946年夏天，美國正準備在比基尼島進行原子彈試驗時，老舍與曹禺應邀出席一個科學家討論原子能的會議。在會上，有人問老舍：「應不應該將原子秘密向蘇聯公開？」老舍反對擴散原子武器屠殺和平人民，所以持否定態度。當時，美蘇之間的競爭日益明顯。在文化交流上蘇聯率先邀請郭沫若、丁西林訪蘇；接著美國又邀請老舍、曹禺訪美。而我黨的政策是與蘇聯修好，反對美國的原子彈試驗。因此，郭沫若、茅盾和田漢等人站在黨的立場上，撰文嚴厲地抨擊美國的原子彈試驗，同時也尖刻地「批評」了老舍的觀點。理解老舍的趙清閣，利用《文潮》這個陣地來爲他辯解。趙清閣在《文潮》的「文壇一月訊」中，將事實眞相公諸於衆：「曹禺及老舍致函其國內友人稱：曹禺年內返國。老舍尚欲赴英倫。老舍並云在美除被賽珍珠女士邀作文藝講演外，絕未作任何『原子』講演，對國內謠傳表示不願聲辯，蓋自信謠傳終必不攻自破也。」〔註42〕。老友葉聖陶在11月16日的日記中也寫道：「大約通訊社之消息係有意或無意之誤傳，而滬友不察，遽加指謫，且執筆者均爲支持『文協』之老友，尤傷其心。」〔註43〕曹禺後來也解釋道：「當時國內並不瞭解事情的原委，有些人寫文章批評了老舍，這是冤枉了老舍。」〔註44〕

　　老舍在美期間與趙清閣通信不斷，遺憾的是這些信後來全部被銷毀了。留存在世上的是老舍和一位美國女孩的合影，照片背面有這樣的文字：「華盛頓大本營（美國獨立戰爭之時）的外邊。小女孩只有十歲，卻能大大方方的領導外方的朋友參觀一切，講說一切。天晚了，她還給我雇了車來。可惜我忘了她的姓名。克，一九四七年初。」署名用「克」字，是源於在北碚時，趙清閣曾將梁實秋翻譯的《咆哮山莊》（今譯《呼嘯山莊》）改編成話劇《此

〔註41〕趙清閣：《〈離婚〉前言》，《文潮》1948年6月1日第5卷第2期。
〔註42〕《文潮》1946年10月1日第1卷第6期。
〔註43〕葉聖陶：《在上海的三年》，《新文學史料》1986年第4期。
〔註44〕克瑩、侯堉中：《老舍在美國——曹禺訪問記》，《新文學史料》1985年第1期。

恨綿綿》，劇中男女主人公分別叫安剋夫和安苡珊。此後，老舍與趙清閣通信
時，常常以「克」和「珊」相稱。

1947 年 1 月，曹禺藉口母親染疾，提前離開美國返回上海。老舍未與他
同行，而是繼續滯留在美國，時間達三年之久。陳子善在《團圓》中說：「據
趙清閣和老舍共同的好友趙家璧先生生前見告，老舍和曹禺 1946 年初應美國
國務院美中文化合作計劃之請聯袂訪美，因《駱駝祥子》英譯本的成功，老
舍留在了美國，設想今後專事英文著述，並把趙清閣也接到美國。」〔註 45〕
《新文學史料》主編牛漢在其自述中回憶道：「我與方殷到上海見到趙清閣，
問她能不能寫點回憶錄？趙清閣向我展示老舍 1948 年從美國寫給她的一封信
（原件）：我在馬尼拉買好房子，爲了重逢，我們到那兒定居吧。趙清閣一輩
子沒有結婚，她寫的回憶錄給『史料』發過。這封信沒有發。」〔註 46〕

趙清閣沒有去投奔老舍的具體原因，現在不得而知。不過，從她在此
間期所寫的兩篇內容相似的作品《記校長先生》和《落葉無限愁》中，可
以窺見她當時的心跡。這兩篇作品寫的都是有家室的中年知識分子戀上年
輕女子卻未能成眷屬的故事。《記校長先生》發表時，編輯在題目下加有「回
憶短篇」的字樣。1990 年代，趙清閣出版她的《不堪回首》時，將其改爲
《心中的秘密》，並在篇前加上如下按語：「這是五十年前在重慶寫的一篇
散文……」

《落葉無限愁》，寫於 1947 年春，是一篇現實題材的小說。小說寫的依
舊是一個婚外戀的故事：抗戰勝利後，滯留在大後方的邵環教授，滿以爲能
夠與相戀多年的年輕女畫家燦終成眷屬。不料，燦不願毀壞邵教授已有的家
室，悄然離開，希望開始新的人生。邵教授趕往上海尋到燦，兩人又雙雙漫
步街頭。可是，得知邵妻明日將追到上海，燦再次毅然消失，永遠地消失了，
「邵環倒在泥濘中，落葉寂寞地埋葬了他的靈魂！」小說彌漫著無盡的愁緒，
乃至於趙清閣將它放在自己編輯的一本多位女作家合作的《無題集》中出版
後，有好心的讀者還寫信希望她將小說改成一個大團圓的結局。趙清閣當時
就回答說：「我寧願到此爲止。」三十年後她還是如此認爲：「今天依然這樣
看。」陳學勇在《自傳體與自況》說：「小說無意團圓是明確的，生活中的趙

〔註 45〕 轉引自桑農：《相思欲訴又彷徨：老舍與趙清閣》，《書屋》2008 年第 12 期。
〔註 46〕 何啓治，李晉西編撰：《我仍在苦苦跋涉：牛漢自述》，生活・讀書・新知三
聯書店 2008 年 8 月版，第 201 頁。

清閣，愛情遭挫後獨身終老，難說這不是個借它澆胸中塊壘的作品。」〔註47〕

　　1948 年初，趙清閣將老舍最喜歡的小說《離婚》改編成電影劇本。無獨有偶，在大洋彼岸的老舍，將《離婚》改譯為「The Quest for Love of Lao Lee」（老李的愛的追求）在美國出版。趙清閣與老舍既然常有通信往來，選擇《離婚》的改編或翻譯，也是情理之中的事。或許正如篇名所暗示的那樣，趙清閣需要的是老舍離婚，而老舍又缺乏與留在國內的妻子胡絜青離婚的勇氣和決心，只好選擇逃避。誠如趙清閣在《落葉無限愁》裏借邵環之口所說的那樣：「讓我們想法子逃到遙遠的地方去，找一個清靜的住處，我著書，你作畫，與清風為友，與明月為伴，任天塌地陷，我們的愛情永生。」這是心高氣傲的趙清閣，無法接受的。

　　全國即將解放，文藝界的朋友都希望老舍盡快回國效力。陽翰笙根據周恩來的指示，致函趙清閣，請她出面邀請老舍回國。1949 年 12 月 12 日，老舍根據組織的安排，回到闊別 14 年的北京。一到北京，他就去拜會周恩來。據與趙清閣交往頗多的史承鈞說，老舍曾專門寫信給周恩來，向他彙報了自己和趙清閣的感情。然而，老舍從美歸國，已廣為人知，如果他一回來就發生婚變，會對新生政權產生負面的社會影響。所以，組織上在權衡各方利害後決定，接胡絜青回京，一家團聚。為此，周恩來夫婦一直對趙清閣心存內疚，總是表現出格外的關心。如 1957 年 4 月底，周恩來在上海接見電影界人士時，因沒有看見趙清閣，便主動問起；同年 12 月，他又在上海一次文藝界人士的座談會上，拉著趙清閣的手，噓寒問暖，關懷備至；1961 年，周恩來在參加電影創作會議結束的一次香山晚會上，還向黃宗英問起趙清閣，說他喜歡趙清閣編劇的《向陽花開》的影片。周恩來去世後，鄧穎超對趙清閣也予以特別的關照。1979 年 4 月 23 日，鄧穎超在田漢的追悼會上，熱情地拉著她的手問長問短。同年「五一」節時，鄧穎超在自家的會客廳單獨接見了趙清閣，並告之周總理在病中還幾次談起她。趙清閣返滬前，鄧穎超又在百忙中接見她，鼓勵她要繼續創作，在新長征的路上做出新的貢獻。

　　1950 年 4 月，胡絜青帶著孩子們由北碚返京，老舍一家人團聚在「丹柿小院」。解放初期，老舍以高昂的熱情投身到建設新中國的文藝事業之中。由於客觀條件的限制，老舍和趙清閣分住北京和上海，見面的機會很少。但他們之間的聯繫並未中斷，常常書信往來。遺憾的是，這些通信不是在「文革」

〔註47〕2005 年 8 月 26 日《文匯讀書周報》。

中遺失，就是礙於兩人的特殊處境而被有意地處理了。他們交往和通信的具體細節成了永遠的謎。所幸趙清閣生前在編選《滄海往事──中國現代著名作家書信集錦》（上海文藝出版社 2006 年 10 月版）的書稿裏，特意收錄了老舍建國後寫給她的四封信。

最早一封信寫於 1955 年 4 月 25 日。全文如下：

> 珊：快到你的壽日了，我祝你健康，快活！
>
> 許久無信，或係故意不寫。我猜：也許是爲我那篇小文的緣故。我也猜得出，你願我忘了此事，全心去服務。你總是爲別人想，連通信的一點權益也願犧牲。這就是你，自己甘於吃虧，絕不拖住別人！我感謝你的深厚友誼！不管你吧，我到時候即寫信給你，但不再亂説，你若以爲這樣做可以，就請也暇中寫幾行來，好吧？我忙極，腿又很壞。匆匆，祝，
>
> 長壽！
>
> 克
>
> 廿五、五五年五月
>
> 果來信，不必辯論什麼，告訴我些生活上的事吧，我極盼知道！

這是老舍特意爲趙清閣祝壽而寫的一封信。從信的內容來看，他們兩人此前有過書信往來，甚至在信中還談到了老舍寫過的一篇「小文」，內容可能涉及他們兩人以前的交往和感情，趙清閣以無言作答。因而，老舍爲趙清閣「總是爲別人想」、「甘於吃虧」的胸懷而感動，希望能與她繼續保持聯繫，並保證以後「不再亂説」。並期盼她能抽暇告之片語，以慰自己的掛懷。在老舍心目中，趙清閣是難以忘懷的，他不僅銘記著她的生日（4 月 25 日），而且再忙也要寫信或寄贈禮物祝賀。如趙清閣 56 周歲生日時，老舍手書的是他 1942 年前後寫於重慶的一首舊體詩（杜鵑峰下杜鵑啼，／碧水東流月向西。／莫道花殘春寂寞，／隔宵新筍與簪齊）相贈。趙清閣 57 周歲生日時，他又題寫一副賀聯（「清流笛韻微添醉，翠閣花香勤著書。」）相贈！趙清閣對老舍的這些手跡，非常珍視，生前一直懸掛在客廳。

現存的另外三封信，分別寫於 1956 年 10 月 20 日、1957 年 2 月 7 日和 1964 年 11 月 18 日，稱呼不再是親密的「珊」和「克」了，而是朋友之間的「清弟」和「舍」。男女私情演變成對生活、工作的彼此關心和對藝術的討論。

如趙清閣叫趙家璧給老舍帶去茶葉；老舍反覆勸告趙清閣務必要安心養病、治病，並告訴之舒繡文到上海後，可請她聯繫名醫診治。知己之情，互為牽掛，感人至深。建國後，趙清閣因根據《紅樓夢》改編的話劇劇本，在「文藝整風」和「思想改造」運動中，被扣上了「封建文學」的帽子，受到了批判，下放到資料室長達四年。後來，還是在許廣平的幫助下才恢復了編劇職務。趙清閣看了老舍的話劇《西望長安》後，認為像「活報劇」，缺乏幽默感。在極「左」思潮泛濫的時候，寫諷刺喜劇幾乎是不可能的。所以，老舍在信中言及了他的難處與顧慮，說《西望長安》是「新活報劇」。

老舍與趙清閣除了書信往來、互致關心外，兩人還因工作關係，也有過見面的機會。如今有據可查的有兩次。第一次是 1960 年 4 月，趙清閣去北京戲劇學校體驗生活，為創作有關京劇老藝人的劇本做準備。兩人相見，自然沉浸在依然清晰的過去，他們一同在北碚度過的那段美好時光。老舍手書《憶蜀中小景二絕》贈送，詩云：「蕉葉清新卷月明，田邊苔井晚波生。村姑汲水自來去，坐聽青蛙斷續鳴。」「杜鵑峰下杜鵑啼，碧水東流月向西。莫道花殘春寂寞，隔宵新筍與簷齊。」落款為：「庚子牡丹初放寫奉清閣同志兩教，老舍於北京。」第二次是 1963 年 4 月，老舍、陽翰笙出席廣州文藝會議後來滬。老舍在上海住了三天後返京。這是他們一生中的最後一次見面。趙清閣在自己親自核定的《趙清閣文藝生涯年譜》上，加上了「從此永訣」四個字。哀思和無盡的惆悵，像一江春水，在時空中流淌。

老舍與趙清閣的情誼，基於共同的事業和患難，萌芽開花，無可非議。可在「男性中心社會的封建餘毒，仍很凝固，開明公正的思想意識還不易蘇醒。」〔註48〕的 20 世紀，趙清閣深受時代的影響。誠如桑農所言：「她的內心很矛盾，也很複雜。一方面，對老舍有深厚的感情，並且終身未嫁；另一方面，又愛惜羽毛，不願捲入是非，招來流言。在老舍生前，兩人的交往中，她一直恪守自己的底線；老舍去世後，甚至在垂垂暮年，她仍然是如履薄冰。」〔註49〕

基於此，趙清閣在晚年回憶了幾十位現代著名作家和藝術家與她的交往和友誼，卻沒有一篇是回憶老舍的。事實上，她與老舍的通信很多，甚至還向牛漢和史承鈞出示多封老舍寫給她的信，但她在臨終時，全部銷毀。促使她這樣做的原因大致有三：其一、她對老舍感情很深，她不願將這份私密的

〔註48〕趙清閣：《陸小曼幽怨難泯》，《新文學史料》1999 年第 2 期。
〔註49〕轉引自桑農：《相思欲訴又彷徨：老舍與趙清閣》，《書屋》2008 年第 12 期。

眞情爲外人道。其二、她和老舍合著的《桃李春風》，在解放後被扣上「反動文人」、「國防戲劇的追隨者」等帽子，批鬥抄家，倍受折磨，乃至癱瘓數年。直到 1978 年，才平反昭雪，恢復名譽。這樣的慘痛經歷，必然會給她心靈留下難以抹去的陰影。孤苦堅守一生，她不願爲此在暮年或離開人世後，遭人非議。其三、1985 年 7 月 26 日，鄧穎超在給趙清閣的信中，又用很重的語氣表達了她對秦德君披露與茅盾婚外戀的反感，這給了她一種無形的壓力。終使她在垂暮之年，幾度欲言又止，最終隱忍不言，留下一段故事讓人評說。

2. 老舍與吳組緗

1933 年寒假，在齊魯大學任教的老舍，從濟南返京探親。好友鄭振鐸請他吃飯，作陪的有清華「四劍客」〔註 50〕之一的吳組緗。老舍與之相識，兩人一見如故。老舍的坦率和「難言的苦趣」給吳組緗留下了深刻的印象。自此以後，他們因文結緣，又志趣相投，在共同的戰鬥中，結下了深厚的友誼。吳組緗曾說過，他是老舍最親密的朋友之一。「尤其是在重慶的一段時期，我們同作『涸轍之鮒』常常一處同吃，同住、同工作、同遊散，無話不談。老舍比我大九歲，資歷方面也是我的前輩。我本來稱呼他『老舍先生』，他多次反對，說：『這不行，多生分！』他要我叫他『舍予兄』。他寫給我的詩，有『有客知心同骨肉，無錢買酒賣文章』之句。老舍於公於私無不肺腑相見，一秉至誠。從長期的過從交往中，我看到他大義凜然，盡其在我的風采；我看到他刻苦自勵，勤奮不懈的作派；我看到他推己及人，潤物無聲的心腸；他是非常可敬，非常可親的；他也許還有些弱點或缺點，但在我的私心裏，卻因此愈覺得他的可愛。」〔註 51〕

1934 年夏，吳組緗在清華大學研究院中斷學業後，經朱自清介紹，到南京中央研究院總幹事室任丁文江的秘書。第二年初，他又接受馮玉祥將軍的邀請，來到泰山，擔任馮將軍的國文教師，抗戰爆發後兼作秘書工作。1935 年暑假，老舍來泰山遊玩時與吳組緗一起教馮玉祥學文化。「馮玉祥先生尊他們爲老師，住在泰山腳下，伙食費是相當高的。但由於下屬副官和大師傅的剋扣，他們的伙食卻愈來愈差了。於是想給馮玉祥說說，又怕面子不太好看。

〔註 50〕 時在清華讀書的李長之、季羨林、吳組緗、林庚，因同喜文學，結成好友，常在一起，指點江山，臧否人物，日後都成爲著名的作家、詩人和學者，被譽稱爲清華的「四劍客」。
〔註 51〕 吳組緗：《〈老舍幽默文集〉序》，《老舍幽默文集》，湖南人民出版社 1983 年 1 月版，第 2 頁。

但老舍先生很有辦法。有一天吃飯時，他們兩人的菜碗裏只有一片肉。老舍先生看著看著，忽然端起菜碗跑到馮玉祥那裏，對他說：『大帥，這個碗裏只有一塊肉，請問是給予我吃的，還是給組緗吃的呀？』這一問，問得馮玉祥非常難堪，也感到意外，馬上把大師傅找來查問，當然很快就改善了伙食。」〔註52〕同年 6 月 15 日，老舍和吳組緗等 148 人代表全國 17 個團體，聯名簽署了反對「讀經救國」和文化界復古運動的《我們對於文化運動的意見》。第二年，他們又與魯迅等 63 位作家聯名發表《中國文藝工作者宣言》。1938 年1 月，老舍與吳組緗又相聚在武漢。當時，馮玉祥對老舍為拯救民族危亡，別婦拋雛獨自一人南下武漢的愛國行為，非常感動，特題詩一首相贈：

> 老舍先生到武漢，
>
> 提隻提箱赴國難；
>
> 妻子兒女全不顧，
>
> 蹈湯赴火為抗戰！
>
> 老舍先生不顧家，
>
> 提個小箱子撐中華；
>
> 滿腔熱血有如此，
>
> 全民團結筆生花！

在馮玉祥的支持下，老舍和吳組緗雙雙參與「文協」的發起工作，又一同選為「文協」正式籌備會籌備員，共同起草了《中華全國文藝界抗敵協會宣言》。在「文協」第一屆理事會上，兩人都當選為常務理事。隨後，老舍被一致推舉為總務組長（實際執掌「文協」帥印），一直到抗戰勝利。

「文協」遷往重慶後，老舍與吳組緗常常見面。1942 年 4 月 25 日，老舍搬到陳家橋石板場居住後，與吳組緗毗鄰而居，兩人來往更加密切，友情日益加深。老舍在《鄉居雜記》中寫道：「茅舍距組緗兄宅約七里，循田徑行，小溪曲折，翠竹護岸，時呈幽趣，白鶴滿林，即近友家矣。星期日，往往相訪，日暮始別，以盡談興。」〔註 53〕有一次，他們結伴到歌樂山附近的磁器口山上一處磁器作坊遊玩，看到磁器工人為了生存，一天到晚、馬不停蹄地製作窯坯，在窯坯上畫畫寫字，工作單調乏味，而待遇卻非常微薄時，兩人

〔註52〕段寶林：《聽吳組緗先生說老舍》，2001 年 4 月 5 日《諷刺與幽默》。

〔註53〕1942 年 7 月 7 日《大公報》。

遊興大減，感歎唏噓。老舍還觸景生情，自己何嘗不是這樣，為生存，「每天都寫，有空就寫」，寫作和製窯一樣，都是艱苦的活兒。特別是寫作那些應景文字，沒有輕鬆愉快可言，完全是勉力為之，這「每每使寫作變成苦刑。」雖勤奮劬勞，仍難以果腹。1942 年 6 月 9 日，吳組緗在日記中就這樣寫道：

> 老舍、何容兩兄來，買來肉三斤，乃由北碚來。舒談代我通行
> 復旦教課事，陳子展、馬宗融諸人均甚歡迎，唯聞現任訓導長陳望
> 道下年有任教務長說，須再向陳望道接洽得其同意。……

老舍看到好友吳組緗沒有穩定的收入，又拖家帶口負擔重，到北碚時就專程到復旦大學，為他謀一教職斡旋。從北碚返回市區後，他與何容專程買肉來看望吳組緗，並告之此事。不久，老舍在《吳組緗先生的豬》中風趣地寫道：「每次我去訪組緗先生，必附帶的向小花豬致敬，因為我與組緗先生核計過了：假若他與我共同登廣告賣身，大概也不會有人，出六百元來買！有一天，我又到吳宅去。給小江——組緗先生的少爺——買了幾個比醋還酸的桃子。拿著點東西，好搭訕著騙頓飯吃，否則就太不好意思了。」吳組緗後來撰文說：「他有一篇寫關於我的小文，說他常帶著幾個酸得不能進嘴的桃子給我家小孩，騙一頓飯吃。實際是，他每次來我家，因熟知當時我們手頭困難，又多病，他多是買了豐富的肉、菜帶了來，讓我們全家趁此打一次『牙祭』。這就是老舍的幽默。」〔註54〕從中也可以窺見老舍在艱難歲月時的豁達和對朋友的深厚情意。

老舍為人幽默風趣，又稔熟民間故事，朋友相聚，他總要講個笑話，活躍氣氛。吳組緗在《〈老舍幽默文集〉序》中就記載了老舍講的一個笑話：

> 有一個鄉下人進北京城，口渴了，想喝口水。看到浴堂掛著「清
> 水池堂」的牌子。他認識水字，以為這是賣水的；掏出個大子兒往
> 櫃檯上一拍：「來一碗！」掌櫃的嫌他冒昧，真叫堂倌舀了一碗給他。
> 他喝了，抹抹嘴就走，半路發現煙袋丟在櫃上忘了拿，趕緊跑回去，
> 掌櫃的怎會看得上他的煙袋？當然還了他：「小心，不要再丟了。」
> 他想，城裏人不老實，可對我這麼好，心裏感激，對掌櫃的說：「你
> 對我這麼好，我也有句要緊的話告訴你：你這水要快賣，有點兒餿
> 了。」

〔註54〕吳組緗：《〈老舍幽默文集〉序》，《老舍幽默文集》，湖南人民出版社 1983 年 1
月版，第 10 頁。

　　從 1939 年開始，每年夏天，日軍都要對重慶進行狂轟濫炸。到防空洞躲空襲是人們的家常便飯。老舍和吳組緗常常一起躲空襲。在防空洞枯坐，百無聊賴。老舍就和吳組緗以文藝界的人名湊句，把他們對文友的思念和祝福融入在詩句中。事隔近半個世紀，吳組緗在《〈老舍幽默文集〉序》中，還深情地回憶了他們兩人在防空洞一起同作人名詩的情景：

　　　　在重慶最無聊的是空襲中躲防空洞的時候。常常進了洞就出不來，久久悶坐著，無以自遣。後來我們就拿文藝界的人名拼湊詩句。一次，老舍把膝頭一拍，對我說：「大雨洗星海！看這一句有多雄闊！有本領，你對！」我對上句：「長虹穆木天」，他也說不差。一次我說：「你聽這一句：『梅雨周而復』。」他想了想拍手說：「蒲風葉以群！多棒！」這兩聯，以後湊成兩首五律，並加上了標題：

　　　　也頻徐仲年，火雪明田間。大雨洗星海，長虹穆木天；佩弦盧霽野，振鐸歐陽山。王語今空了，紺弩黃藥眠。　　憶昔

　　　　望道郭源新，盧焚蘇雪林。烽白朗霽野，山草明霞林；梅雨周而復，蒲風葉以群。素園陳瘦竹，老舍謝冰心。　　野望

這種人名詩，老舍不認為只是無聊消遣，說這也體現著文藝界大團結，彼此不存畛域的意思；又添了許多首加上《與抗戰有關》的總題目，送到《新蜀報副刊》發表出來。

　　這些聯詩中包括了詩人胡也頻、田間、蒲風，作家鄭振鐸、歐陽山、穆木天、高長虹、聶紺弩、周而復、老舍、冰心、蘇雪林、佩弦（即朱自清）與盧焚（即師陀），音樂家冼星海，文藝理論家黃藥眠、葉以群、陳瘦竹，詞曲名家盧冀野（本名盧前），翻譯家韋素園，教育家徐仲年等。律詩所記文友，妙趣橫生，意境不凡，整個詩篇，對仗工整又風趣幽默，將「文協」不分黨籍門派，團結抗戰的情形，生動而形象地展示出來，成為抗戰文壇一大趣事和美談。

　　1942 年 6 月 18 日，夏曆端午節，時逢大雨，老舍應邀攜傘前往吳組緗家裏過節。好友相聚，把酒對酌，情意綿綿。老舍特作《端午大雨，組緗兄邀飲，攜傘遠征。麼娃小江著新鞋來往，即跌泥中》二首詩記載此事。第一首詩，老舍深情地表達了他對好友吳組緗情深義重友誼的珍視：「有客知心同骨肉，無錢買酒賣文章」。第二首詩，栩栩如生地寫活了吳組緗小孩的調皮、童稚和可愛。喜悅之情，溢於言表。

7月14日，天氣悶熱，老舍又攜一西瓜來看望吳組緗。老舍來時，吳組緗尚未起床。他在當天的日記中記道，他和老舍「閒談小說題材，托爾斯泰、柴霍甫、杜格涅夫等名家作品。我談我之胸襟不寬大，近來時感生活無保障，精神受壓迫，致此心愁煩，不能開舒，情緒長在一種鬱結狀態之中。故我近來作文，思路甚枯索，下筆甚濡滯，毫無一點從容自如，活潑超脫之趣。似此寫的甚苦，活的尤苦。常見友輩熟人中處境苦於我者，而能滿不在乎，照樣做人豪放灑落，則不勝自愧。」〔註55〕

老舍對吳組緗的處境和困難，感同身受。為了解決好友的斷炊之虞，老舍回去後，馬上與中央大學的朋友聯繫，為其另謀教職。1942年7月25日，吳組緗在日記中寫道：

> 接中央大學師範學院署名伍叔儻者快函一通，稱「從舒舍予先生得悉尊況，至謝，先生學術甚深，素所欽服，中央大學國文系茲擬聘先生為專任講師，薪金二百六十元，津貼隨時增損，有劃一辦法。課目自以近代文藝為範圍，容再面詳。如蒙俯允，無往感荷。」

第二天，老舍告訴吳組緗，伍叔儻是中央大學師範學院國文系主任，並表示屆時陪他一同前往。患難之交見真情，老舍為好友找工作，竭盡全力，先託人復旦大學，後又斡旋中央大學，令人感動。

老舍和吳組緗的友誼日益加深。他們不僅僅在生活上相互關心，而且更主要的是在共同的文學事業上相互幫助。老舍勸吳組緗多寫文章，以真名投寄《時事新報》副刊《青光》；吳組緗瞭解老舍的長處在小說，因而勸他「暫時放棄劇本寫作，而以精力從事小說創作。」老舍頗為認同，表示正構思一長篇小說，「乃其自傳性質之題材」。〔註56〕作為好友，他們對各自的作品，不溢美，不隱惡，秉承公心地幫助對方提高。

1943年3月，吳組緗新著的長篇小說《鴨嘴澇》（後改名《山洪》），被列為「抗戰文藝叢書」第三種，由文藝獎助金管理委員會出版部出版發行。老舍很高興，隨即寫出書評《讀〈鴨嘴澇〉》，在1943年6月18日的《時事新報》上發表。全文雖只有800多字，但字字珠璣，非常中肯到位。好處說好，

〔註55〕《吳組緗日記摘抄》（1942年～1946年），2008年第1期《新文學史料》第13頁。
〔註56〕《吳組緗日記摘抄》（1942年～1946年），2008年第1期《新文學史料》第13頁。

壞處說壞，絕不敷衍。老舍說：「組緗先生有七八年沒寫小說了。《鴨嘴澇》的寫成，不但令我個人高興，就是全文藝界也都感到欣慰吧。書名起的不好。『鴨嘴』太老實了。『澇』，誰知道是啥東西！書，可是，寫得真好！」「組緗先生最會寫大場面……他叫我們看到不少活生生的人，也看到一個活的社會」。「專從文字上說，已足使我愛不釋手！」然而，老舍也指出小說中有關「鴨嘴澇居民的禮教與生活力量」，略顯淡薄，如若「寫得更深厚強烈一些，或者到然而一大轉的時候——由怕戰爭到敢抗戰，——才顯著更自然而有力。」「書的末尾似乎弱了一些」。

　　1944 年 4 月 7 日，抗戰即將勝利，「文協」已成立六年，恰逢老舍誕生45 週年和創作 20 週年。重慶文化界由邵力子牽頭，共 29 人聯名發起祝賀老舍創作 20 週年的紀念活動。吳組緗作了七律人名詩一首為他賀壽：

　　　　戴望舒老向文炳，凡海十方楊振聲。碧野長虹方瑋德，青崖火
　　雪明輝英；高歌曹聚仁薰宇，小默齊同金滿城。子展洪深高植地，
　　壽昌滕固蔣山青。

這首七律詩中包含的文藝界人士有詩人戴望舒、高長虹、方瑋德、高歌（高長虹之弟），作家王向辰、馮文炳、楊振聲、碧野、曹聚仁，劇作家洪深，藝術家滕固，翻譯家李青崖、高植地（與郭沫若翻譯托爾斯泰的《戰爭與和平》）以及陳毅留學法國時的同學金滿城等。

　　這首讚譽朋友的好詩，郭沫若曾在天官府為老舍舉辦的壽宴上朗誦出來，連老舍自己也「認為不但工巧，而且有章法，有內容，真像那麼回子事，表示欣賞」。

　　4 月 7 日，重慶文藝界為祝賀老舍創作生活 20 週年舉辦的紀念茶會，在百齡餐廳如期舉行，老舍特將一首七律舊作書成條幅，回贈好友吳組緗對紀念活動的熱心倡儀：

　　　　半老無官誠快事，文章為命酒為魂。深情每祝花長好，淺醉唯
　　知詩至尊。送雨風來吟柳岸，借書人去掩柴門。莊生蝴蝶原遊戲，
　　茅屋孤燈照夢痕。——村居雜吟之一

　　　　甲申初夏，在渝文友相約，為予賀學習文藝寫作二十年，組緗
　　兄倡議最力。廿年紙墨成就無多，既感且愧，因錄舊作一律，略答
　　勵之厚意。四月廿七日於東川北碚之鼠肥齋　　老舍

吳組緗接到條幅後，即和詩一首作答：

步老舍《村居雜吟》原韻

莫惜年光爭戰老，好將筆墨寄詩魂。半生蹤跡天何闊，一室低
佪我自尊。遠水遙山無限路，桂宮柏寢有多門。中庭明月間盈仄，
露濕蒼苔懷舊痕。〔註57〕

1945年10月5日，吳組緗收到臧克家的來信，說曹辛之將到上海與友人合辦星群出版社，需要大批稿子，希望吳組緗將《鴨嘴澇》改名交他帶到上海去再版。吳組緗「思更一名，久久不得。」〔註58〕於是，他與朋友們一起商議，「以群謂當以兩字含示人民潛伏力量初初發動之意。我初想到鄉間一種傳說，謂地震爲鼇魚睁眼。蓋神鼇爲張天師降伏於地層之下，每睁眼睛，即地震。故欲以『神鼇睁眼了』爲書名。以群說不佳。我乃又思得『驚蟄』二字正副以群之取義，以爲甚妥。遂改名。」當天，吳組緗與周欽岳到「文協」，告之老舍，《鴨嘴澇》欲以《驚蟄》之名再版。老舍認爲不佳，建議取名《山洪》。因爲「山洪」之名「醒豁，響亮，切合內容，字面也較爲大方。」〔註59〕吳組緗信然，《鴨嘴澇》即爲《山洪》之名代之。

老舍在重慶時，既要事必躬親「文協」的煩瑣事，又要拼命寫作，加上妻兒來後，負擔又重，身體漸衰，已是貧病交加。但他無怨無悔地說：「爲了我們自己，爲了民族的正氣，我們寧貧死，病死，或被殺，也不能輕易地丟失了它。在過去的八年中，我們把死看成生，把侵略者與威脅利誘都看成仇敵，就是爲了那一點氣節。」〔註60〕

吳組緗知道老舍「貧血復發，又患痔病痢，有『深盼死在這裡免得再受罪』」〔註61〕的境況後，萬分難過，立即寫信給葉以群，希望「文協」能爲老舍籌集治病的款項。同時，他又給胡絜青寫信勸慰道：「老舍不當嚴刻律己如此。力求生存健康，爲最道德的行爲，否則最不道德，文協款若到，務應收用，幸勿過於狷介。」〔註62〕不久，吳組緗就接到梅林的來信，說老舍治病

〔註57〕參見吳組緗：《同老舍的一次唱和》，1990年10月30日《光明日報》。
〔註58〕《吳組緗日記摘抄》（1942年～1946年），2008年第1期《新文學史料》第31頁。
〔註59〕吳組緗：《山洪·新版題記》，《山洪》，上海星群出版公司1946年4月版。
〔註60〕《致友人——1945年12月23日》，《老舍全集》第15卷，人民文學出版社1999年版，第670頁。
〔註61〕《吳組緗日記摘抄》（1942年～1946年），2008年第1期《新文學史料》第23頁。
〔註62〕《吳組緗日記摘抄》（1942年～1946年），2008年第1期《新文學史料》第

的款項已解決，「文協」將援華會捐款贈給老舍 15 萬元，給他 3 萬元。吳組緗非常高興，立即將梅林的來信轉寄給胡絜青。

在患難之中，老舍與吳組緗相互幫助，同甘共苦，情似兄弟。抗戰勝利後，美國政府邀請老舍和曹禺於 1946 年 2 月訪美。吳組緗爲好友老舍能出國講學，非常高興。老舍出國前，他常常陪伴左右，與之作伴，共敘友情。如 1945 年 10 月 16 日，周恩來邀請文藝界人士共進晚餐，吳組緗與老舍、葉聖陶等人出席。10 月 24 日，他又與老舍等人出席蘇聯大使招待馮玉祥的晚餐會。

1945 年 12 月中旬，老舍寫信給吳組緗，將家眷託付給他照料。當時想返回京滬的人很多，一票難求。在出國之前，將家眷相託，足見老舍對吳組緗的信任和他們的友情。

1947 年 10 月，吳組緗因隨馮玉祥將軍訪美，在紐約與老舍相逢。異國他鄉，好友相見，喜悅之情，情不自楚，老舍書寫七律一首相贈：

> 自南自北自西東，大地山河火獄中。各禱神明屠手足，齊拋肝腦決雌雄。晴雷一瞬青天死，彈雨經宵碧草空。若許桃源今尚在，也應鐵馬踏秋風。〔註63〕

解放後，吳組緗在清華、北大任教，專注於古典文學的教學與研究，並當選爲北京市文聯理事，後又被選爲中國作家協會書記處書記。老舍回國後，任北京市文聯主席，全國文聯主席團成員和中國作家協會副主席。因工作關係，他們時常謀面，彼此感情依舊。1966 年 5 月，「文革」爆發，吳組緗被打成「反動學術權威」，遭受了長期的迫害和摧殘。老舍也因不堪凌辱，在 1966 年 8 月 24 日投湖身亡。

1982 年 6 月 5 日，古稀之年的吳組緗，應胡絜青囑咐爲《老舍幽默文集》作序。此時，好友老舍已離世 16 年了，然而，在他心目中，老舍的音容笑貌還歷歷在目：

> 老舍和我同住歌樂山和陳家橋的時候，總理多次來找老舍和我們閒談，有時鄧大姐也同來。老舍對總理衷心敬仰，他說：「這就是共產黨；沒有別的，就是大公無私，爲國、爲民！對每個人都熱情關注，目光四射！」他在總理跟前什麼話都說，有時問東問西，像個小孩子；連他手頭正寫的作品遇到問題也提出來請教，總理也就

---

30 頁。

〔註63〕　《贈吳組緗》，《老舍全集》第 13 卷，人民文學出版社 1999 年版，第 678 頁。

> 現身說法，談自己的意見。在寫什麼、怎麼寫的問題上，有機會他
> 也找總理談。在重慶曾家岩、北京頤年堂、紫光閣，我曾不止一次
> 聽過那種無拘無束的談論。〔註64〕

對老舍在「文協」上的貢獻，吳組緗中肯地評價道：

> 抗戰八年的工作證明，有這個文協，就得有這個「總務組長」；
> 不是他，文協運轉不起來，很難辦成什麼事。〔註65〕

在經歷了種種人世間的風雨後，直言不諱、獨立不倚的吳組緗，對在抗戰時期與老舍建立起來的「知心同骨肉」的生死情義，依然銘記在心，老舍在天之靈，也倍感溫暖。

3. 老舍與胡風

老舍與胡風的相識，是從抗戰爆發後在武漢組織「文協」的時候開始的。1938 年 1 月中旬，中國文藝社在普海春飯館舉行第二次聚餐會，商討籌備成立中華全國文藝界抗敵協會的有關事宜。在這次聚餐會上，老舍與胡風得以相識，他們都被推舉為臨時籌備員。2 月 24 日，「文協」籌備大會在武漢正式成立。事隔近七年後，胡風還清晰地記得老舍在「文協」籌備會大會成立時的情景：「到會的人不少，鬧轟轟，但開會前舍予卻據著一張小圓桌，被幾個人圍著，用右手指打著拍子，沉醉地唱著他底剛寫成的《忠烈圖》。念完了一段還自己讚歎一句，例如：多悲！開會後，首先由他作了那熱情而興奮的演說。」〔註66〕在這次籌備會上，老舍和胡風一併當選為正式的籌備員。籌備會成立後，他們共同出席了商議「文協」成立的多次會議。3 月 23 日，籌備會再次開會，決定 3 月 27 日召開「文協」的成立大會。在這次會上，大家推舉老舍等人為主席團成員，胡風為大會秘書。老舍和吳組緗負責起草大會的成立宣言，胡風負責起草致日本反侵略作家書。

1938 年 3 月 27 日，「中華全國文藝界抗敵協會」在漢口成立。4 月 3 日下午，「文協」在武漢福音堂馮玉祥的家中召開第一屆理事會。在這次理事會上，老舍和胡風等 15 人被推舉為常務理事。老舍還被大家一致推舉為對外代

〔註64〕 吳組緗：《〈老舍幽默文集〉序》，《老舍幽默文集》，湖南人民出版社 1983 年 1 月版，第 7 頁。

〔註65〕 吳組緗：《〈老舍幽默文集〉序》，《老舍幽默文集》，湖南人民出版社 1983 年 1 月版，第 6 頁。

〔註66〕 胡風：《在文協第六屆年會的時候祝老舍先生創作二十年》，舒濟編《老舍和朋友們》，生活·讀書·新知三聯書店 1991 年 10 月版，第 92 頁。

表本會，對內領導全會工作的總務部（股）主任，胡風被推舉爲研究部（股）副主任（郁達夫是主任）。後來，胡風回憶說：「舉老舍這個有文壇地位、有正義感的作家當總務股主任，這是符合眾望的。」「在抗敵文協內，團結有正義感的眞誠的現實主義作家老舍，抵制了國民黨任何分裂或利用的陰謀企圖」。〔註67〕老舍雖是眾望所歸，但他在被推舉爲「文協」總負責人時，仍然推辭，後在朋友們一再地勸說下，他才「咬緊牙關負責地工作起來」。〔註68〕

老舍爲人眞誠，喜歡交友，對人對事從不敷衍。他和胡風一同爲「文協」的發展，並肩作戰，竭盡所能。雖然他們對文藝的見解不盡相同，但並不影響他們之間的友誼。「胡風在武漢時是靠賣文、搞翻譯、編《七月》雜誌爲生的。武漢撤退，雜誌停刊，胡風一家老小的生活來源便成了問題。曾向老舍求援，要求幫他找一件事做。老舍去求搬到重慶北碚的復旦大學文學院院長伍蠡甫教授，請他聘胡風到復旦大學去任教，教『創作論』和『日語精讀』。當胡風經宜都、宜昌、萬縣抵達重慶的第二天，老舍便將聘書和時間表交給了胡風，救了他的家，使他得以在重慶立足。」〔註69〕

1939 年 5 月 4 日傍晚，重慶市區再次遭到日機轟炸。老舍與周文、趙清閣、安娥等人，穿過燃燒的廢墟投奔住在郊外的胡風。在危難之中，奔赴友人，他們的感情已到了生死相投的境界。

1940 年 9 月 2 日，老舍在北碚主持「文協」分會後，應胡風邀請，過江到東陽鎮復旦大學去看望在此任教的朋友們。第二天，馬宗融又陪同他到胡風處，陳子展聞訊前來相聚。梅志盛情招待他們吃飯。荣肴豐富，有大麴酒，肉炒山藥蛋。多日不見油葷的老舍，大快朵頤。後來，他還如此風趣地說道：「假若這一天的碗裏沒有肉的痕跡，我想我會把碗碰碎在胡風兄的頭上的！」〔註70〕手足之情，溢於言表。

魯迅逝世四週年時，重慶文藝界在巴蜀小學的廣場上隆重舉行紀念活動。胡風和老舍分別報告了魯迅的生平和魯迅逝世時參加北大追悼會的情況。10 月下旬，老舍到北碚「文協」辦事處，召集「文協」會員開會，胡風應邀前來。好友再次相聚，其樂融融。晚上，馬宗融帶著大家到清眞食堂聚

〔註67〕轉引自散木：《同舟共進》2008 年第 7 期。
〔註68〕胡風：《在文協第六屆年會的時候祝老舍先生創作二十年》，舒濟編《老舍和朋友們》，生活‧讀書‧新知三聯書店 1991 年 10 月版，第 94 頁。
〔註69〕舒乙：《與人爲善的老舍》，2005 年 5 月 11 日《文匯讀書周報》。
〔註70〕老舍：《致南泉「文協」諸友信》，1940 年 9 月 24、25 日重慶《新蜀報》。

餐，餐畢，接著開會，一直到晚上九時會議才結束。老舍因趕寫《面子問題》，營養不良，患上了貧血病，頭暈目眩。1940年12月底，胡風知道後，從北碚來市區，專程到重慶白象街《新蜀報》館住地去看望他，老舍很是高興，與他一起共進午餐。「皖南事變」後，老舍再次來到北碚，打算與友人共度夏曆除夕。胡風得知後，馬上邀請他到復旦大學相聚。正月初二，他又親自過江把老舍接到家裏過年。這個春節，老舍過得很愉快，不是與胡風一道拜朋訪友，就是與朋友們一起打麻將消遣。

第二年春天，為參加「文協」三週年成立紀念會，胡風又從北碚來到市區，與老舍商談慶祝「文協」紀念會的具體工作。「五四」青年節時，他們還一同出席了張治中為招待「文工會」舉行的晚會。宴會結束時，已近午夜，胡風到老舍在白象街《新蜀報》館的住所打地鋪。當天晚上，他們促膝談心，胡風告訴老舍，他按照周恩來的安排要離開重慶潛赴香港，這本屬機密，只因他相信老舍「不是那種出賣朋友的人」，才據實相告。後來，胡風聽朋友說，香港淪陷後，老舍因得不到他的消息，竟在與別人談起他時，淚眼婆娑，這表明「他很珍視我對他的這種信任」。1942年春，老舍接到胡風已從香港平安脫臉到了曲江的電報，懸著的心總算放下。1943年3月，胡風又經桂林返回重慶，老舍非常高興，不僅為他接風洗塵，而且還安排他暫住在「文協」辦公室。兩人久別重逢，互敘衷腸。隨後，又一道為「文協」第五屆年會的召開做準備。

1944年4月，在「文協」六週年紀念年會和老舍創作生活20週年的大會上，胡風動情地說，他與老舍在武漢組織「文協」時相識至今，將近七年了。老舍給人的感覺就是「真」和幽默。「那裏面正閃耀著他底對於生活的真意，但他有時卻要為國事，為公共事業，為友情傷心墮淚」，老舍「非常歡喜交友，最能合群的人，但同時也是富於藝術家氣質，能夠孤獨的人」。但他「對於作家朋友們，無論是誰，只要不是氣質惡劣的人，他總能夠隨喜地談笑，隨喜地遊戲，但他卻保持著一定的限度；無論是誰，只要是樹有成績，沒有墮入魔道，他總能夠適當地表示尊重，但卻隱隱地在他底方寸裏面保持著自己的權衡……這態度常常引起了我底感激的心情。」〔註71〕

胡風和老舍從相識以來，一直都坦誠相見。雖然對文藝的見解時有不

〔註71〕胡風：《在文協第六屆年會的時候祝老舍先生創作二十年》，舒濟編《老舍和朋友們》，生活·讀書·新知三聯書店1991年10月版，第94頁。

同，但並不影響兩人在患難之中建立起來的友誼。解放初期，胡風即受冷遇，他的開國頌歌——《時間開始了》遭到猛烈地批評。老舍致信胡風：「希望您克服自己，多寫點東西，我們都等著看讀！」「現在來京正好，小白梨正漂亮，螃蟹也肥，喝兩杯怪好！」關懷之情，溢於言表。然而在時代大潮的裏挾下，老舍也身不由己地參與到對胡風的批判中去。可是，即使在那些看起來聲色俱厲的批判文字裏：「這顆心要徹底洗乾淨，這就是胡風今天必須作的」〔註72〕，也可以窺見老舍當時內心的真誠和在運動夾縫中的痛苦。他沒有像有些人那樣對胡風落井下石，而是借機說幾句別樣的話。胡風自然理解好友的言外之意。所以，1966 年 2 月，胡風離開北京前往四川成都進行監外執行時，他留下了四封信給最難忘的師友，「表示告別，這四位收信人是徐冰、喬冠華、陳家康和老舍。老舍可能是文藝界中唯一的收信人。足見他們之間友誼之篤厚。」〔註 73〕

　　胡風在監牢裏聞訊老舍在「文革」中投未明湖自殺身亡的消息後，悲憤不已。他在詩中寫道：「贊成腐敗皆同志，反對專橫即異端。昨日葫蘆今日畫，人為奴隸狗為官。敢忘國亂家難穩，不怕唇亡齒定寒。勇破堅冰深一尺，羞眠白日上三杆。」並特在詩末注云：這詩是「藉以悼念整個抗戰期間，一同對國民黨作鬥爭，『文革』期間屈死了的老舍先生」〔註74〕。生前相知相契，死後銘記感念，有胡風這樣的好友，老舍在九泉之下，也會感到欣慰的。

4. 老舍與梁實秋

　　老舍和梁實秋同為北平人，彼此經歷和觀念迥異。老舍走的是平民生活的路子，極富愛國熱情；梁實秋奉行的是天才論，思想較為保守。雖然如此，他們在抗戰時期的重慶，因國難而在亂世中結交，一時往來頻繁，情深誼厚。

　　老舍與梁實秋尚未謀面時，他的《老張的哲學》、《趙子曰》和《二馬》等小說，就得到了梁實秋的認可。梁實秋認為老舍「以純粹的北平土話寫小說頗為別致。」對老舍在小說中恰當地運用「北平土話」所體現出的生動有趣和幽默感，頗為欣賞。〔註 75〕

　　抗戰爆發後，老舍和梁實秋先後隻身來渝。老舍作為無黨派民主人士被

〔註72〕 老舍：《看穿了胡風的心》，1955 年 5 月 20 日《光明日報》。
〔註73〕 舒乙：《與人為善的老舍》，2005 年 5 月 11 日《文匯讀書周報》。
〔註74〕 劉導榮編選：胡風著《懷春室詩文》，武漢出版社 2006 年 1 月版。
〔註75〕 《梁實秋文集》第 3 卷，鷺江出版社 2002 年 10 月版，第 179 頁。

推舉了「文協」負責人。梁實秋以國民參政會參政員身份的閒職，先編《中央日報》的「平民」副刊，後主持編印中小學教科書。他們的交合始於抗戰時的文藝主張。

1938年12月1日，梁實秋接受中央日報社社長程滄波的邀請，主持《中央日報》副刊《平明》。他的那篇類似於發刊詞的《編者的話》，不僅挑起了「與抗戰無關」論的廣泛爭議，而且也開始了與老舍的文字結緣。

梁實秋歷來主張文學的獨立性，對文人的結社集會頗為反感。他針對老舍主持的「文協」不以為然：「我老實承認，我的交遊不廣，所謂『文壇』我就根本不知其坐落何處，至於『文壇』上誰是盟主，誰是大將，我更是茫然。」加上梁實秋對抗戰初期標語口號式的創作傾向不滿，在文中表明他對抗戰文學的態度：「於抗戰有關的材料，我們最為歡迎，但是與抗戰無關的材料，只要真實流暢，也是好的，不必勉強把抗戰截搭上去。」此文甫出，即遭到羅蓀、宋之的、張天翼、巴人等人的群起而攻之。老舍認為囿於黨派、門戶之見的紛爭，毫無意義，所以，開始時他並沒有參與論爭。然而，作為「文協」負責人，他又必須表態。為此，老舍代表「文協」起草了《給〈中央日報〉的公開信》，駁斥梁實秋在《編者的話》中，出語儇薄，態度輕佻，值此民族生死關頭，理應克服文人相輕的陋習，加強團結，一致對外。〔註76〕

1939年秋至1944年夏，為了避開官場應酬和日機轟炸，梁實秋常住北碚「雅舍」。主業是在國立編譯館主持編寫中小學教科書，副業則是拜朋訪友，撰寫散文（如著名的《雅舍小品》等都寫於此）。抗戰相持階段，老舍也常常從重慶市區來到北碚「文協」辦事處工作和生活。老舍來北碚後，常住林語堂出國時留下的蔡鍔路24號的房子。因毗鄰而居，老舍與梁實秋「時相過從」。在梁實秋的印象中，老舍「又黑又瘦，甚為憔悴，平常總是佝僂著腰，邁著四方步，說話的聲音低沉，徐緩，但是有風趣。」當時老舍和王老向住在一起，妻兒未在身邊，生活相當清苦。在名義上，老舍是「文協」負責人，因這個組織的分子複雜，一些野心分子又從中作梗，老舍為了團結大家，共同抗日，因而他「對待誰都是一樣的和藹親切，存心厚道，所以他的人緣好。」

有一次北碚各機關團體為了募款勞軍，由梁實秋所在的國立編譯館牽頭，在北碚兒童福利試驗區的大禮堂發起募款勞軍晚會，一連兩晚，盛況空前。梁

〔註76〕參見老舍：《給〈中央日報〉的公開信》，羅蓀：《關於〈抗戰文藝〉》，《新文學史料》1980年第2期。

實秋出面邀請國立禮樂館的才女張充和女士和編譯館的姜作棟先生（名伶錢金福的弟子），合演了一齣《刺虎》，獲得滿場喝彩。為了給《刺虎》的演出助興，《刺虎》上演前，老舍主動邀請梁實秋與他合說一齣對口相聲。頭天晚上，老舍「逗哏」，梁實秋「捧哏」；第二晚上，兩人互換角色。老舍為人幽默，對相聲又頗有研究，而梁實秋並不擅長說相聲，為勞軍他才勉強同意老舍的提議。兩人達成共識後，老舍則把大家熟悉的老相聲《新洪羊洞》和《一家六口》的詞兒寫出來。排練時，老舍囑咐梁實秋說，「說相聲第一要沉得住氣，放出一副冷面孔，永遠不許笑，而且要控制住觀眾的注意力，用乾淨利落的口齒在說到緊要處，使出全副氣力斬釘截鐵一般迸出一句俏皮話，則全場必定爆出一片彩聲、哄堂大笑。用句術語來說，這叫做『皮兒薄』，言其一戳即破。」梁實秋聞言後連連辭謝說：「我辦不了，我的皮兒不薄。」老舍勸道：「不要緊，咱們練著瞧。」老相聲的詞兒和表演都已約定俗成，被觀眾認可，已到了至善至美的境界，老舍信然，堅持不能刪改，哪怕是粗俗的玩笑，也應保留原汁原味。在梁實秋的一再堅持下，他才同意在用摺扇敲頭的時候只是略為比劃而無須真打。可在上場表演用摺扇敲頭的場景時，不知是老舍激動忘形還是違反諾言，掄起大摺扇狠狠的朝梁實秋打來。梁實秋看來勢不善，向後一閃，摺扇正好打落他的眼鏡，出於本能，他伸手接住了那落下來的眼鏡。觀眾以為是梁實秋的一手絕活兒，還高呼：「再來一回！」〔註77〕

　　老舍在北碚時，因患病，略顯蒼老，每天寫作700字，內心很孤獨。後來，他從蔡鍔路24號搬到馬路邊的一排平房居住，與趙清閣和李辰冬夫婦為鄰。這個地方離梁實秋的雅舍很近。因家眷都沒有在身邊，老舍和梁實秋常常見面。有一天，梁實秋帶著女兒文薔去看他，「文薔那時候就讀沙坪壩南開中學初中，還是十來歲的小孩子。請人簽名題字是年輕學生們的習氣。老舍欣然提筆，為她寫下『身體強學問好才是最好的公民』十三個字。雖然是泛泛的鼓勵後進的話，但也可以看出老舍之樸實無華的親切的態度。他深知『身體強』的重要性。」不久，老舍步梁實秋後塵，得了急性盲腸炎。普通盲腸都在右邊，因他患胃下垂之故，他的盲腸在左邊，故開刀不順，打開腹腔之後遍尋盲腸不得，足足花了個把鐘頭，才在腹腔左邊找到。手術後，老舍的身體益發虛弱了。

　　1943年秋，胡絜青攜子女歷經艱辛抵達北碚。不久，老舍把家搬到鄉下。安頓好後，他即寫信告之梁實秋。信曰：

〔註77〕　《梁實秋文集》第3卷，鷺江出版社2002年10月版，第181頁。

實秋兄：

北碚別後，想已康復健飯；天暑，千萬珍重！在碚，友眾酒香，返鄉頓覺寂苦——此間唯鼠跳蛙鳴，略有聲色耳！工作之餘，以舊詩遣悶，已獲數律。筆墨遊戲，不計工拙，錄呈乞政，或足當「清補」劑也。祝吉！

弟舍啓

業雅先生祈代候！

在信中老舍還附有五題六首七律。「詩寫得不錯，可以從而窺見他的心情，他自歎中年喜靜，無錢買酒，半老無官，文章爲命，一派江湖流浪人的寫照！」〔註78〕

第二年夏天，程季淑帶著 3 個孩子經過長途跋涉來到北碚，與睽別六載的梁實秋團聚。有家眷之後，老舍與梁實秋的往來漸少。然而，仍互通音訊，常有書信往來。1946 年 2 月中旬，老舍與曹禺應美國國務院之邀赴美講學，與梁實秋與此作別。同年 8 月，梁實秋一家離開重慶、經南京、北京、廣州到了臺灣。老舍從美回國後，因兩岸通信隔斷，自此沒有了音訊。

老舍與梁實秋，雖然政治信仰和文學主張相異，又隔海相望，失去聯繫，然而，他們卻沒有文人相輕的陋習，梁實秋對老舍的才華頗爲欽佩，說他的「長短篇的小說、散文、戲劇、白話詩，無一不能，無一不精」。生活在臺灣的梁實秋，常常關注著大陸的老舍。1963 年，好友王敬羲從香港返臺，將老舍發表在《羊城晚報》（1 月 25 日）的《春來憶廣州》的剪報帶回，梁實秋喜不自禁，仔細研讀，從平淡的行文中看到了老舍「有一縷惆悵悲哀的情緒流露在字裏行間。」〔註79〕6 年後，海外傳言老舍已去世，梁實秋有不祥之感，昔日與好友在北碚相處的歲月浮現眼前，他飽含深情寫下了《憶老舍》一文，並把老舍的《春來憶廣州》附在文後，以示牽掛。

1980 年，梁實秋從老舍夫人胡絜青口中證實了老舍確實已死，而且死得淒慘，他在沉默中悲憤，寫下了另一篇《憶老舍》。在文中，他一改昔日溫文爾雅的文風，咄咄逼人地表達了自己的憤怒：「老舍於一九五〇年悄然回到了北平。這一段經過情形，我不大明白。莫不是『人在江湖，身不由己』？然

〔註78〕 《文人相親：梁實秋憶老舍》，《中華讀書報》2006 年 2 月 22 日。
〔註79〕 《梁實秋文集》第 3 卷，鷺江出版社 2002 年 10 月版，第 181 頁。

而從此種下了不吃『餛飩』就要吃『板刀麵』的禍根。」梁實秋對老舍從「一個自由主義者」「搖身一變而成爲『歌德派』」很是疑惑；對他從美回國後一改不談政治的初衷，高吟「晚年逢盛世，日夕百無憂」的轉變感到「不可思議」；對他「於一九六六年糊裏糊塗的死去了，而且屍灰無存」的事實，更是「無法接受」。〔註80〕

　　梁實秋晚年到美國去看望女兒文薔，無意間在她收藏的一個小冊中看到了老舍給她的題字，又引發了他綿綿的思友之心。回想起與老舍在北碚的艱難歲月裏結下的深厚情誼，想到老舍父子都死於非命的慘狀，他悲憤難抑。他在《關於老舍》中寫道：「老舍父子都是慘死，一死於八國聯軍，一死於『四人幫』的爪牙。前者以旗兵身份戰死於敵軍炮火之下，猶可說也，老舍一介文人，竟也死於邪惡的『文藝黑線專政』論的毒箭之下，眞是慘事。」「像老舍這樣的一個人，一向是平正通達、與世無爭，他的思想傾向一向是個人主義者、自由主義者，他的寫作一向是屬於寫實主義，而且是深表同情於貧苦的大眾。何況他也因格於形勢而寫出不少的歌功頌德的文章，從任何方面講，他也不應該有他那樣的結局。然而，不應該發生的事居然發生了。」行文至此，梁實秋已無話可說，他只好借《豆棚閒話》所載明末流賊時民間的一首《邊調歌兒》：

> 老天爺，你年紀大了，
>
> 耳又聾來眼又花。
>
> 你看不見人，聽不見話。
>
> 殺人放火的享盡榮華，
>
> 吃素看經的活活餓殺！
>
> 老天爺，你不會做天，你塌了罷！
>
> 你不會做天，你塌了罷！

來表達自己對老舍不幸命運的同情與哀歡。〔註81〕

二、文藝普及遍及城鄉

　　1942 年 12 月 15 日，老舍在《宇宙風》上發表的《述志》中寫道：「我總

〔註80〕　《梁實秋文集》第 3 卷，鷺江出版社 2002 年 10 月版，第 459 頁。
〔註81〕　《梁實秋文集》第 4 卷，鷺江出版社 2002 年 10 月版，第 611 頁。

期望我的文字在抗戰宣傳上有一點作用。」在抗戰時期的重慶，爲宣傳抗戰，他希望作家要放棄「前此一切文章的舊套與陳腔」，「學到民間的言語與民間文藝的形式與技巧」，「以民間的言語道出民族死裏求生的熱情與共感」〔註82〕。

（一）「我不應因寫了鼓詞與小曲而覺得有失身份」〔註83〕

眾所周知，老舍是以小說的文學樣式立足於文壇的。抗戰以前，他已創作了八部長篇小說和幾十篇短篇小說。可以說，小說這種文學樣式，是老舍最爲擅長和熟悉的。可抗戰的爆發，卻改變了他的文藝觀和創作理念。具有強烈的正義感、熾熱的愛國情懷的老舍，在抗戰需要通俗文藝，文藝大眾化呼聲日益高漲的形勢下，爲了充分發揮文藝作品宣傳鼓舞群眾起來抗擊日寇的戰鬥作用，他放棄了自己駕輕就熟的小說創作，選擇以曲藝所代表的通俗文藝和抗戰劇作爲抗日救亡的工具和武器。

老舍是抗戰時期通俗文藝最熱誠的鼓吹者和實踐者。究其原因，他這樣解釋道：「在抗戰以前，無論怎樣，我絕對想不到我會去寫鼓詞與小調什麼的。抗戰改變了一切。我的生活與我的文章，也都隨著戰鬥的急潮而不能不變動了。」〔註84〕「七七」盧溝橋事變爆發後，老舍隻身離開濟南來到武漢，並擔任了「文協」的實際負責人。上任伊始，兩大任務擺在老舍面前：其一、團結一切可以團結的文藝界同仁，爲挽救祖國的危亡而戰；其二、如何使文藝更好地發揮其動員群眾，啓蒙民智，爲抗日救亡服務。當時，文藝界爲了救亡圖存，把促進文藝的大眾化當作當時最主要的任務。爲此，設立通俗文藝工作委員會，提出撰寫百種通俗讀物的計劃，向廣大文藝工作者發出「文章下鄉，文章入伍」的號召。許多著名作家，爲抗戰需要，在充分利用舊的民間文藝形式宣傳抗戰的同時，還嘗試了諸如朗誦詩、街頭劇和報告文學等新文學體裁的創作。作爲「文協」負責人，老舍不僅在組織上保證和推動文藝「下鄉」和「入伍」，而且還身體力行，率先垂範。因老舍自小受曲藝的耳濡目染，他不僅在理論上大力提倡和探討曲藝的創作方法，而且還親自撰寫曲藝、通俗小說和地方戲曲，爲文藝的通俗化做出了不可磨滅的貢獻。

〔註82〕 老舍：《大時代與寫家》，1937年12月1日《宇宙風》第53期。
〔註83〕 老舍：《八方風雨》，《老舍生活與創作自述》，人民文學出版社1997年版，第383頁。
〔註84〕 老舍：《我怎樣寫通俗文藝》，《老舍曲藝文選》，中國曲藝出版社1982年12月版，第33頁。

　　早在濟南時，老舍就開始考慮用曲藝的形式爲抗日服務了。他爲此還和幾位熱心宣傳工作的青年向大鼓名手白雲鵬和張小軒求教過鼓詞的寫法，並託親屬代勞爲其收集流傳在北京的早年民間曲藝段子。〔註85〕到武漢後，老舍又結識了從北方逃難來的大鼓藝人富少舫（藝名山藥蛋）、董蓮枝和她的丈夫鄭先生。這三位藝人粗通文墨，又有強烈的愛國心，願意爲宣傳抗日演唱新段子。爲此，老舍一方面向他們學習京韻大鼓和梨花大鼓的表演技法，一方面又替他們寫作以抗戰爲內容的鼓詞。

　　在天下興亡，匹夫有責的大時代背景下，「救國是我們的天職，文藝是我們的本領，這二者必須並在一處，以救國的工作產生救國的文章」〔註86〕。具有強烈的愛國情懷的老舍，爲了對抗戰出力，「願以筆代槍」，在鼓詞、河南墜子和舊劇等通俗文藝上孜孜以求。在武漢期間，老舍就創作了鼓詞《王小趕驢》、《張忠定計》和《打小日本》，京劇《忠烈圖》、《王家鎭》、《新刺虎》和《薛二娘》等。當時，趙望雲等幾位畫家受馮玉祥將軍的委託，在武昌繪製了一些大幅抗戰宣傳畫，以此向民眾宣傳抗戰。爲了使其圖文並茂，生動形象，老舍又仿照「看了一篇又一篇、十多臘月好冷天」的套子，給每張畫寫了一些韻音小曲，當解說詞用。不久，與三位由河南逃難來武漢的唱河南墜子的男藝人相識後，老舍又向他們請教河南墜子的句法，開始用韻文來創作抗日的故事。他經過精心打磨，得段子 3000 多句，三位墜子藝人非常喜歡，把它背得滾瓜爛熟，並配上了弦板。武漢戰事危急時，這三位藝人重返河南鄉下，或許他們眞的在那裏演唱了這個段子。遺憾的是這個段子散失了。然而，老舍創作的歌詞《丈夫當兵去》，卻因賀綠汀作曲後，唱遍了大江南北。

　　老舍到重慶後，與富少舫及其養女富淑媛（藝名富貴花）的交往依然密切，一有閑暇，他就虛心向富少舫學習鼓詞這一民間說唱藝術形式。老舍主要學唱劉（寶全）派的傳統段子《白帝城》。他一邊學習一邊創作新段子。經過一段時間的摸索和嘗試，老舍創作了《新拴娃娃》、《文盲自歎》等鼓詞，富少舫認爲不錯，隨即在重慶各地演唱。然而，老舍運用曲藝對民眾進行文藝普及，宣傳抗日愛國的活動，在國民黨統治區卻遭到了壓制和阻撓。他堅持走曲藝和各種民間歌謠的路子去宣傳抗日的愛國熱情落了空。「鼓詞沒人

〔註85〕參見胡絜青：《老舍和曲藝》，《老舍曲藝文選》，第 388 頁。
〔註86〕老舍：《大時代與寫家》，1937 年 12 月 1 日《宇宙風》第 53 期。

唱，舊劇沒人演，歌曲沒人作譜。我個人不能做到這一切，必須有許多幫助；
爲宣傳，無論從人力與財力上說，『一人班』是絕難成功的。團體的聯合互助
是必要的，可是無論哪個團體也不會出錢。……我遇到過讀了我的鼓詞與小
曲的傷兵與難民。可是，這是些特殊的傷兵與難民，肯少吃半頓飯，而去買
本刊物來念。他們得不到白贈的刊物。別人呢，那只好想念而念不到，束一
束腰帶而去喂飽了眼是難能的事。在鄉下呢，我的東西根本去不了，書商的
眼中沒有鄉下，而大部分的宣傳機關也似乎忽略了這一層。個人的苦惱，不
算什麼；個人孤立無援，用十成力氣而無一成效果，就是英雄，也得氣短。」
〔註87〕老舍爲此感到失望而委屈。1939 年下半年，他在參加北路慰勞團途經
國立十中所作的講演中，慷慨激昂地講道：「前線的戰士多麼需要鼓舞殺敵鬥
志、激發抗戰熱情的宣傳品；我們作家辛辛苦苦，日以繼夜地爲他們寫的各
種通俗文藝讀物，堆積如山，就是運不到前線去。找政府交涉，說是沒有汽
油，——果眞沒有汽油嗎？如果日本飛機的炸彈丟到我老舍頭上能炸出汽油
來，我寧願讓日本的飛機把我炸死！」〔註88〕儘管如此，出於文藝爲抗戰服
務就必須走民眾普及化道路的宗旨，老舍仍然沒有放棄通俗文藝的創作。他
在《關於大鼓書詞》一文中，以自己在《大時代》上發表的《打小日本》一
曲爲例，闡明了他堅持創作通俗文藝的出發點，是對抗戰「有用」。《打小日
本》因太長和缺乏具體表現，難以「一氣唱下去」，寫法也與京音大鼓不合，
「可是，我卻另有個打算，長不要緊，不具體也無妨；我根本就是要利用大
鼓書的形式寫個宣傳的小冊子；唱不了，那就哼著念好了。反正它通俗，它
有勁，它能教民眾明白一些戰事的始末根由；這就有用。」〔註89〕。

正是出於「這是宣傳抗戰的最鋒利的武器」〔註90〕的認知，老舍一直堅稱
自己創作的不合傳統曲藝的作品是通俗文藝。「我以爲通俗文藝應以能讀白話
報的人爲讀眾，那大字不識的應另有口頭的文藝，用各處土語作成，爲歌，爲
曲，爲鼓書，爲劇詞，口傳。習若無暇學習，也該唱給他們聽，演給他們看。
不妨由一處製造，而後各處譯爲土語，廣爲應用。用國語寫成的大鼓書詞、朗
誦詩等，因言語不通，無法因歌誦而見效果。讀的是讀的，口誦的是口誦的，

〔註87〕老舍：《保衛武漢與文藝工作》，1938 年 7 月 9 日《抗戰文藝》第 12 期。
〔註88〕王碧岑：《往事難忘》，1979 年 8 月《北京文藝》。
〔註89〕1938 年 2 月《文藝戰線》「十月刊」第 1 卷第 8 期。
〔註90〕郭沫若、王平陵、老舍等：《一九四一年文學趨向的展望》，1941 年 1 月 1 日
《抗戰文藝》第 7 卷第 1 期。

前者我呼之爲通俗文藝，後者我呼之爲大眾文藝，又不知對否。」〔註91〕不久，他又在《論通俗文藝》中提出了通俗文藝的創作必須堅持用民間的活文字、活形式、眞感情去宣揚新思想。可是，要實踐這樣的創作理念並不容易，老舍自己就說過「通俗文藝很難寫」〔註92〕。之後，他又先後寫有《製作通俗文藝的苦痛》、《編寫民眾讀物的困難》等文章，進一步闡明創作通俗文藝的不易。老舍認爲自己創作的通俗文藝作品，「成績不多，也不好」，「並不高明」。

　　爲了使自己的作品既能適用於演出，又能流傳久遠，爲民眾喜聞樂見，老舍專程向曲藝藝人拜師學習，與他們交朋友，爲文藝在抗戰中的普及不遺餘力地身體力行，努力堅守。他發現通俗文藝對那些沒有受過多少教育的普通民眾的影響是實實在在的。如果不重視，就有可能被敵人搶得先機，爲其所用。因此，老舍對忽視通俗文藝的創作警告道：「近來我們的仇敵日本，知道中國五四運動以來文化沒有普及，在北邊也利用通俗文藝來向老百姓反吹，麻醉，那多危險！」〔註93〕實際上，老舍的這種擔心不是多餘的，日本人在其電臺的表演節目中，就借助投靠他們的相聲藝人來麻痺民眾，宣傳所謂的「大東亞共榮」。老舍爲此感到非常氣憤：「在這餓獄之中，日本人卻要廣播相聲，而領導人會背誦四書。……還教饑民聽相聲，運用四書句子的相聲。……有血性的中國同胞，殺吧！一旦你放下武器，你的敵人會把你餓死；在死的時候還教你，聽相聲！」〔註94〕

　　毋庸諱言，老舍創作通俗文藝的初衷是出自於向民眾宣傳抗戰，但他在研究舊的通俗文藝和創作曲藝作品的過程中，也認眞地反思了「五四」新文學運動難以被普通民眾所接受的原因，並從中發現，通俗文藝與新文學完全可以取長補短，這樣既提高了通俗文藝的藝術水準又解決了新文學長期脫離民眾的問題。他在《談通俗文藝》中說道：「它沒有多少征服的野心。反之，它卻往往是故意的迎合趨就讀眾。在這態度上，它吃了大虧，而讀者也沒佔了便宜。新文藝的方法即使不巧妙，可是態度是不錯的，它立志要改變讀者的思想，使之前進，激動情緒，使之崇高。通俗文藝則近乎取巧，只願自己的行銷，而忘了更高的責任。」〔註95〕在老舍看來，只有利用通俗文藝來改

〔註91〕老舍：《談通俗文藝》，1938 年 5 月 10 日《自由中國》第 2 號。
〔註92〕老舍：《談通俗文藝》，1938 年 5 月 10 日《自由中國》第 2 號。
〔註93〕老舍：《抗戰以來的中國文藝》，1939 年 2 月《文化動員》第 1 卷 3 期。
〔註94〕老舍：《說相聲》，1943 年 8 月 8 日《輿論周報》創刊號。
〔註95〕1938 年 5 月 10 日《自由中國》第 2 號。

良新文藝，才能創作出俗而有力的作品。

老舍是務實的，他從不空談理論，他總是在實踐基礎上去探討和完善理論。當文藝界展開「舊瓶裝新酒」和「民族形式」問題的廣泛爭論時，他已經開始了自己的探索：「（藝術通俗化）若一邊實驗，一邊討論，則理論與實際打成一片；以理論指導工作，以工作矯正理論；兩相輔助，才是腳踏實地的辦法。」〔註96〕老舍通過自己創作通俗文藝的真實體驗，提出了對新文學改造的觀點：「二十多年來，文藝到底走到了何處呢？不錯，它在掃蕩封建的思想上，在培植革命的精神上，的確是樹立了不少功績。但是，這是作了什麼的問題，而沒有回答出做到了什麼地步。假若它的掃蕩與建設只在個很小的圈子裏旋繞，那麼即使它的態度是嚴肅的，心情是熱烈的，它也不能不承認它這朵相當美麗的花朵呀，雖美而脆弱。它沒有很多的種子，隨風散播到遠處，而僅是足以自慰的一朵相當美的花罷了。……新文藝的弱點，在敵人的屠殺裏，大家承認了──它的構思，它的用語，它的形式，一向是摹仿著西歐，於是只做到了文藝的革命，而沒有完成革命文藝的任務。革命的文藝須是活躍在民間的文藝，那不能被民眾接受的新穎的東西是擔不起革命任務的啊！這是個極可寶貴的發現，或者也可以說是偉大的愧悔。」〔註97〕「從文字上說，自『五四』運動以後，文藝的工具──文字──顯然的是向著一條新路走去。這就是說，大家感覺到中國文法的有欠精密，而想把它歐化了。這個運動，使中國文字有了新的血脈，可是必不可免的把它弄得生硬艱難。到了抗戰時期，大家為了向軍民宣傳，為了建立起中國本色的文藝，深感到前此的歐化文字確是新文藝未能深入民間的一個原因；同時，因作家們在戰時與軍民有了接觸的機會，曉得了一些民間固有的文藝，於是昔日對歐洲語文的傾心，一變而為對民間語言與文藝的愛慕，而想到提煉自己的語言正是本色文藝應取的策略。由此，對文學的遺產也就有了相當的注意，而想把新舊雅俗熔為一爐，去創造抗建的新文藝。於是，詩歌小說都求能朗誦，對民間文藝形式也想拿來運用。這個趨勢，絕非排外或返古，而是因抗戰必勝的信心，發生了對創立本色文藝的自信。」〔註98〕

〔註96〕1939 年 4 月 1 日《抗戰畫刊》第 25 期。
〔註97〕老舍：《文章下鄉，文章入伍》，1941 年 7 月 25 日《中蘇文化》第 9 卷第 1 期抗戰四週年紀念特刊。
〔註98〕老舍：《略談抗戰文藝》，1941 年 8 月 13 日出版、軍事委員會政治部編印的《抗戰四年》。

　　將新文學的先進思想和通俗文藝貼近大眾的技巧和形式融合起來，就形成了新型的未來的文藝。爲此，老舍一直在進行「舊形式的實地試驗」〔註99〕如京劇《忠烈圖》、《王家鎮》，前者通過鄉村老漢陳自修一家老小的愛國熱忱，表現了民眾對日寇的憤恨和英勇不屈的精神；後者通過小學教員薛成義在家破人亡、逃難他鄉的途中，動員群眾，結成武裝組織的故事，表現了「齊心殺敵寇」的民族精神。

　　老舍看好相聲的諷刺和戰鬥作用。爲此，他先後創作了「抗戰相聲」:《盧溝橋戰役》、《臺兒莊大捷》、《維生素》、《新對聯》、《歐戰風雲》、《罵汪精衛》和《中秋月餅》等。雖然這些相聲的手抄本在「十年動亂」中散失了，但在歐少久、董長祿的回憶中，仍留下了相聲《盧溝橋戰役》中一段討敵電文的「貫口」:

　　　　竊自去歲，倭寇戰據豐臺，我軍揮淚撤退趙家莊；今年又擾平津，將士忍痛縈駐保定府。盧溝橋頭灑遍壯士熱血，宛平城內塡滿健兒頭顱。山河變色，滿地硝煙。國民奮起，齊揮魯陽之戈；將士呼號，眾唱抗戰之歌。頑寇雖強，不能越雷池一步；將士用命，怎能黔驢技窮？敵人飛機、大炮雖多，不能勝我大刀白刃；倭賊戰艦、鐵牛雖屬，不能克我鐵臂鋼頭。寇以鐵來，我以血往。黃浦江邊英雄壯烈傳千古，吳淞口岸豪傑偉績永千秋。保山城楊子清將軍英靈不暝，古北口羅吉田團長忠魂長在。佟麟閣、趙登禹爲國身亡著先鞭，郝夢齡、劉師長抗敵犧牲繼後效。自全面抗戰以來，全國民氣沸騰。前方將士冒槍林、浴彈雨，與敵周旋炮火之間；後方民眾捐金錢，送給養，毀家紓難走救亡之路。

　　這段相聲在成都、重慶等地演出百餘場，盛況空前，好評如潮。在 1938年中秋之際，老舍還創作了相聲《中秋月餅》，運用諧音、比喻的手法，揭露日本帝國主義的侵華罪行:

　　　　乙:您把月餅餡兒又比喻什麼呢？

　　　　甲:我略舉幾種，比如「五仁」——就是說日寇侵華，慘無人（五仁）道！……「豆沙」——見人都殺；「細沙」（洗殺）；洗劫一空，再來殺害；「棗泥」就是把中國人民的生命財產，糟（棗）踏的

────────────

〔註99〕郭沫若、王平陵、老舍等:《一九四一年文學趨向的展望》，1941 年 1 月 1 日《抗戰文藝》第 7 卷第 1 期。

和泥土一樣！

乙：太可恨了。

相聲《中秋月餅》的定場詩是這樣的：「月兒彎彎照九州，幾家歡樂幾家愁。幾家高樓飲美酒，幾家流落在街頭？」這段相聲曾遭重慶當局禁演。愛國名將馮玉祥看了老舍創作、董長祿表演的《歐戰風雲》後親筆題詞：「胸中具成竹，舌底翻蓮花。」並誇讚董長祿是「大演說家」。董長祿激動地說：「沒有老舍先生的腳本，我是沒法說的。」〔註100〕

老舍的「抗戰相聲」，不僅謳歌了抗日英雄，還鞭撻漢奸和貪官污吏。通過相聲演員歐少久、董長祿在書場裏的精彩表演，對於號召人民奮起抗擊日寇，起到了鼓舞人心，激勵鬥志的作用。

在鼓詞小曲的嘗試中，老舍要麼借助於一個抗日故事，進行戰鬥宣傳，要麼直接抒寫民族義憤，對群眾進行抗日動員，創作的出發點和終極目的，都是爲了激勵民眾的抗日情緒，充分發揮打擊侵略者的宣傳教育作用。

在長達3000餘行的自由體長詩《劍北篇》中，老舍有意運用舊的形式來表現其內容。爲使其更加民間化，他在用韻等技巧上專門使用「轍」——「全曲須用一韻。此等韻被呼爲『轍』，即以官話發音爲準，而把同音的字作韻也」〔註101〕——「新詩要韻不要，本不成爲問題；我自己這回可是決定要韻（事實上是『轍』），而且仿照比較嚴整的鼓詞用韻的辦法，每行都用韻，以求讀誦時響亮好聽。……草此詩時，文藝界對『民族形式』問題，討論甚烈，故用韻設詞，多取法舊規，爲新舊相融的試驗。詩中的音節，或有可取之處，詞彙則嫌陳語過多，失去了不少新詩的氣味。行行用韻，最爲笨拙：爲了韻，每每不能暢所欲言，時有呆滯之處；爲了韻，乃寫得很慢，費力而不討好。句句行韻，弊已如此，而每段又一韻到底，更足使讀者透不過氣來；變化既少，自乏跌宕之致。」〔註102〕老舍用大鼓調來寫長詩的嘗試，因受民間形式的束縛，無疑削弱了詩的力量。

老舍對通俗文藝的探索和嘗試，在民族救亡的偉大鬥爭中，發揮了它應有的作用。茅盾在《關於鼓詞》中評價道：「我覺得鼓詞這一體制，實在已經

〔註100〕參見汪景壽：《老舍對新中國相聲發展的貢獻》，《百年老舍》，中國文聯出版社2001年2月版。

〔註101〕老舍：《關於大鼓書詞》，1938年2月《文藝戰線》「十月刊」第1卷第8期。

〔註102〕老舍：《我怎樣寫〈劍北篇〉》，《老舍生活與創作自述》，第57頁。

是發展到高階段的藝術形式，凡是發展到高階段的藝術形式它是可以靈活運用的，纏綿悱惻，悲壯激昂，無不相宜。……所以新鼓詞的出現，而且由民族意識強烈，文藝修養有素的作家們來寫作，實在是抗戰文藝運動中一件大事。」〔註103〕此外，老舍的通俗文藝創作，對改變「五四」以來新文學運動所存在的一個弱點——與人民群眾的某種程度的脫離也有借鑒意義。1938年，他在《保衛武漢與文藝工作》中說：「現在我們死心塌地的咬定牙根爭取民族的自由與生存，文藝必須深入民間，現在我們一點不以降格相從為正當的手段，可是我們也確實認識了軍士人民與二十年來的新文藝怎樣的缺少聯繫。」〔註104〕而文藝在抗戰時期的根本任務就是面向群眾，反映群眾，進而動員、鼓舞和教育群眾，團結起來，為祖國的生死存亡而戰。

雖然老舍在試驗了不少篇鼓詞等曲藝作品後，發現新舊實在難以調和，「新的是新的，舊的是舊的，妥協就是投降！」為此，他「放棄了舊瓶裝新酒這一套」，可他「並不後悔；工夫是不欺人的。它教我明白了什麼是民間的語言，什麼是中國語言的自然的韻律。不錯，它有許多已經陳腐了的東西，可是唯其明白了哪是陳腐的，才能明白什麼是我們必須馬上送給民眾的。明乎此，知乎彼，庶幾可以說民族形式矣：我感謝這個使我能學習的機會。」〔註105〕老舍在《答客問》中又說道：「我不後悔只寫了鼓詞，而沒寫出《戰爭與和平》，假如鼓詞有軍民來讀，而《戰爭與和平》只能擺在沙發上的話。」〔註106〕

即便如此，老舍也沒有固步自封。當他發現新舊藝術無法從根本上調和時，他修正了自己的觀點：「不宜以通俗文藝為學習文藝的入門。先學習詩歌小說等，而後不妨再治通俗的文藝，則不致吃虧。」，其次「宜取通俗文藝之長，而去其短，且須加以改善。」〔註107〕「我是贊成仍沿用我們五四以來的文藝道路走去，只要多注意自然，不太歐化，理智不要妨礙感情，這是比較好的一條路。主要的問題在深入大眾中去瞭解他們的生活，更深的同情他們，這比只知道一點民間文藝的技巧，更為確實可靠。」〔註108〕

〔註103〕1938 年 3 月 16 日《文藝月刊‧戰時特刊》第 8 期。
〔註104〕1938 年 7 月《抗戰文藝》第 1 卷第 12 期。
〔註105〕老舍：《三年寫作自述》，1941 年 1 月 1 日《抗戰文藝》第 7 卷第 1 期。
〔註106〕1939 年 3 月 16 日《宇宙風》乙刊第 2 期。
〔註107〕《三言兩語》，中國青年寫作協會編《文藝寫作經驗談》，1943 年 9 月南方印書館版。
〔註108〕《抗戰以來文藝發展的情形》，1942 年 7 月、9 月《國文月刊》第 14、15 期。

老舍沒有想到的是，解放後他又會因為自己在抗戰時期嘗試通俗文藝創作的經歷，而與曲藝結下不解之緣。新中國成立後，曲藝藝人雖然翻了身，但擺在他們面前的首要問題是，如何使曲藝的節目跟上時代的發展和觀眾的需要。老舍在抗戰時期創作了很多曲藝作品，尤其是《中秋月餅》、《罵汪精衛》、《新對聯》等相聲段子，影響頗大，他自然而然就成為曲藝藝人尋求指導的不二人選。於是，老舍再次把注意力轉向曲藝，開始了曲藝的理論探討和創作。

粗略統計，在老舍建國後的文論中，有近五分之一的篇目為曲藝藝術論，而在這之中，又以論述相聲為最。他不僅在在理論上探討相聲的性質和對傳統相聲的改造，而且還與侯寶林等相聲演員一起組成相聲改進小組，嘗試新相聲的創作。因抗戰時期有創作和表演相聲的經歷，老舍在解放後的曲藝創作中，相聲的比重最大，有 30 篇之多。此外，尚有鼓詞 6 篇。

無可否認，老舍走上曲藝創作道路的功利性非常明顯。抗戰時期，為了動員民眾，保家衛國，他「犧牲了文藝，犧牲了自己的趣味，名譽，時間，與力氣」〔註 109〕去創作通俗文藝進行抗日宣傳；解放後，他再次開始的曲藝創作，是基於這樣的認識：「我既沒有革命鍛鍊，又沒有足夠地思想改造學習和新社會生活的體驗，若是冒冒失失地去寫大部頭的作品，必會錯誤百出。我得……從頭學起。這樣，我決定先寫通俗文藝。這並不是說，通俗文藝容易寫，思想性與藝術性可以打折扣，而是說通俗文藝，像快板與相聲，篇幅都可以不求很長，較比容易掌握。」〔註 110〕從此可以看出，老舍是要運用創作曲藝的機會來對自己進行社會主義改造，使自己的創作更加符合毛澤東的文藝思想。

解放後，由於老舍在文壇上所處的地位〔註 111〕，對曲藝界的影響是巨大的，在某種程度上直接引導了曲藝的發展方向，使其成為新文學的有機組成部分。然而，由於老舍在解放後一直視曲藝的發展為文藝界的尖兵，充分發揮其「多、快、省」的特點，為批評落後打擊敵人服務，使之他的一些曲藝

〔註 109〕老舍：《製作通俗文藝的苦痛》，1938 年 10 月 15 日《抗戰文藝》第 2 卷第 6 期。

〔註 110〕老舍：《毛主席給了我新的文藝生命》，1952 年 5 月 21 日《人民日報》。

〔註 111〕老舍先後擔任《說說唱唱》編委、主編；北京市大眾文藝創作研究會會員；中國文聯委員、主席團委員、副主席；中國民間文藝研究會第一、二屆理事會常務理事、副理事長；《北京文藝》編輯委員、主編等。

作品，多是「有感而發」的應景之作，如《訪問杜勒斯》、《訪問記》、《李承晚滾開了》、《士氣不振》和《杜勒斯發高燒》等明顯帶有活報劇的相聲，成了投向敵人的匕首和泛政治化的頌歌。

在時代大潮和政治左右下，雖然老舍在抗戰時期對新文學大眾化的試驗並不成功，解放後所進行的民間文藝正統文學化的願望也未能實現，但他在文藝普及方面所做的工作，仍然是有目共睹的，也必將彪炳史冊。

（二）「戲劇在抗戰宣傳上有突擊的功效」〔註112〕

爲了宣傳抗戰，向民眾普及文藝，充分發揮文藝在抗日救亡中的作用，老舍在學習和創作老百姓喜聞樂見的曲藝時，發現作爲舶來品的話劇，通過演員在舞臺的演出，同樣也能給文化程度不高的觀眾以強烈的震撼，有助於將抗戰宣傳普及到廣大城市和鄉村。爲此，他在抗戰的中前期，又開始了對話劇的摸索與創作。

老舍在渝期間共創作了《殘霧》（四幕話劇）、《國家至上》（四幕話劇）、《張自忠》（四幕話劇）、《面子問題》（三幕話劇）、《大地龍蛇》（三幕話劇歌舞混合劇）、《歸去來兮》（五幕話劇）、《誰先到了重慶》（四幕劇）、《王老虎》（又名《虎嘯》，四幕話劇）和《桃李春風》（又名《金聲玉振》，四幕話劇）等九部話劇。雖然早在齊魯大學教書時，老舍就關注過古代戲劇和近代戲劇在取材、結構和人物性格方面的區別，但他並沒有嘗試過戲劇創作。擔任「文協」負責人後，「文協爲籌點款而想演戲。」大家覺得他「會諷刺」。「完全是個外行」的老舍，責任所在，「義不容辭」〔註113〕。1939年5月初，他花費了半個月時間寫成了平生的第一個劇本《殘霧》。

劇本寫成之後，老舍即把稿子交給王平陵代爲保存，自己即隨慰勞總會組織的慰勞團前往西北戰區慰勞前方將士。半年之後，當他返回到重慶時，《殘霧》已由著名戲劇家馬彥祥搬上了舞臺。馬彥祥親自擔任導演，著名演員舒繡文、吳茵飾演劇中的主要角色。

《殘霧》一共四幕。大致的情節是：第一幕，洗局長的母親、夫人、兄弟爲他納妾一事發生爭執，朋友楊茂臣夫婦爲採辦委員的肥缺找上門來；第二幕，洗局長強納難民朱玉明爲妾、女間諜徐芳蜜和他狼狽爲奸；第三幕，

〔註112〕老舍：《寫給導演者》，胡絜青 王行之編《老舍劇作全集》第1卷，中國戲劇出版社1982年9月版，第119頁。
〔註113〕老舍：《記寫殘霧》，《新演劇》1940年第1期〔復刊號〕。

淑菱與紅海爭吵、朱玉明到洗家哭訴、洗老太太收徐芳蜜爲義女；第四幕，朱玉明控訴洗局長、紅海被當作間諜抓去、洗局長與徐芳蜜互相攻訐。這是一部取材於抗戰初期重慶現實生活的話劇。劇中的主人公洗局長是一個集戀權、好色、貪財爲一身的國民黨官僚。表面上道貌岸然，背地裏貪贓枉法，生活腐化。

抗戰時期的重慶，老舍在「文協」任上，常常與洗局長之流的國民黨官僚接觸，對他們在口頭上高喊「抗戰救國」，實際上營私舞弊、男盜女娼的行徑稔熟於胸。所以，在劇本《殘霧》裏，生動地刻畫出了洗局長們的醜惡面目和齷齪靈魂，它的警示作用和社會意義，無疑是值得肯定的。

老舍在《殘霧》中，再一次彰顯了自己對生活陰暗面的諷刺才華。他在諷刺洗局長之流的國民黨政府官僚消極抗戰的同時，又將諷刺的矛頭深入到一些人的人性弱點。洗局長戀權、好色和貪財，莫不如此。楊茂臣和其妻子，職業無定，喜溜鬚拍馬，投機鑽營。楊茂臣的人生觀是：「一切都是假的，只有衣食金錢是眞的！」楊太太的處事哲學是：「你看我，一想到國事，就趕緊想一件私事，教兩下裏平衡；一個人不能不愛國，也不能太愛國。」這種利己主義的行事準則，既是社會的產物，又具有時代的內容，更是人性的弱點。洗局長之母洗老太太，在對待生活上，唯一的希望是「安安靜靜的打幾圈小牌」，抗戰救國於她無關，她只害怕被日本飛機炸死時，手上沒戴金鐲子。這類明哲保身的混世者，在抗戰時期不乏其人。

《殘霧》中「人物的性格相當的明顯」，有過小說創作經驗的老舍，對人物的刻畫和對話駕輕就熟。劇中洗局長的僞善與陰冷、洗老太太的淺薄與庸俗、楊茂臣善於鑽營的市儈作風、楊太太的潑賴和不顧臉面、洗太太的懦弱無能、洗仲文的熱情正直，以及徐芳蜜的奸詐、淑菱的無聊、劉媽的樸實，都栩栩如生。這些人物之間的對話生動、機智。老舍在《三年寫作自述》中總結《殘霧》時寫道：「我的對話寫得不壞，人家的穿插結構鋪襯得好。我的對話裏有些人情世故。」〔註114〕老舍所言不假，《殘霧》中人物的語言，與其身份、教養和脾氣秉性十分吻合，非常具有個性化。如女僕劉媽在家鄉淪陷後，由北方逃難到重慶，始終難以忘懷朝思暮想的親人，時常如祥林嫂般地向洗家人述說自己的不幸，洗太太厭倦後制止她嘮叨時，她質樸地說：「我是心裏眞難受哇，太太！要不然我那能這麼貧嘴惡舌討人嫌！」而洗太太向劉

〔註114〕1941 年 1 月 1 日《抗戰文藝》第 7 卷第 1 期。

媽述說自己的不幸，則說出了含意深刻的話：「你丟了家，我在家裏頭把家丟了！」誠如老舍所言，《殘霧》「對話中有些地方頗具文藝性——不是板板的只支持故事的進行，而是時時露出一點機智來」〔註115〕。

《殘霧》的演出和獲得 300 元的上演稅，無疑增強了老舍對抗戰話劇創作的信心。1940 年 1 月，馬宗融邀請他為回教救國協會寫一齣表現回教群眾團結抗戰的宣傳劇。老舍爽快答應，並約請擅長戲劇創作的宋之的與他合作，這就是描寫回漢民族共同抗戰的四幕話劇《國家至上》。

作為中華民族大家庭成員之一的回族，是一個全民信奉伊斯蘭教的民族。回、漢兩個民族之間，因宗教信仰、人文心理和生活習俗的隔閡，導致這兩個民族在抗戰爆發後，雖各自都存有崇高的愛國救亡之志，卻常常囿於既往的芥蒂，難以精誠團結，一致對外。為此，有必要寫一部激勵回、漢群眾捐棄前嫌、同心禦敵的話劇。老舍和宋之的精心構思，確定劇本以描寫回族內部團結的過程為主，回、漢之間團結過程為輔的結構方式。

《國家至上》的主人公張老師，是一位生活在北方鄉鎮、年屆六旬的一位回族老拳師。他武功過人，勇敢自信，又固執褊狹。出於歷史習俗的緣故，他對漢族人心存戒備。當得知自己的為盟兄弟、教育家黃子清兼收了回、漢兩族學生後，他意氣用事，與之絕交多年。日寇進犯他的家鄉時，他因聽信奸細金四把的挑唆，拒絕與黃子清和好，不願與教外的朋友聯合抗日。結果，一件件血的事實擺在了他的眼前：清真寺遭到敵寇的狂轟濫炸，回族老幼到處遭到殺戮，他自己也被炸傷。黃子清知道後，不計前嫌，為他送藥療傷，漢族的趙縣長和民眾也歡迎他聯手破敵。在經過這一系列的變故之後，他幡然醒悟。當日軍迫近時，他慷慨請纓奔赴疆場，英勇殺敵，身負重傷。血的教訓使他臨終前終於識破了漢奸金四把的把戲，在擊斃了這個敵人後，他沉痛地說「我快死了，我明白了！回漢得合作……」

《國家至上》雖然也是抗戰宣傳劇，但老舍並沒有把宣傳簡單化，而是從生活中的矛盾出發，精心地構思劇情，組織戲劇衝突，注意塑造鮮明的人物形象。特別是通過主人公張老師的複雜性格和曲折經歷，令人信服地揭示出：抗戰是全民族的事業，只要各民族齊心協力、團結一致，就能打敗日寇，獲得中華民族的新生。

〔註115〕《閒話我的七個話劇》，1942 年 11 月 5 日《抗戰文藝》第 8 卷第 1、2 期合刊。

這部話劇，由於較爲準確的把握了回族同胞的心理特徵和行爲方式，歌頌了他們的愛國情懷，作品上演伊始，就得到了回教群眾的普遍首肯和讚譽。「這齣戲在重慶演過兩次，在昆明、成都、大理、蘭州、西安、桂林、香港，甚至於西康，也都上演過。在重慶上演，由張瑞芳女士擔任女主角；回教的朋友們看過戲之後，甚至把她喚做『我們的張瑞芳』了。」〔註116〕可見，《國家至上》的演出效果相當的好，用事實證明了，話劇也完全可以擔當起走向民眾、宣傳抗戰的任務。

1940 年 5 月 16 日，第 33 集團軍總司令張自忠在棗宜會戰中爲國捐軀，其夫人李敏慧聞訊後殉情而死。老舍深爲感動，接受軍界朋友之約，根據張自忠將軍的英雄業績，在 1941 年 1 月寫成了四幕話劇《張自忠》。作爲一部抗戰宣傳劇，又是爲剛剛殉國的英雄人物張自忠作傳，老舍在駕馭這部戲時頗爲犯愁，特別是談到困難與問題時就必然會牽涉到社會上的許多人和事，這是犯忌的。老舍思慮再三，以「回軍」、「臨沂之戰」、「徐州西撤時與士卒同甘共苦」和「鄂北杏兒山壯烈殉國」等內容，集中表現張自忠身先士卒、嚴明軍紀、體察下情、深得民心的名將風範，以及他身上所具有的英勇無畏、與侵略者血戰到底、戰死疆場的大無畏精神，以此來激勵抗戰中的中國人民，誓將抗戰進行到底。

或許由於老舍這次的話劇創作是「遵命」之作，所寫的又是他不熟悉的生活，加上「缺乏舞臺的經驗與編劇的技巧」，《張自忠》這個劇本並不成功，劇情的發展與戲劇衝突較爲「混合」，結構顯得鬆散，有點「雜亂無章」〔註117〕。老舍對此頗感苦悶，他在《閒話我的七個話劇》中無不遺憾地說道：「這回，我賣了很大的力氣，全體改正過五次。可是，並沒能寫好。我還是不大明白舞臺那個神秘東西。儘管我口中說：『要想著舞臺呀，要立體地去思想呀。』可是我的本事還是不夠。我老是以小說的方法去述說，而舞臺上需要的是『打架』。我能創造性格，而老忘了『打架』。我能把小的穿插寫得很動人（還是寫小說的辦法），而主要的事體卻未能整出整入的掀動，衝突。結果呢，小的波痕頗有動蕩之致，而主潮倒不能驚心動魄的巨浪接天！」〔註118〕

〔註116〕《閒話我的七個話劇》，1942 年 11 月 5 日《抗戰文藝》第 8 卷第 1、2 期合刊。

〔註117〕參見老舍：《寫給導演者》，胡絜青 王行之編《老舍劇作全集》第 1 卷，第 119～123 頁。

〔註118〕1942 年 11 月 5 日《抗戰文藝》第 8 卷第 1、2 期合刊。

　　然而，《張自忠》也並非一無是處。誠如 1940 年 12 月 1 日出版的《抗戰文藝》，在「出版預告」上所言：「張自忠將軍七七抗戰開始，迄至襄樊勝利，盡了不能再盡的責任，終之以身殉國，爲抗戰歷史增加了不可缺少之一頁，這一頁的內容，由老舍先生，盡數月之光陰爲之搜集整理，其《張自忠》四幕劇，即數月來之最後結晶，亦即佔有抗戰歷史之一頁之不朽之作。」事實上，劇中的人物，性格鮮明，細節生動，對話極富個性化。特別是劇本借張自忠之口所喊出的「抗戰就是民族良心的試金石！」的口號，深入人心，永駐在抗戰的史冊之上。

　　1940 年冬，老舍接受好友顧一樵和應雲衛的約稿，創作了諷刺國民黨官僚生活的三幕喜劇《面子問題》。劇本取材於老舍熟悉的國統區「政府」小官僚的生活。老舍借「不肯敷衍面子」的秦劍超醫官、歐陽雪之口，對面子主義者佟景銘秘書、於建峰科長之流進行了無情的批判和辛辣的嘲諷。對國家機關的某些職員，置抗戰於不顧，拼命地攀援派系以爭取面子的苟且、昏庸進行了激烈的鞭撻，對「一天到晚弄些無聊的排場，說些無聊的話，做些無聊的事」的庸俗社會心理也進行了猛烈的抨擊。

　　劇本的主人公佟景銘出身世家，爲官多年，畢生事業就在於爭取面子。由於他年屆五旬，頗有資歷，因而看不起那些出身、資歷方面比不過他的人。他覺得，這是自己必須要維護的一種身份。對下屬周明遠書記，「爲了爭取我的身份」，他的態度非常嚴厲：「我教你幹什麼，你就幹什麼；不教你幹什麼，就不幹什麼；不要多問」。爲了不失身份，他「不能亂想發財的道路，只能在政界活動」。他認爲「由做官而發財，名正言順，自古爲然」；由經商而發財，則不體面。他甚至在抽煙的時候，也要打腫臉充胖子，以好煙盒充闊，而專抽口袋裏的劣質煙。爲了不失身份，他從來都是採用一種拖拉的辦事態度，他說：「我不能因爲抗戰就失了身份，我又不是軍需官，忙什麼呢？一件公事該辦十天，我就辦十天，不能爲一件公事把自己忙死！」以至貽誤抗戰，坑害了人民，結果被免職，丟盡了面子。最爲可笑的時，這種死要面子活受罪的心理深入其骨髓，至死也不醒悟。他想自殺時，也要事先向秦劍超醫生弄清楚，哪種死法，更體面一些。

　　老舍將佟景銘固執、迂腐、追求虛榮的個性特徵，融入到國民黨官僚機構這個特定的環境之中去表現。因此，佟景銘身上的性格弱點、處世態度和精神狀態就彰顯了國民黨官僚機構是產生這種面子問題的肥沃土壤。

　　劇中其他人物也注重面子，但與佟景銘不盡相同。佟景銘之女佟繼芬小姐，雖然年已 26 歲，醫生問其年齡時，她卻說自己才 17 歲。婚事蹉跎，心中著急，卻為了面子，不肯草率和屈就。科長於建峰，是市儈作風的小官僚。他也看重面子，可為了利益，他常常虛與委蛇地應付上司佟秘書。破產商人萬心正、單鳴琴夫婦，心口不一，表面上講面子，實際上最不要臉。賃居在佟景銘家的單鳴琴，曾經對佟小姐闡發她的「面子觀」：「面子就像咱們頭上的別針，時常的丟了！丟了，再找回來，沒關係！」佟小姐問：「要是找不回來呢？」單鳴琴答：「拉倒！——只有這個態度，才能處處爭取面子，而不至於教面子給犧牲了！」這種說法，使佟景銘一家非常反感，她卻不予理睬，照樣心安理得地「穿著佟小姐的繡花拖鞋，披著佟小姐的秋大衣，臉上擦了佟小姐的香粉——所以擦得特別厚」。老舍在劇中對這些卑污的靈魂，給與了辛辣地嘲笑和諷刺。

　　《面子問題》因「人物少，服裝道具簡單，不費錢」而頗受觀眾歡迎，全國「各處都排演它」。然而，由於劇本的內容過於單薄，人物雖置身於國民黨的統治機關，揭露其腐敗，然而諷刺的重點卻是某些人的「面子觀」，這無疑對其主題的社會意義有一定的影響。老舍自己也認為，這個劇本「還是吃了不管舞臺的虧」，「動作很少」，又「極用力地描寫心理的變化」，戲劇衝突不強，使之「這本戲只能在客廳裏朗誦，不宜搬上舞臺。」〔註119〕

　　1941 年秋，老舍去雲南講學。在雲南鄉下，他應重慶東方文化協會的委託，創作了三幕話劇歌舞混合劇《大地龍蛇》。由於是命題作文，意在表現東方文化的過去、現在和將來。「劇分三幕：第一幕談抗戰的現勢，而略設一點過去的影子。第二幕談日本南進，並隱含著新舊文化的因抗戰而調和，與東亞各民族的聯合抗戰。第三幕言中華勝利後，東亞和平的建樹。」由於老舍找不到足以表現「東方文化」的故事，只好用「拼盤」的辦法，在話劇中加入了歌舞（計有四支短歌、兩個大合唱、六個舞蹈），「藉故事說文化」，以此呼喚古老的東方民族，在非常的戰爭時期，通過自我的批判和矯正，尋求精神文化的遞嬗與新生。然而，讓劇中人物都充當自己理念的化身，畢竟缺乏藝術感染力。老舍自己有預感，在話劇中加入歌舞，會「弄巧成拙」「難以演出」〔註120〕。

〔註119〕《閒話我的七個話劇》，1942 年 11 月 5 日《抗戰文藝》第 8 卷第 1、2 期合
　　　　刊。
〔註120〕老舍：《大地龍蛇‧序》，胡絜青　王行之編《老舍劇作全集》第 1 卷，第 299

　　1942 年春，老舍在重慶陳家橋石板場的鄉下，創作了五幕話劇《歸去來兮》。劇作以商人喬紳的家庭分化為線索展開情節。抗戰中大發國難財的投機商人喬紳，從不關心抗戰，也不顧民族存亡。他認為只要成了財大氣粗的實業家和金融家，「就可以立下永遠不倒的勢力，無論政權在誰手裏，咱們總是高等的人」。然而，在時代的風暴下，想依靠金錢的力量來維繫自己與子女及他人的關係，無疑是癡人說夢。大兒子喬德山在抗戰前線戰死後，兒媳李顏守節不再嫁，又因為夫報仇之計落空，患上了神經病；二兒子喬仁山無心幫他經商，最後在抗戰熱情的鼓舞下，奔赴抗戰前方。女兒喬莉香庸俗，不諳世事，最後被流氓玩弄。花重金買來的小老婆桃雲，也隨流氓逃往香港。他本想讓老友、畫家呂千秋之女呂以美嫁給自己的二兒子喬仁山，以便長期幫他經商，做他的奴隸，但呂以美拒絕接受他的安排，隨父親上了前線。最後，喬紳落得個眾叛親離的下場。

　　老舍通過對投機商人喬紳不幸遭遇的描寫，一方面諷刺了發國難財的投機奸商，鞭笞了他們的醜惡靈魂；另一方面又告訴人們，在民族存亡壓倒一切的情況下，任何有違於抗戰的行為，既是可恥的，也是沒有出路的。

　　劇中喬仁山的形象，在老舍的人物系列中包含著較為深刻的內容。他善於思考，有愛國熱情，但其內心，又充滿矛盾。父親喬紳送他到香港，一邊讀書一邊經商。他雖不滿父親「不管正義，只顧發財」的處事哲學，可又沒有勇氣反抗；他渴望奔赴民族解放的戰場，為兄報仇，又不忍心離開慈愛的母親；他看不慣妹妹的放浪形骸，又不能引導她走向正道；他理解大嫂為夫報仇的心情，又難以下定決心奔赴大嫂所指明的復仇之路。當父親強迫他與呂以美定婚時，他面對大哥的遺像，盡情地傾訴了他內心的痛苦：

　　　　大哥！哥哥！你死得光榮，死得光明，我為什麼不死呢？你的骨頭變成灰，肉化為泥，可你的正氣老像花那麼香，永遠隨著春風吹入那正經人的心中，教歷史永遠香烈的活下去！我呢？我呢？我怎麼辦呢？難道這世間第一篇爛賬，都教我一個人去清算嗎？今天的哪一個有心胸的青年，不應當像你那樣趕到戰場，死在戰場？我並不怕死！可是，我要追隨著你的腳步，去到沙場，誰來安慰媽媽，照應妹妹，幫助大嫂，同情以美？噢，這群不幸的婦女們！我不能走，不能走！我不能痛快的灑了我的血，而使她們老以淚洗面！可

頁。

是，安慰媽媽就是我唯一的責任嗎？我愛妹妹，她可是準備著嫁一個流氓啊！我佩服以美，可憐以美；結婚我可是想不出道理來，我不能教她永久作奴隸，把肉體給了我，把靈魂賣給金錢。至於爸爸，他總是爸爸呀！他不但給了我生命，彷彿也給了我命運。可是，我的命運就是敷衍爸爸！……我應當孝順我的爸爸，從而管鈔票叫祖父嗎？大哥，你說話呀，你指我一條明路啊！嘔，光榮的沉默，慘酷的沉默，你一聲也不出！我怎麼辦呢？〔註121〕

老舍說，他本想把喬仁山寫成「一個有頭腦，多考慮，多懷疑，略帶悲觀，而無行動」的一個新「罕默列特」（即莎士比亞筆下的漢姆雷特）式的人物，這個劇本最初的題目就叫《新罕默列特》，又「因恐被誤認為阿司匹靈之類的東西，故換了一個與萬應錠一樣不著邊際的『歸去來兮』。」更何況「神聖的抗戰是不容許考慮與懷疑的。」故而，在具體寫作中，老舍把喬仁山的地位退居其次，將其作為生活在國統區的小資產階級知識分子的代表。然而，喬仁山畢竟是生活在抗戰時期的新青年，雖然「有所顧慮，行動遲緩，可是他根本不是個懷疑抗戰者；他不過是因看不上別人的行為，而略悲觀頹喪而已。這個頹喪可也沒有妨礙他去抗戰。」〔註122〕經過一番痛苦的思索後，喬仁山最終於衝破了家庭的牢籠，勇敢地奔赴了抗戰的前方。喬仁山的形象給正在彷徨苦悶的青年指明了出路，鼓舞他們投身到抗戰的洪流中去。

《歸去來兮》中的呂千秋和李顏兩個人物形象，既寄予老舍的人生理想，又具有象徵性。呂千秋是一位正直的畫家，他不僅在貧困中堅守做人的良知，而且富有強烈的愛國熱情。他的言行，既鼓舞了女兒，也教育了喬仁山。另「一位代替《罕默列特》裏的鬼魂的瘋女人」李顏，老舍說，「她是個活人，而說著作者要說的話，並且很自然，因為她有神經病。」〔註123〕老舍借這兩個自己喜歡的人物形象，與喬紳父子的對比，既表達了自己的愛憎感情，又能喚起讀者的抗戰熱情。

總之，《歸去來兮》在老舍的抗戰宣傳劇中是獨樹一幟的，無論是題材、表現角度，還是在人物塑造上，都有新的開拓。老舍本人對這個劇本也頗為

〔註121〕老舍：《歸去來兮》，胡絜青 王行之編《老舍劇作全集》第1卷，第420頁。
〔註122〕《閒話我的七個話劇》，1942年11月5日《抗戰文藝》第8卷第1、2期合刊。
〔註123〕《閒話我的七個話劇》，1942年11月5日《抗戰文藝》第8卷第1、2期合刊。

滿意。他在《閑話我的七個話劇》中寫道:「這個劇本,在我自己看,是相當完整的」。「單以一篇文藝作品說,我覺得它是我最好的東西。」「將來有機會放在舞臺上,它的成敗如何,我不敢預言;不過,拿它當作一本案頭劇去讀著玩,我敢說它是頗有趣的。」〔註124〕

1942年夏天,老舍又創作了四幕劇《誰先到了重慶》。劇本以北平為背景,通過愛國者吳鳳鳴安排其弟吳鳳羽與女友小馬兒離開北平前往重慶的遭遇,藉此表現淪陷區人民渴望擺脫日本侵略者奴役的心情。愛國義士吳鳳鳴安排其弟吳鳳羽與女友小馬兒離開北平前往重慶的消息走漏後,吳鳳羽和小馬兒被捕。漢奸的田雅禪和董志英在血的教訓面前幡然悔悟,幫助吳鳳鳴救出了吳鳳羽和小馬兒,並趁機擊斃了日本武官西島七郎和漢奸頭子胡繼江、管一飛等人。在搏鬥中,吳鳳鳴雖不幸中彈身亡,可他的靈魂比逃走的吳鳳羽和小馬兒先到了重慶。

為了克服從前劇作(《殘霧》、《張自忠》、《面子問題》、《大地龍蛇》、《國家至上》和《歸去來兮》)中的不足,老舍在《誰先到了重慶》中,有意強化戲劇技巧,拋棄小說的「做法」,照顧舞臺調度上的某些特點和需要,注重人物的動作性。在這部劇中,貫穿始終的戲劇衝突是英雄吳鳳鳴和漢奸管一飛之間的較量,劇情緊張刺激,情節錯綜複雜,高潮跌宕起伏,頗似一部諜戰片。老舍在《閑話我的七個話劇》中說:「《誰先到了重慶》這本戲,彷彿可拿出一點技巧來。」「我用了複壁,用了許多隻手槍,要教舞臺上熱鬧。這一回,我的眼睛是常常注意到舞臺的。將來有機會演出的時候,果否能照預期的這樣熱鬧,我不敢代它保險。」或許矯枉過正,強化了情節,加上劇中人物的動作過多,必然造成蕪亂,而老舍擅長刻畫人物性格和精於對話的本領,也難以發揮。老舍自己也「覺得,在人物方面,在對話方面,它都吃了點虧。」〔註125〕

所以,老舍在寫完這一劇本後,深有感觸地說:「我不懂技巧,而強要技巧,多半是弄巧成拙,反把我的一點點長處丟失了,摹仿之弊大矣哉!劇本是多麼難寫的東西呵!動作少,失之呆滯;動作多,失之蕪亂。文字好,話劇不眞;文字劣,又不甘心。顧舞臺,失了文藝性;顧文藝,丟了舞臺。我看哪,還是去寫小說吧,寫劇太不痛快了!處處有限制,腕上如戴鐵鐐,簡

〔註124〕1942年11月5日《抗戰文藝》第8卷第1、2期合刊。
〔註125〕1942年11月5日《抗戰文藝》第8卷第1、2期合刊。

直是自找苦頭吃！」〔註126〕自此以後，老舍眞的開始醞釀寫小說了。

1942 年 6 月，老舍看了蕭亦五的中篇小說《王老虎》後，對其驚險的故事情節和文筆的簡潔有力頗爲喜歡。於是，他約請蕭亦五、趙清閣共同將其改編成話劇劇本。具體分工爲：蕭亦五編故事，趙清閣想結構，老舍寫詞。這部由他們共同創作的四幕話劇《王老虎》（又名《虎嘯》），是一部典型的抗戰宣傳劇。劇本主要寫農民王老虎迫於生計，和擺脫與弟弟及柳條兒的三角關係，外出謀生。不幸在車站被抓了壯丁，後來在部隊當上了排長。在同村姑娘玉姑的開導下，萌發了愛國思想。在平息了一場搶劫紗廠的叛亂後，他把部隊帶上前線跟日本人戰鬥。劇中，還穿插寫了王老虎的弟弟和玉姑的哥哥成了漢奸，王老虎大義滅親的故事。最後，玉姑與王老虎相約：等抗戰勝利後結婚。情節的巧合與人物的搞笑動作，既是劇本的長處，也削減了劇作的嚴肅性。

1943 年夏天，爲了紀念 8 月 27 日的教師節，老舍與趙清閣合作了四幕話劇《桃李春風》（又名《金聲玉震》）。兩人分工爲：老舍執筆寫一二幕，並對全劇進行文字上的整理和潤色，趙清閣負責第三四幕和加強全劇人物的動作化。劇本寫成後，於 1943 年 10 月 20 日在《文藝先鋒》第 3 卷第 4 期上發表，重慶的中電劇團隨及彩排上演。

這是一部「旨在表揚教育者的氣節操守，犧牲的精神，並提倡尊師重道，多給教育者一點安慰和鼓勵」的話劇，主人公辛永年從教 15 年，對尊師重教的窮學生劉習仁，他解囊相助；對一些調皮搗蛋的學生，他管教甚嚴。正因爲如此，這些學生在鬧學潮中被校長利用，導致其兒子辛運璞被學校開除。抗戰即將暴發，他將兒子送往軍隊報國。學校被解散後，他又賣房賣地來辦學。爲了使弟弟能改邪歸正，他把籌得的辦學經費給了身敗墮落的弟弟。結果，學校未辦成。抗戰爆發時，他爲了喚醒民衆的愛國意識，努力興辦平民教育。學校即將被日軍佔領，他不貪戀校長職位，率領師生向後方撤退。在途中，因受到經商、做官的學生的幫助，才得以擺脫困境。

《桃李春風》是老舍和趙清閣的第二度合作，彼此配合默契，風格互補，劇本獲得了空前的成功。後來，還獲得了國民政府教育部的優秀劇本獎。

綜上所述，我們可以看出，老舍在重慶時創作的九部話劇（含與人合作），全都是抗戰宣傳劇，是他爲文藝普及嘗試的另一種文學樣式。老舍曾說過：「戰

〔註126〕《閒話我的七個話劇》，1942 年 11 月 5 日《抗戰文藝》第 8 卷第 1、2 期合刊。

爭的風暴把拿槍的，正如拿刀的，一起吹送到戰場上去；我也希望把我不像詩的詩，不像戲劇的戲劇，如拿著兩個雞蛋而與獻糧萬石者同去輸將，獻給抗戰；禮物雖輕，心倒是火熱的」〔註127〕。和致力於通俗文藝一樣，老舍放棄自己熟悉的文學樣式——小說，開始話劇創作的初衷和目的，是爲了直接面向群眾，向群眾宣傳抗戰。老舍在抗戰期間創作的這些抗戰劇，無論是號召民族團結，歌頌愛國將領，還是揭露「大後方」的黴爛生活，都來源於抗戰時期的現實生活，都是以抗戰救國爲中心。老舍以現實主義的筆觸，既再現了炮火紛飛、硝煙彌漫的前線實景，又揭示了群魔亂舞、光怪陸離的陪都景象，並通過對社會各個階層、各式人物（官僚、政客、市民、職員，摩登男女、交際花、漢奸、市儈，抗日英雄、現代新型青年、教師等）形象的塑造，形象而生動地描寫了抗戰時期廣闊的社會生活，成爲反映抗戰時期國人生活和心理的一面鏡子。儘管這些話劇在戲劇藝術方面有著這樣那樣的弱點和不足。但是，老舍爲此的努力，爲「文章下鄉，文章爲伍」所做出的貢獻是巨大的。同時，也爲他解放後劇作的豐收和藝術的成熟，奠定了堅實的基礎。

〔註127〕老舍：《三年寫作自述》，1941 年 1 月 1 日《抗戰文藝》第 7 卷第 1 期。

第二章　郭沫若在「第三廳」和 「文工會」時的工作與創作

一、郭沫若在「第三廳」

　　「戎馬書生」郭沫若，秉承統一全國，救民眾於水火的革命意願，在好友孫炳文的推動下，毅然投筆從戎，跟隨掃蕩盤踞在兩湖和河南的吳佩孚的北伐大軍，參加了奪取兩湖和武昌的戰鬥，後又轉戰江西等地，先後就任北伐軍總政治部秘書長兼宣傳科長，副主任之職。在北伐勢如破竹的迅速勝利中，郭沫若逐漸發現，蔣介石與帝國主義和反動勢力秘密勾結，妄圖一舉篡奪北伐革命的勝利果實。蔣介石與武漢國民政府為中心的國民黨左派對峙，另立中央後，郭沫若很是失望和氣憤，拒絕了蔣介石許他「總司令部行營政治部主任」的拉攏，於 1927 年 3 月 28 日，脫離蔣介石返回九江。三天後，他在南昌朱德的家中，一氣呵成了討蔣檄文《請看今日之蔣介石》，將蔣介石的反革命嘴臉昭示天下，號召全國軍民一起起來反蔣。該文在武漢《中央日報》副刊發表後，猶如驚雷，引起了社會各界激烈的反響。隨後，該文又在南昌印成小冊子廣為散發。一時間，郭沫若聲名遠播，儼然已是武漢政府的反蔣功臣和工農武裝的代言人。

　　蔣介石在上海發動「4‧12 政變」，成立南京國民政府。汪精衛在武漢以國民黨中央的名義發表通電，將蔣開除黨籍，免去所兼各職，並任命唐生智為東征軍總司令，準備武力討伐蔣介石。郭沫若輾轉來到武漢，卻遭到了汪精衛的冷遇。不久，汪精衛又在武漢下令「清黨」，解散工農武裝。郭沫若見

事不可爲，乃掉頭南下，回到南昌，參加了周恩來、朱德、賀龍領導的南昌起義。南昌起義失敗後，郭沫若遭到蔣介石的通緝。爲避不測，在周恩來的安排下，他於 1928 年 2 月流亡日本，開始了長達十年之久的海外流亡生活，並與共產黨失去聯繫。

1937 年「七七」盧溝橋事變後，全國開始全面抗日。郁達夫（時任福建省政府委員）多次找到蔣介石的心腹陳布雷，遊說蔣介石，說流亡日本十年的郭沫若，致力研究中國古代歷史和甲骨文，在國際上影響很大。如今，想回國參加抗日，請求蔣給他一個改過的機會。蔣介石考慮後，決定撤銷對郭沫若的通緝。當夜，陳布雷即將這個消息告訴了郁達夫和中共的李克農。郁達夫聞訊即給郭沫若寫了一封信：「今晨接南京來電，囑我致書，謂委員長有所藉重，請速歸。我已奔走見效，喜不自勝，多虧畏壘。當今強鄰壓迫不已，國命危在旦夕，大團結以禦海外……」此時，郭沫若在日本的處境艱難，已被日本警方監視。在友人錢瘦鐵和學生金祖同的斡旋下，得到了國民政府駐日本大使館的幫助，於 1937 年 7 月 25 日淩晨，化裝由神戶乘「日本皇后」號頭等艙啓程回上海。

郭沫若從日本回國，自然是懷抱著投身抗戰的宏願和決心的。可畢竟妻兒不能一同前往，別婦拋雛，愁腸百結。他在步魯迅《慣於長夜過春時》的原韻所寫下了廣爲流傳的《歸國雜吟（二）》：

又當投筆請纓時，別婦拋雛斷藕絲。

去國十年餘淚血，登舟三宿見旌旗。

欣將殘骨埋諸夏，哭吐精誠賦此詩。

四萬萬人齊蹈厲，同心同德一戎衣。

就是他當時心態的形象寫照。郭沫若秘密抵達上海後，受到了文藝界新老朋友的熱烈歡迎。八一三上海抗戰爆發後，根據周恩來的指示，他以救亡協會的名義創辦《救亡日報》，自任社長，並被推選爲上海文化界救亡協會的負責人。郭沫若以實際行動投入到抗日宣傳工作中去，組織戰地服務團和抗日救亡演出隊，分赴各戰區服務，在國際電臺發表《抗戰與覺悟》的講演，頻繁出現在上海抗戰的各個戰場，誤使日方認爲他正帶領五萬中國軍隊在與日軍作戰。介於郭沫若在金文和甲骨文研究的影響，9 月 19 日，蔣介石由陳布雷陪同召見他，勉勵他多做抗戰救亡的文章，表示要給他一個相當的職務。或

許蔣介石仍難以釋懷十年前，郭沫若罵他是「流氓地痞、土豪劣紳、貪官污吏、賣國軍閥、所有一切反動派——反革命勢力的中心力量了」，「他自己已經變成一個比吳佩孚、孫傳芳、張作霖、張宗昌等還要凶頑、還要狠毒、還要狡獪的劊子手了」的緣故，蔣介石對他仍然很冷落。這不免使郭沫若對於國民黨當局有所期待的希望落空。在失望於報國無門的心緒下，1937 年 11 月 27 日，他與何香凝、鄒韜奮等各界知名人士同乘掛有紅十字旗的法國郵輪離滬赴港，打算到南洋去做抗日募捐工作。因在香港邂逅林林、于立群、郁風等人，遂改變先前的主意，決定先去廣州恢復《救亡日報》。亂世之秋，他鄉遇故知，經林林等好友撮合，于立群欣然接受了郭沫若的感情。〔註1〕

12 月 6 日，郭沫若抵到達廣州，之後就為恢復出版《救亡日報》的事奔忙。1938 年 1 月 1 日，《救亡日報》)在廣州正式復刊出版。當天，郭沫若收到了主政湖北兼任武漢衛戍司令部總司令陳誠的電報，叫他「有要事奉商，望即命駕」。思前慮後，他想，去武漢既可以陪想去陝北的于立群，又因「八路軍已經在漢口設立辦事處，周恩來、董必武、葉劍英、鄧穎超都出來了，多年闊別，很想去看看他們」〔註2〕，郭沫若決定到武漢去一趟。

郭沫若與于立群乘火車於 1938 年 1 月 9 日抵達漢口。從黃琪翔處得知，國民政府軍事委員會欲恢復政治部，有意委任他為三廳廳長一職，主要負責抗戰宣傳事宜。隨後，他到八路軍辦事處，向周恩來等人彙報了此事。此時，因周恩來尚未確定是否出任政治部副部長一職，故無法給郭沫若一個明確的說法（與他在《抗戰回憶錄》所寫有出入）。直到蔣介石向周恩來明確表示「不限制各方對主義的信仰，無意取消各黨派」後，周恩來在中共代表團與長江局磋商形成意見後致電中央書記處，申明接受蔣、陳邀請的必要性。幾經反覆，中央政治局開會議定同意周恩來出任政治部副部長一職。〔註3〕滯留在武漢期間的郭沫若，為職事一事未定頗為煩惱。2 月初，他告訴周恩來，他想前往長沙田漢處散心，周恩來囑咐其不要走遠。在長沙，郭沫若在田漢等老友接風洗塵的宴會上，對自己不能即時報效祖國，反而還要以政客為伍，屈居其下做官，「借酒罵座」，甚至還打了自己三記耳光，其憤懣之情可見一般。

2 月 17 日周恩來給郭沫若寫信，告之「我已在原則上決定幹」，同時希望

〔註 1〕郭開鑫：《郭沫若與於立忱的故事》，《沙灣文史》第 2 集。
〔註 2〕郭沫若：《抗戰回憶錄》1948 年 8 月 25 日至 12 月 4 日連載於香港《華商報》。
〔註 3〕中共中央文獻研究室編：《周恩來年譜》，中央文獻出版社 2007 年 9 月版。

他「也能採此立場」。2月24日，周恩來再致信給他，組建三廳等諸事也已「運用好」，陳誠同意調走副廳長劉建群。郭沫若接此信後即返回武漢。回漢後，郭沫若即以無黨派民主人士的身份著手籌組第三廳的工作。

1938年4月1日，國民政府軍事委員會政治部第三廳在疊華林舉行了正式成立儀式，部長陳誠、副部長周恩來出席成立儀式。

第三廳下轄第五、六兩處，主要構成人員來自文化界或各專業領域的知名人士、佼佼者。廳長郭沫若，副廳長范揚，第五處處長胡愈之，第六處處長田漢，第七處處長范壽康。〔註4〕政治部屬於軍政系統，進人三廳的文化人也都被授予了軍銜。郭沫若為中將，副廳長范揚軍階為少將，三位處長胡愈之、田漢、范壽康，軍階均為少將。不久，部長陳誠對政治部機構臃腫、人浮於事的情況很不滿，決定精簡機構和人員。1939年後，政治部廢處、股，廳下只設科，三廳改轄四科。

第三廳在武漢時期是全盛時代。全國文化界著名人士雲集武漢，在郭沫若的具體領導下，開展了轟轟烈烈的抗日救亡工作。

第三廳成立之初，郭沫若藉此東風，著手準備擴大政治部第三廳影響的宣傳周。1938年4月7日，宣傳周開幕，時逢臺兒莊大捷，武漢三鎮一片歡騰，廣大民眾同仇敵愾，鬥志高昂。聲勢浩大的抗日宣傳氣氛，引起陳誠、康澤等人的忌恨，使之在閉幕會上，他們玩弄手段，以假空襲警報阻止閉幕會進行，轟轟烈烈的宣傳周，被迫草草收場。

宣傳周掀起的民眾的抗日熱情，也使國民黨頑固派認識到郭沫若的號召力。於是，他們一方面派張季鸞、王芸生充當國民黨的說客，奉勸郭沫若等文化名人倒向其懷抱，另一方面，又先斬後奏，在中央社的通訊稿中刊載郭沫若等30餘人恢復國民黨黨籍的「最高決議」，妄圖以既成事實拉攏郭沫若。

1938年5月19日徐州失守，6月12日安慶淪陷，武漢岌岌可危。動員一切力量保衛大武漢，迫在眉睫。郭沫若與周恩來等人商定，借「七‧七」抗戰一週年紀念的契機，再搞一次更廣泛、更深入的抗日宣傳活動。郭沫若負責擬訂的紀念「七‧七」的具體辦法，面呈蔣介石，得到批准。手拿上方寶劍後，紀念活動從7月6日正式開始，持續了三天。武漢三鎮，白天集會

〔註4〕據政治部「本部副處長以上人員職務姓名階級對照表」，中國第二歷史檔案館藏，全宗號772，案卷號2094；范揚任副廳長，在三廳組建時就確定了，郭沫若的《抗戰回憶錄》所記有誤。

中歌詠隊、演劇隊、放映隊和化妝表演車輪番上街、下廠、去傷兵醫院進行宣傳，抗戰畫展、木刻畫展按時展出。特別是郭沫若爲此組織發起的獻金活動，得到了武漢三鎮各階層民眾的大力支持，連稚氣未脫的兒童，也把自己的零用錢捐獻出來，支持抗日。而何應欽之流卻在民族危亡之際，醉生夢死，每周舉行一次舞會，尋歡作樂。他們頻頻邀請于立群前去參加，郭沫若爲此大光其火。不僅如此，他們還以疏散爲名解散抗日民眾團體，而以流氓、地痞和鴉片鬼充當「保衛」武漢的骨幹，並提升張屬生爲政治部副部長，賀衷寒爲秘書長。自尊心極強的郭沫若咽不下在張屬生之流手下共事的氣，又萌發出辭職的念頭。三天躲在寓所不去辦公，與于立群吟詩作畫，藉以解氣。范壽康女兒前來求畫，他還畫了一幅蘭草相贈，以此寄託自己高潔的情操，並與之相攜漫步東湖之濱。周恩來知道後，宴請郭沫若夫婦來家裏吃晚飯。在把盞對酌間，周恩來循循善誘地勸他，爲了革命的利益，應拋棄個人恩怨，受點委屈算不了什麼。在周恩來的勸說下，郭沫若才打消了辭職的念頭。

　　魯迅逝世後，郭沫若的威望日漸上升。周恩來爲此向中共中央建議，決定郭沫若爲魯迅的繼承者，中國文化界的領袖，並由黨的組織向外傳達，以奠定其在文化界的領袖地位。郭沫若知道後，深感責任重大，爲了不辜負黨對自己的關懷，他克服自己感情用事的不足，積極投身於實際工作，主辦「戰時歌劇演員講習班」，爲革命隊伍輸送戲劇人才。積極撰寫富有實際意義的文章，諸如《文藝與宣傳》、《抗戰以來文藝的展望》、《持久抗戰中紀念魯迅》、《文化人當前的任務》等，引導文藝工作者加強團結，開展抗日工作。

　　廣州淪陷，武漢危在旦夕，國民黨達官貴人慌忙逃命。這時，朱德奉命來到武漢，得暇與郭沫若相見，使他非常高興，回想自己 1927 年在朱德家裏寫《請看今日之蔣介石》的情景，郭沫若感慨萬端。此時的朱德，已是八路軍總司令，英姿颯爽，一身戎裝。他們促膝暢談通宵，猶言未盡。第二天，朱德飛赴華北前線時，留詩《重逢》一首，贈與他。郭沫若視爲珍寶，精心裱褙，長期帶在身邊。

　　1938 年 10 月下旬，日寇兵分三路，由長江下游水陸並進向武漢撲來。對武漢進行了狂轟濫炸。10 月 25 日，日軍進入漢口，武漢軍民誓死抵抗，直到 27 日，武漢三鎮才被日軍完全佔領。

　　1938 年 10 月，武漢淪陷前夕，郭沫若隨周恩來撤離武漢後，經長沙到衡山。陳誠藉口精簡機構，壓減經費開支，縮小三廳編制，廢處減科，三廳三

處九科只保留四科。撤退到衡陽時，國民黨企圖以「焦土政策」阻止日寇進攻，竟喪心病狂以大火焚燒長沙，日寇的進攻未曾阻止，長沙卻成了一片廢墟。

1938 年 11 月底，日本首相近衛文麿發表聲明，對國民黨政府進行政治恫嚇。蔣介石自武漢失守後，一直奉行消極抗戰，積極反共的政策。他對此恫嚇，心領神會，在南嶽提出「宣傳重於作戰，政治重於軍事」的反動口號。

12 月初，郭沫若從衡陽到桂林，與朝思暮想的于立群相會。好友張曙卻不幸在一次日軍空襲中喪生，郭沫若悲痛欲絕，親自為他寫了墓碑，紀念他在三廳為抗戰創作歌曲《洪波曲》的貢獻。在桂林期間，郭沫若應廣西大學校長、昔日留日同學白鵬飛之邀，前去為于立群外祖父岑春煊所捐贈校舍的廣西大學作演講。他以中華民族精神所具有的三個特點（一是富有創造力，二是富有同化力，三是富有反侵略性）談起，令人信服地闡述了中華民族是絕對不會屈服外敵入侵的。

本月底，郭沫若與于立群乘飛機來到重慶，住觀音岩下的張家花園。已縮編的三廳被安置在兩路口的一所中學內。三廳此時只有四科和一個「孩子劇團」。一科由杜國庠任科長，負責文字宣傳。二科由洪深任科長，負責藝術宣傳。三科由馮乃超任科長，負責對敵宣傳和國際宣傳。四科由何公敢任科長，負責印刷、發行及總務方面的工作。廳長辦公室主任秘書由陽翰笙擔任。范壽康和范揚擔任副廳長。到 1940 年春，三廳在四科之外，增設國際問題研究會和藝術研究會，分別由范壽康和田漢任主任。

汪精衛叛敵後，日本加大了對重慶的轟炸。三廳一至三科緊急疏散到效區金剛坡下賴家橋全家院子辦公，郭沫若和四科大部分人員留城。「鄉三廳」由杜國庠代他坐鎮外理日常工作，他時不時地往返城鄉兩處指導工作。

抗戰進入相持階段後，日軍把軍事進攻重點指向敵後戰場，對國民政府以政治誘降為主，軍事進攻為輔。國民政府隨即調整內外政策。對外，面對日本的局部進攻，消極應戰；對內，在五屆五中全會（1939 年 1 月）確立了「溶共、防共、限共、反共」的政策，並成立了「防共委員會」。6 月，國民政府頒佈《限制異黨活動辦法》。7 月，中共中央發表《為紀念抗戰兩週年對時局宣言》，提出「堅持抗戰，反對投降；堅持團結，反對分裂；堅持進步，反對倒退」的三項政治口號。國共之間的矛盾已經呈針鋒相對之勢。

國共兩黨的摩擦與矛盾，必然要影響到基於抗日統一戰線、國共合作成

立起來的政治部，郭沫若領導下的第三廳的工作，受到這種政治形勢的影響
更為明顯。他在《答〈六用寺字韻〉》中就寫道：「廳務閒閒等蕭寺，偶提筆
墨畫竹字。非關工作不需人，受限只因黨派異。殊途同歸愧沱眠，權將默默
易闇闇。」〔註5〕國民黨當局對三廳的限制越來越多，宣傳品要送部長辦公廳
審查，不是通不過，就是改得面目全非。郭沫若為此大發脾氣，當面責問陳
誠等人，並以辭職相抗議。不久，郭沫若居住的張家花園被炸，他與于立群
也撤到賴家橋全家院子辦公。城鄉三廳又合二為一。

其間，郭沫若除兩次回樂山看望重病在床的父親和奔喪外，一直戰鬥在
第三廳。他始終堅持民族氣節，抵制國民黨的擠壓，刁難和破壞。1940 年 3
月，他與友人衛聚賢在江北一農家牆根處發現鑄「富貴」「昌利」的殘磚，異
常驚喜，莫非就是自己久覓不得的「漢磚」！回去後，即與考古學家馬衡、
常任俠商訂試掘善橋漢墓的計劃。試掘證實了自己的估計，郭沫若興奮地作
《題富貴磚拓墨》等文紀念此事。國民黨卻據此刁難，誣陷郭沫若「此次發
掘與規定與手續不合」。言外之意，郭沫若是盜墓者。郭沫若立即在《大公報》
上發表《關於發見漢墓的經過》一文，予以反駁，無情戳穿他們的無恥讕言。

1940 年 9 月，國民黨頑固派策劃第二次反共高潮時，蔣介石下令免去郭
沫若第三廳廳長職務，調任政治部部務委員，另安排反動分子何浩若擔任三
廳廳長。同時，下手諭：「凡在軍事委員會各單位中的工作人員一律均應加入
國民黨」。郭沫若當即打電報向當局辭職。在他言行鼓勵下，三廳的進步人士
決心與他共進退，集體總辭職。這使蔣介石和接替陳誠的新任部長張治中憂
心忡忡，為了不使這批知名人士奔赴延安，蔣介石在張治中的動議下決定成
立「文化工作委員會」，仍由郭沫若負責，以「對文化工作進行研究」的工作
任務來拴住這批桀驁不馴的文化精英。

二、郭沫若在「文工會」

1940 年 9 月 8 日，張治中寫信給周恩來，向他提出了組建文化工作委員
會的具體設想：包括工作內容、隸屬關係、主政人選等。雖然張治中在信中
強調，改組政治部第三廳，成立「文化工作委員會」仍是在國共合作的框架
內進行。周恩來當然清楚，「文白談及此事，當為奉命而來」。周恩來認為這
個方案可行，於是，建議他與郭沫若面商，同時寫信告知郭沫若，與張治中

〔註 5〕蔡震：《郭沫若用寺字韻詩作考》，《郭沫若學刊》2011 年第 3 期。

商談的一些具體事宜。

9月9日，張治中到賴家橋拜訪了郭沫若，並與之談妥了組織文化工作委員會的一些事情。第二天，郭沫若即在賴家橋草擬成「文化工作委員會大綱」，包括「機構」、「工作範圍」、「經費」、「人選」幾項內容。其中人「人選」一項特別列出「黨籍不限（此據張部長口頭指示）一條。〔註6〕9月13日，郭沫若函呈政治部部長張治中辭去電影放映總隊長之兼職。17 日，政治部部長張治中以手令的形式「聘郭沫若先生為本部文化工作委員會主任委員」。18日又簽發政治部命令，聘任杜國庠等十人為文化工作委員會委員，聘田漢等十人兼任文化工作委員會委員。

10 月 8 日，政治部將「本部擬設文化工作委員會並派郭沫若兼任主任委員檢呈組織規程等件」以「治用巴字一九七六四號」公文呈報國民政府軍事委員會，蔣介石以委員長名義批示：「呈件均悉。准予備案。」〔註7〕

1940 年 11 月 1 日，文化工作委員會（簡稱「文工會」）正式成立。郭沫若為主任委員，陽翰笙、謝仁釗、李俠公為副主任委員。專任委員 10 人，有：沈雁冰、沈志遠、杜國庠、田漢、洪深、鄭伯奇、尹伯林、翦伯贊、胡風、姚蓬子；兼任委員 10 人，有：舒舍予、陶行知、張志讓、鄧初民、王崑崙、侯外廬、盧於道、馬宗融、黎東方、呂振羽。下設三個組，第一國際問題研究組，組長張鐵生（未到任），實際工作由蔡馥生擔任；第二文藝研究組，組長田漢，由石凌鶴代理；第三敵情研究組，組長馮乃超。文工會的組成人員，除了原第三廳的人員外，還廣泛吸納了社會精英。如著名作家沈雁冰、舒舍予，教育家陶行知，歷史學家鄧初民、翦伯贊，自然科學家盧於道，文藝家胡風，以及姚蓬子等文化人。大批文化人士紛紛加入這個機構，用文化的力量繼續為抗戰服務，進一步擴大了文化界的抗日民族統一戰線。

不過，文工會已從國家機關變成了文藝團體。為了適應新的形勢，郭沫若按照周恩來「勤學、勤業、勤交友」的指示精神，改變鬥爭策略，利用其合法地位，積極從事切實的學術研究、創辦刊物，以學術的名義宣傳抗戰和民主思想，同時又以個人的身份參加廣泛的社會活動。

郭沫若在繁重的社會活動間隙，積極帶頭從事學術研究，寫下了《青銅時代》、《十批判書》兩部有影響的歷史專著和《甲申三百年祭》的著名論文。

〔註 6〕參見原件手跡，載《郭沫若學刊》2011 年第 2 期。
〔註 7〕蔡震：《從文獻史料看郭沫若主政三廳始末》，《新文學史料》2012 年 3 期。

同時，還經常組織開展一些以講座、報告、名人紀念及祝壽活動，突破國民黨頑固派的限制，適時地進行抗日圖存的宣傳，推動民主運動。

據不完全統計，文工會從 1940 年 11 月 1 日成立到 1945 年 3 月 30 日解散，先後舉辦了 24 場學術活動，主要集中在 1942 年以前。文工會在郭沫若的領導下，積極聯繫社會各界名流，開展各種學術活動。先後舉辦了「今後文藝工作者努力方向」討論會，「作家的主觀與藝術的客觀性」問題座談會，文藝講演會，民歌研究演唱會，詩歌座談會，「戲劇批評座談會」，魯迅逝世五週年紀念活動，老舍對西南文藝狀況的報告會，馮玉祥講《三國》，郭沫若「歌德思想與藝術」講演會。此外，文工會還經常在天官府 8 號或賴家橋全家院子等城內外秘書室舉辦講座，如「古代社會研究」（郭沫若）、「新史學」（翦伯贊）、「人類進化問題」（盧於道）、清國政治史（鄧初民）、戲劇（田漢）和音樂（賀綠汀）等講座，都深受群眾歡迎，引起了較大的反響。

救亡圖存，打敗日本法西斯，是抗戰時期壓倒一切的頭等大事。因此，文工會常常組織文化界愛國人士（張瀾、沈鈞儒、張友漁、王芸生等）和國民黨左派（邵力子、馮玉祥、王崑崙）召開座談會，討論國際形勢，為抗戰建言獻策。1941 年 1 月 14 日，文工會在兩路口社會服務處舉辦了第三次國際問題座談會，主要討論「一九四二年國際形勢之展望」，包括「一九四二年世界戰局的重心和中國及同盟國應如何努力爭取勝利？……本部（政治部）梁副部長寒操，軍事委員會參政陳豹隱、張忠級，國際問題研究所所長王芃生，中央委員王崑崙，《大公報》主筆王芸生，《中央日報》主筆陳博生，參政員沈鈞儒，本部（政治部）社會委員鄧初民，復旦大學教授張志讓等數十人參加討論。」1941 年 7 月 12 日，文工會舉辦了第九次國際問題座談會，「主席沫若（郭沫若）討論題目計 1、日本今後之動向；2、同盟國之對策。」〔註8〕

與此同時，文工會還通過創辦刊物，向國內外發行，藉此擴大抗戰宣傳的範圍。文工會的葉籟士、樂嘉煊等，創辦了世界語刊物《中國報導》半月刊，每期印五、六千份至八、九千份，自己發行，寄給四、五十個國家的世界語組織和個人，宣傳中國的抗日情況，宣傳八路軍、新四軍。使這些國家的人民能夠及時瞭解中國抗戰的艱苦情況，大大鼓舞了國際友人們對中國抗戰的信心，產生了積極的政治作用。特別是在太平洋戰爭爆發後，香港被日本人佔領，中國與外界的聯繫幾乎被阻斷，《中國報導》業已成為世界各國人

〔註8〕重慶檔案館館藏南京國民政府社會部未刊檔案資料，檔號：0061-0015-03237。

民瞭解中國抗戰的主要途徑之一，「溝通了中國人民和世界人民的聯繫。東南亞和世界各地的華僑通過它瞭解祖國的情況，從而從道義上、經濟上給以大力支持。」〔註9〕對內：文工會文藝組石淩鶴、龔嘯嵐等人在重慶《新蜀報》上創辦了「理論、批評、介紹的綜合性副刊」〔註10〕《七天文藝》（1941 年 2 月～1944 年 10 月），針對社會上大家關心的實際問題，各抒己見，前後出版了 130 多期。對外：文工會繼續編譯第三廳創建的《國際問題資料》和《敵情研究》。因其具有較高的參考價值，為軍政各方面所重視。這些情報資料，甚至經重慶八路軍辦事處而轉到延安。

為開展對敵鬥爭，1939 年和 1940 年初，在郭沫若、馮乃超等人的推薦下，由日本作家池田幸子和鹿地亙夫婦發起的「在華日本人民反戰同盟」（簡稱「反戰同盟」）的西南分盟和重慶總盟先後成立。反戰同盟主要負責對下層日軍俘虜進行思想教育。文工會成立後，反戰同盟由文工會第三組負責指導，康大川擔任文工會駐反戰同盟的聯絡員。反戰同盟有成員 14 人，大多數都有日本留學經歷，精通日語。一方面，他們收聽日本電臺，多渠道收集日軍資料，並編輯出版《敵情研究》；另一方面，派工作隊到前線向日軍喊話，用氣球發傳單，播放日本歌曲，盡可能地瓦解日軍士兵。鹿地亙還專門創作了反戰劇《三兄弟》，「先後在桂林、重慶演出，效果良好。」〔註11〕

「皖南事變」後，為了粉碎國民黨頑固派在國統區對文藝界搞第二個「皖南事變」、加害文藝界人士的反革命陰謀，文工會改變工作方式，在周恩來的領導下，在積極參與對作古作家（魯迅、高爾基）的紀念以爭取民主的同時，聲勢浩大地開展了對郭沫若、老舍、茅盾、洪深、葉聖陶、張恨水、于伶、歐陽予倩和柳亞子等文化人士的祝壽和創作生活紀念活動。從而，擴大了統一戰線，團結了民主力量，為抵制國民黨頑固派的分裂，爭取抗戰的勝利，起到了較大作用。

在文工會為作家祝壽和紀念其創作活動中，郭沫若 50 壽辰和創作生活 25 週年的紀念最為隆重。1941 年 11 月 16 日，是郭沫若虛歲 49 歲的生日，我國民間有「男辦九，女辦十」的風俗習慣。當年 6 月份，在周恩來的倡議下，中共南方局作出了「壽郭」的決定。由陽翰笙具體負責籌辦，「建立一個廣泛

〔註 9〕陽翰笙：《陽翰笙選集》（第五卷 革命回憶錄），四川文藝出版社 1989 年版。
〔註10〕蘇光文：《抗戰文學紀程》，西南師範大學出版社 1986 年版，第 106 頁。
〔註11〕陽翰笙：《風雨五十年》，人民文學出版社 1986 年版，第 280 頁。

的統一戰線的籌備組織，由各方面的人來參加籌備工作，不能單獨由『文工會』來出面。」〔註12〕周恩來還吩咐陽翰笙代表中共南方局起草一份通知，說明這次紀念活動的意義、內容和方式。陽翰笙起草的通知交周恩來改定後，以電報的形式發往成都、昆明、桂林、延安以及香港等地的黨組織。

　　10月上旬，周恩來來到重慶天官府 8 號郭沫若的家裏，鄭重地通知他祝壽按時進行。郭沫若仍然謙辭，周恩來強調說：「爲你作壽是一場意義重大的政治鬥爭，爲你舉行創作 25 週年紀念又是一場重大的文化鬥爭。通過這次鬥爭，我們可以發動一切民主進步力量來衝破敵人的政治上和文化上的法西斯統治。」爲了使這次紀念活動落到實處，陽翰笙提議成立了一個包括馮玉祥、孫科、邵力子、陳布雷、張治中、張道藩、黃琪翔、沈鈞儒、陶行知、黃炎培、章伯鈞、羅隆基、王崑崙、屈武、周恩來和馮乃超等 40 位社會各界最有社會影響力的頭面人物列爲發起人的籌備委員會。11 月 10 日，《抗戰文藝》刊載了《紀念郭沫若先生創作生活二十五週年》的報導：「定於 11 月 16 日郭氏 50 生日舉行一紀念會，邀請文化界先進，郭氏友人及文藝界同人共同參加。」

　　11 月 15 日，重慶文藝界專門召開了郭沫若作品研究座談會，臧雲遠、常任俠、馬宗融、柳倩、安娥、任鈞、高蘭、潘子農等相繼發言，並朗誦了郭沫若的詩。當天晚上，重慶文化界人士攜帶眷屬，來到重慶天官府 8 號，爲郭沫若祝壽。汽油燈下，高懸著一支 5 尺餘長、碗口般粗的巨型毛筆，上嵌「以清妖孽」7 個大字。郭沫若懷著激動的心情，和他的兒子漢英在巨筆前合影留念。當晚 8 時許，桂林文化界人士 500 餘人在三教咖啡廳也舉行了慶祝茶會，田漢、熊佛西、宋雲彬、邵荃麟、聶紺弩等人發表了講話，中國戲劇社合唱了田漢作詞、姚牧作曲的祝壽之歌《南山之什》，黃瑩、歐查、胡危舟、石聯星等人朗誦了郭沫若離開日本回到祖國參加抗戰的日記和作品，氣氛喜慶熱烈。

　　11 月 16 日下午 1 時，重慶文化界 2000 餘人濟濟一堂，在中蘇文化協會大樓舉行了盛大的茶會。茶會由馮玉祥主持。他在致開會詞中說，紀念郭沫若創作 25 週年，就是要學習他的革命精神、忠心爲國和不失爲「赤子之心」。接著，老舍報告了紀念活動的籌備和計劃，擬將郭沫若著作 80 餘種，2000 萬言編印成集，並擬創設郭沫若文化科學研究所。張道藩、梁寒操、黃炎培、

〔註12〕陽翰笙：《回憶郭老創作二十五週年紀念和五十壽辰的慶祝活動》，《新文學史料》1980 年第 2 期。

潘公展、蘇聯大使代表丕贊諾夫、沈鈞儒、周恩來、張申府等人也先後發言，一致推崇郭沫若 25 年來在學術上的成就以及對國家的貢獻。

11 月 16 日下午 2 時，延安文化界在文化俱樂部集會，凱豐、丁玲、周揚、艾思奇、蕭三、草明、歐陽山、艾青等人出席，集會一致通過了以慶祝會的名義給郭沫若發去致賀電，並決定籌備出版郭沫若全集。由延安魯藝排演的呂驥作曲的郭沫若長詩《鳳凰涅槃》大合唱準備在 11 月底作首場演出。當天下午，香港文化界百餘人在溫莎餐室舉行了隆重的紀念會，遙祝郭沫若 50 壽辰；新加坡星華文化界人士 200 餘人在南天竺樓舉行了一次空前的聚餐會，慶祝會由《星洲日報》編輯郁達夫發起，得到了《南洋商報》主編胡愈之、《總彙報》主編胡浪漫、愛華音樂社和郭氏汾陽公會等積極響應。聚餐會中，給郭沫若拍發了祝賀電，電文的最後兩句：「先生永生，民族永生！」寫活了郭沫若在抗戰中所擔負的任務和人們對他的衷心祝福。

知天命的郭沫若，面對情眞意切的各式紀念與慶祝活動，感慨萬千。他在重慶慶祝會上的答謝中，緣引盧梭的《懺悔錄》和燕昭王爲郭隗築黃金臺的故事，勉勵青年，希望文化界人士努力創造，使中國文化具有世界性價值，並鄭重表示：爲祖國的獨立和爲人類的解放，他願終生獻身到反法西斯的鬥爭中去。接著，他又給延安、桂林、香港、新加坡的文化界覆電致謝。他在致謝電中寫道：五十之年，毫無建樹，猶蒙紀念，彌深慚惡，然一息尚存，誓當爲文化與革命奮鬥到底，尚乞時賜鞭笞。

在重慶的慶祝會上，孩子劇團還演唱了《鳳凰歌》；中蘇文化協會陳列了郭沫若創作、翻譯書籍、原稿和照片；大樓的牆壁上懸掛著郭沫若自寫的 50 年簡譜和各屆人士贈送的詩詞、歌賦等。其中，日本友人綠川英子在祝壽活動集會的當天，抱著剛滿一百天的兒子在會場上熱情洋溢地朗誦了她的祝詞《暴風雨時代的詩人》（其後在《新華日報》上發表），郭沫若聽後十分興奮和激動，當場即興親筆爲她在一塊二尺見方的紅綢上題寫了一首七言絕句相贈：「茫茫四野彌黯黯，歷歷群星麗九天。映雪終嫌光太遠，照書還喜一燈妍。」詩中的「照」字，一字雙關。「綠色之星」是世界語者佩戴的標誌，「照子」又是綠川英子的原名。郭沫若在詩中把綠川英子比作寒夜中一顆閃亮的星，一盞明亮的燈，用自己的光芒照耀著身邊的同志們。些時，尚在獄中的新四軍軍長葉挺，在郭沫若生日的這天，給他寫了一封信，並用香煙盒的圖紙片做了一枚「文虎章」作爲生日禮物。「文虎章」三個字在圖紙片的正中，用鋼

筆抒寫。兩邊寫有「壽比蕭伯納，功追高爾基」的壽聯；章的背面寫有「葉挺賀郭沫若50歲壽誕」（該聯初爲「壽強蕭伯納，駿逸人中龍」）。「文虎章」經葉挺妻子李秀文秘密轉送到郭沫若手中後，郭沫若感動得熱淚盈眶。後來，郭沫若看到葉挺在獄中寫的《囚歌》後，稱讚葉挺是他「一位精神上的老師。」〔註13〕重慶的《新華日報》、《新民報》等新聞媒體，當天不僅報導了郭沫若紀念活動的盛況，而且還出版了《紀念郭沫若先生創作生活二十五週年特刊》，刊登署名文章，盛讚郭沫若創作25週年所取得的成績，次日還刊載了楊賡的特寫《詩筆燦爛的二十五年》，詳細報導了慶祝會的情況。

周恩來在1941年11月16日《新華日報》第一版上發表了《我要說的話》，高度概括了郭沫若在文化運動中所立下的豐功偉績。他指出：「魯迅是新文化運動的導師，郭沫若便是新文化運動的主將。魯迅如果是將沒有路的路開闢出來的先鋒，郭沫若便是帶著大家一道前進的嚮導。」「郭沫若創作生活25年，也就是新文化運動的25年。」喬木在《大公報》上發表的《一個眞實的人》中寫道：「如果魯迅先生撥開了中國青年一代的眼睛，堅定了他們意志的話，那麼郭沫若先生就是激揚了這一代的靈魂，解脫了他們的枷鎖。」茅盾在《華商報》發表的《爲祖國珍重》中，稱讚郭沫若25年的文藝活動，所激起的「狂飆突進」的影響和吹起的「個性解放」的號角，「代表了近廿五年中國前進的知識分子所渡過的向眞理的『天路歷程』」。鄧穎超在《郭沫若先生創作二十五週年紀念與五秩之慶致祝》說，郭沫若「不僅是文學革命家，同時亦是實際革命的前驅戰士。所以他能以科學的態度與醫學的論據，對婦女問題作了精闢的發揮，揭斥了那重男輕女的謬見惡習。他舉起鋒銳的筆，眞理的火，向著中國婦女大眾指示出光明之路。他吹起號角，敲起警鐘，爲中國婦女大眾高歌著奮鬥之曲。」

與此同時，人們對郭沫若50年的戰鬥人生，也予以了眞誠的禮讚和祝福。周揚在《慶賀郭沫若先生五十壽辰》一文中說：「郭沫若曾離開過詩，文藝，卻沒有離開過鬥爭。」〔註14〕艾雲在《郭沫若先生的革命性》一文，讚頌郭沫若在北伐戰爭中，「他到處作獅子吼，宣傳軍伐的罪惡，他到處作獅子吼，號召青年參加革命。」「七七」事變後，「他向全國作獅子吼，以號召中華兒女抗戰；向全世界作獅子吼，以暴露敵人的罪惡。即就他的行動一端而論，我們說

〔註13〕尤揚：《一枚文虎章——葉挺獄中爲郭沫若祝壽》，《黨史縱橫》2001年10期。
〔註14〕1941年11月16日《解放日報》。

他是革命家，已經足夠了。」〔註15〕李初梨在《我對於郭沫若先生的認識》的結尾中寫道：「郭先生的全人格全生涯給了我這樣一些印象：他不僅是光明、真理、自由、解放的號角，而且是真正改造世界的戰士。他是偉大的自我犧牲者。爲國家民族的獨立解放，爲後來一代的光明幸福，不惜放棄他個人的事業，犧牲他自己的榮譽以至生命。他就是那投火自焚的鳳凰。他不僅是青年人朋友，而且是知識分子與工農相結合的模範。他是富貴不能淫，威武不能屈，不灰心，不失望，永遠年青，永遠前進，永遠戰鬥的旗幟。」〔註16〕鄒韜奮在香港文化界爲郭沫若祝壽的慶祝大會上，讚頌了其人格清高不貪戀做官精神的偉大。陸丹林贊揚郭沫若抗戰後拋妻離子歸國抗戰，是「英雄氣長，兒女情短」。郭沫若的創作生活和革命行動，甚至被羅孫頌爲偉大的「蘆笛」，「是民族的號角。」〔註17〕茅盾真誠地祝福50歲的郭沫若：「健康愉快，盼他對祖國有更多的更光榮的貢獻」，「對民族解放事業作更多的更大貢獻！」〔註18〕冶秋祝郭沫若：「永遠是年輕的，而且永遠是最英勇的戰士，最響亮的歌手！」〔註19〕田漢祝願郭沫若：「寶愛你的身體，讓他耐得起更大的艱辛；寶愛你的筆，好寫出真正的中華民族的精神。」〔註20〕

爲了紀念郭沫若50壽辰及創作生活25週年，11月20日，重慶戲劇界在抗建堂上演了郭沫若的新作《棠棣之花》。隨後，陽翰笙的《天國春秋》也在國泰大戲院公演。兩臺歷史劇中頌揚正義和團結起來反對強暴的場景，引起了觀眾強烈的現實共鳴，連續上演了四、五十場，仍不能滿足觀眾的需要，以致劇團不得不在《新華日報》上刊登啓事：「敬向連日嚮隅者道歉！」「敬告已看三次者勿再來！」。12月7日，《新華日報》闢《棠棣之花劇評》專刊，周恩來爲之題寫了刊頭，並修改了《從〈棠棣之花〉談到評歷史劇》（章罍）和《正義的贊詩，壯麗的圖畫！》（舜瑤）兩文。國民黨頑固派禁錮的閘門從此衝破，重慶沉悶的政治空氣因之而開始轉變。

此外，全國文藝界抗敵協會舉行詩歌晚會並對郭沫若詩歌著作加以研

〔註15〕 1941 年 11 月 15 日《新華日報》。
〔註16〕 1941 年 11 月 18 日《解放日報》。
〔註17〕 轉引自韓麗華：《郭沫若誕辰五十週年紀實》，《黨史縱橫》2001 年第 11 期。
〔註18〕 茅盾：《爲祖國珍重》，1941 年 11 月 16 日《華商報》。
〔註19〕 轉引自韓麗華：《郭沫若誕辰五十週年紀實》，《黨史縱橫》2001 年第 11 期。
〔註20〕 田漢：《南山之什——爲沫若兄五十壽辰而作》，1941 年 11 月 16 日《新華日報》。

討；郭沫若作品展覽在重慶舉行；作家書屋發表發行《沫若自傳》預告；新加坡文化界爲慶祝郭沫若五十壽辰徵集文藝獎金發表宣言；中蘇文化協會編輯了《郭沫若先生二十五年著譯編目》；蘇聯大使潘友新和蘇聯對外文協主席凱緬諾夫還發來了賀電。

在中共南方局的領導下，文工會爲郭沫若等進步文化人士祝壽和紀念其創作活動，是進步文化界在特定環境下採取的一種行之有效的鬥爭方式。通過這一系列的紀念活動，不僅拋棄傳統文人相輕的陋習，加強了中共與進步文化人士的親密關係，而且爭取了更多的民主和言論自由，在與國民黨頑固派的鬥爭中取得了預期的勝利。

「皖南事變」後，郭沫若與陽翰笙決定，爲使重慶的戲劇演出擺脫低谷局面。趁國民黨中國電影製片廠停頓之際，聯絡電影廠知名導演和演員籌備成立民營職業劇團中華劇藝社，以此作爲平臺，促進進步戲劇的健康發展。1941 年 10 月 11 日，中共領導下的由原中央電影製片廠、中央電影劇團、中國青年劇社等單位的電影戲劇從業人員爲骨幹組成的新興劇團——中華劇藝社正式成立，應雲衛任理事長和社長，陳白塵、陳鯉庭、張駿祥等人任理事，全社共 30 人。當天，《新蜀報》出「中華劇藝社成立特刊」，郭沫若發了《戲劇運動的開展》，以示祝賀！

1941 年 10 月 11 日中華劇藝社在重慶國泰大戲院公演了陳白塵的五幕話劇《大地回春》，從而拉開了中國戲劇運動史上空前繁榮的重慶「霧季公演」（重慶每年 10 月至次年 5 月多霧，濃濃的大霧似天然屏障，天空的能見度低，敵機不敢貿然進犯，重慶的戲劇工作者利用這天賜良機，推出新劇，復演舊劇，組織大規模、持續性的戲劇會演活動。）序幕。從 1941 年 10 月至 1945 年 10 月的霧季裏，重慶連續舉辦了 4 年的大型公演。當時重慶的重要劇團，諸如中華劇藝社、中國萬歲劇團、中央青年劇社、孩子劇團、中國實驗歌劇團、朝陽大學劇社、中央廣電臺、中電劇團和中國藝術劇社等都參與其中。演出的大型話劇有《天國春秋》、《屈原》、《野玫瑰》、《北京人》、《忠王李秀成》、《法西斯細菌》、《長夜行》、《孔雀膽》、《風雪夜歸人》、《南冠草》、《萬世師表》、《清明前後》和《芳草天涯》等 110 多部大型話劇和眾多的獨幕劇和歌劇。其中，尤其以第一屆霧季公演《野玫瑰》和《屈原》的演出最具轟動效應。1942 年 3 月 5 日，陳銓創作的《野玫瑰》在重慶城內觀音岩上的抗建堂演出，因其抗日內容與驚險樣式的完美結合而具體較強的戲劇娛樂性，

連演 16 場，場場爆滿，觀眾達 10200 人。1942 年 4 月 3 日，郭沫若創作的劃時代歷史劇《屈原》（中華劇藝社排演）在重慶公演，因其借古諷今的「影射史學」，給大眾提供了一個宣泄對執政當局不滿情緒機會，連演 18 天，22 場，觀眾達 32000 人，轟動整個山城。舞臺上，演員們「發出了『反對邪惡、擁護正義！』『反對黑暗、擁護光明』的號召，引起了千萬觀眾的強烈共鳴」〔註21〕。國共兩黨圍繞這兩部話劇的創作、演出和評價，展開了針鋒相對的鬥爭。重慶的「霧季公演」，不僅給戰爭恐怖和國民黨高壓統治下的山城人民極大的精神撫慰，而且也極大地鼓舞了重慶和大後方人民的抗戰信心，推動了國統區戲劇運動黃金時代的到來。

同時，文工會還編譯了各種內部資料以供抗日宣傳之用。抗戰後期，在國內政治環境日漸複雜艱難的情況下，文工會盡可能團結廣大文化界人士，推動國統區抗戰民主運動，並產生了一定影響。

1944 年，世界反法西斯戰爭的形勢勝利在望，而國內卻因湘桂大潰退導致重慶等地人心惶惶。結束一黨專政，堅持全民抗戰才能保證中國抗戰取得最後的勝利。在美國的調停下，國共雙方在 4 月到 8 月間，就國內實現民主政治，承認抗日軍隊和抗日根據地問題進行了談判。同年 9 月 5 日，三屆三次國民參政會在重慶召開，大會請中共代表林伯渠和軍委會政治部長張治中分別向大會報告了 4 個月來國共談判的經過和各自的主張。林伯渠在參政會上正式鮮明的向全國人民提出「立即結束一黨統治的局面，由國民政府召開各黨各派，各抗日部隊，各地方政府，各人民團體的代表，開國事會議，組織各抗日黨派聯合政府」〔註22〕的主張。10 月 20 日，毛澤東與美國新任駐華大使赫爾利簽署《五點草案》：一、中國政府、國民黨、共產黨一致合作，統一所有軍隊，擊潰日本，建設中國；二、改組國民黨政府為聯合政府，宣布新三民主義政策；三、聯合政府擁護孫中山主義，建立民治、民有、民享政府，實行各項政策；四、聯合政府及聯合軍委會承認所有抗日部隊，此軍隊應遵守執行其命令；五、承認各黨派團體合法地位。

1945 年 1 月 11 日，毛澤東致函赫爾利，提議「在重慶召開國事會議之預備會議」，「國民黨、共產黨、民主同盟三方代表參加」，「保證會議公開舉行，

〔註21〕 中共重慶市委黨史工作委員會編：《南方局領導下的重慶抗戰文藝運動》，重慶出版社 1989 年版，第 114 頁。

〔註22〕 《關於國共談判：林祖涵同志報告全文》，1944 年 9 月 17 日《新華日報》。

各黨派代表有平等地位及往返自由」，以挽救獨山失守危及重慶的日益嚴峻形勢。1 月 14 日，中國民主同盟發表對時局宣言，提出立即結束一黨專政，建立聯合政府等十項主張。根據王若飛的建議，郭沫若、陽翰笙、馮乃超等研究，決定動員文化界知名人士發表一個時局宣言——《文化界時局宣言》。郭沫若在起草的宣言中，提出了實現民主的六條要求：召開由全國各黨派參加的緊急會議，商討應付時局的對策；組織戰時全國一致政府與目前戰事配合；廢除限制人民活動之法令，恢復人民享有的集會、結社、出版、演出等自由；取消黨化教育，保障學術研究與文化運動之自由；停止特務活動，釋放政治犯，廢除軍事上的對內相剋政策；嚴懲不法商人，集中國家財富於有用之生產與用度；取締對盟邦歧視的言論，對英美蘇採取平行外交等具體意見。宣言在最後指出：「民主者興，不民主者亡。中國人民不甘淪亡，故一致要求民主團結，在這個洪大的奔流之前，任何力量也沒有方法可以阻擋。」宣言的中心是要求民主團結，因此又被稱為「民主宣言」。宣言具有廣泛的號召力，當時在重慶的文化、教育、新聞界的知名人士幾乎都在上面簽了名，人數達312 人。2 月 22 日，簽了名《文化界時局宣言》在《新華日報》、《新蜀報》等報刊上公開發表。蔣介石看見後很是生氣，命令宣傳部長張道藩徹查此事，發現始作俑者竟是——郭沫若領導的「文工會」，很是生氣。1945 年 3 月 30 日，國民政府軍委會政治部以「業務性質與該部第三廳相同」〔註 23〕下令解散了文化工作委員會。「文工會」的突遭解散，各方人士頗感詫異，紛紛函電詢問或到郭沫若寓所慰問，並進一步提出了民主和自由的要求。

三、郭沫若在「第三廳」和「文工會」的創作

（一）金石學、史學和新舊體詩詞及雜文

1938 年 12 月底，郭沫若隨同國民政府軍事委員會政治部抵達重慶後，一方面，積極投身到第三廳所肩負起的抗日救亡運動的責任中；另一方面，又專注於金石學、史學的研究和文學創作。

1939 年 7 月，郭沫若將 1933 年根據東京文求堂所存石鼓〔註24〕文拓片梳

〔註23〕《政治部張部長談裁併政工機構，實施新頒編制確定緊縮原則》，1945 年 3月 31 日《中央日報》。

〔註24〕石鼓是唐代出土的刻有記敘東周秦國國公陪同周天子游獵盛況的石碣，又稱「獵碣」，有介於籀與篆之間的文字 500 個左右，在史料、書法雕刻等藝術方面，都異常珍貴。

理編寫的《石鼓文研究》，交長沙商務印書館影印出版，有力地推動了當時對石鼓文的研究與保護。1940 年 4 月 7 日至 21 日間，郭沫若、常任俠、衛聚賢等在重慶嘉陵江北岸發現了「延光四年」漢磚墓。4 月 29 日，他在《大公報》上發表《關於發現漢墓的經過》一文予以介紹。

郭沫若在重慶期間，還致力於先秦社會思想的研究，出版了《青銅時代》、《十批判書》等兩部論文集。《青銅時代》於 1945 年 9 月由重慶文藝出版社初版，主要輯錄了他在 1934～1945 年間所寫的 12 篇學術論文：《先秦天道觀之進展》、《〈周易〉之製作時代》、《由周代農事詩論到周代社會》、《駁〈說儒〉》、《墨子的思想》、《公孫尼子與其音樂理論》、《述吳起》、《老聃‧關尹‧環淵》、《宋鈃尹文遺著考》、《〈韓非子‧初見秦篇〉發微》、《秦楚之際的儒者》和《青銅時代》等，對先秦的哲學、社會結構和人物、學派思想的進行了嚴謹考究，對先秦社會思想的研究頗多創見，影響很大。《十批判書》於 1945 年 9 月由重慶群益出版社初版，主要輯錄了他在 1943～1945 年間所寫的 10 篇學術論文：《古代研究的自我批判》、《孔墨的批判》、《儒家八派的批判》、《稷下黃老學派的批判》、《莊子的批判》、《荀子的批判》、《名辯思潮的批判》、《前期法家的批判》、《韓非子的批判》和《呂不韋與秦王政的批判》等，對先秦諸子的哲學、政治、倫理等各方面的思想及其源流和演變進行了探討，並對其中一些重要人物和著作進行了考辨，有許多獨到見解，自成一說。

在史學研究方面，郭沫若影響最大的是他為紀念李自成領導農民起義 300週年之際而寫的《甲申三百年祭》。該文 1944 年 3 月 19 日至 22 日在重慶《新華日報》連載。基於 1943 年世界反法西斯戰爭發生重大轉折，蔣介石和毛澤東分別在《中國之命運》和《兩個中國之命運》裏，圍繞著中國往何處去展開了一場針鋒相對的宣傳戰。郭沫若用大量史實和民間傳說中的人物論述了明朝滅亡的原因，深刻剖析了李自成農民起義由盛轉衰的經驗教訓，以明朝亡國的歷史映像蔣介石當局政府。《甲申三百年祭》與毛澤東「遙相呼應」，打擊了國民黨的反共氣焰，從而在這場宣傳戰中大獲成功。毛澤東寫信稱贊郭沫若：「你的《甲申三百年祭》，我們把它當作整風文件看待。你的史論、史劇有大益於中國人民，只嫌其少，不嫌其多，精神決不會白費的。」〔註25〕

郭沫若在第三廳和「文工會」期間，寫有大量的新詩和舊體詩詞，主要收入 1948 年 9 月上海群益出版社出版的《蝴蝶集》和 1959 年 11 月作家出版

〔註25〕《毛澤東書信選集》，人民出版社 1983 年版，第 242 頁。

社出版的《潮汐集》中。

「大率寫於抗戰後期」〔註26〕的《蜩螗集》，具有鮮明的時代印記和強烈的愛國主義精神。郭沫若在 1941 年所寫的幾首新詩，雖沒有抗戰初期的樂觀，仍給人以信心與鼓舞！如在《水牛贊》中，詩人借讚頌水牛的堅毅、雄渾、無私和藹來歌詠抗戰中勇於吃苦、并肩抗戰的中國人民。在《頌蘇聯紅軍》中，極力讚頌蘇聯紅軍反法西斯的功績，號召中國人民學習蘇聯紅軍「為自由與正義而戰的榜樣」，爭取在 1943 年內解放揚子江和黃河流域，「要在南京、上海、北京，高唱出民主勝利的凱歌，這歌聲要傳過黃河，使太平洋永不再起風波。」在《團結一致》中，以史為鏡，絕不能對敵人「姑息養奸」，中國人民「必須是團結一致，對敵人徹底清算」，將抗戰進行到底。隨著抗日戰爭的不斷深入和發展，祖國大片河山相繼淪為敵手，國民黨政府卻消極抗戰，積極反共，詩人無比憤慨，以詩為武器，對國民黨頑固派的同室操戈、倒行逆施和迫害人民的罪行進行了無情的揭露和斥責。《罪惡的金字塔》就是以雄渾的筆調寫出的悲壯歌謠。1940 年 6 月 5 日傍晚，日寇飛機僅三架夜襲重慶，因當時未能及時疏散市民，大量民眾擁向公共防空隧道（十八梯大隧道）中，造成洞內人數飽和。管理隧道口的憲兵又緊鎖柵門，不准隧道內的市民在空襲期間出入隧道，在長達 10 小時的高溫和嚴重缺氧的情況下，大隧道中因踩踏窒息至死萬人以上。當局為掩人耳目，只向公眾報導為三百餘人。郭沫若曾親自前往大隧道洞口查看運屍，目睹此慘狀，悲憤難抑。他在 1940 年 6 月 17 日奮筆寫下揭露了日寇毫無人性的兇殘和國民黨專制的黑暗統治：

> 心都跛了腳——
>
> 你們知道嗎？
>
> 只有憤怒，沒有悲哀，
>
> 只有火，沒有水。
>
> 連長江和嘉陵江都變成了火的洪流，
>
> 這火——
>
> 難道不會燒毀那罪惡砌成的金字塔麼？

郭沫若在陪都重慶期間，還寫了不少舊體詩詞，主要收入在《潮汐集》

〔註26〕郭沫若：《蜩螗集·序》，《郭沫若全集·文學編第二卷》，人民文學出版社 1982年版，第 51 頁。

中。這些舊體詩詞，題材豐富，形式多樣，既有傲視國民黨頑固派，效忠祖國，報效人民的決心及其不可動搖的意志，又有抒發作者無力拯救水深火熱中的祖國和人民的焦急與痛苦，如《和冰谷見贈卻寄二首》：

一

歸來雌伏古渝州，不羨乘樣學仲由。
筆墨敢矜追屈杜？襟懷久欲傲王侯。
巴人擾攘徒趨俗，鬢髮零星漸入秋。
國恥靖康臣子恨，等閒白了少年頭。

二

中原滿目盡瘡痍，愧我當年亦學醫。
破陣有人成廢疾，臨床無術濟艱危。
悠悠報國平生志，易易成家白話詩。
無那五根清聽紗，活人空自慕黃歧。 〔註27〕

　　還有借詠孔子來描繪了自己所激賞的人生境界的作品，如1943年6月寫的《孔丘》一詩：「文辭華藻壯山海，筆削嚴謹成春秋。」「鳳皇鳴矣朝日升，爲人須爭第一流。」中華民族橫遭日寇蹂躪的處境，使郭沫若常常將目光轉入歷史。如1941年1月「皖南事變」後，他寫下了「黨錮重翻東漢史，長城自壞宋家春。」（《感時》）1942年6月2日，郭沫若登臨釣魚城考察了古戰場遺址，寫下《釣魚臺懷古》：「冉家兄弟承磷蚧，蜀郡山河壯甲兵。」以史爲鏡，當前各派勢力的政治表演，並不新鮮，在中國歷史舞臺上早已出現過。回視歷史，剖陳利害，其憂國感時的思緒，百味雜存，痛心疾首。作爲第三廳和「文工會」的負責人，郭沫若在渝期間交遊甚廣，好友如雲。這一時期的舊體詩詞中，有不少題贈、唱酬和緬懷悼亡之作，如《送田壽昌赴桂林》、《和老舍原韻並贈三首》、《贈謝冰心》、《詠秦良玉》等，堪稱佳作。在其悼亡舊體詩詞中，1940年9月4日寫的《鷓鴣天四首──弔楊二妹》，最爲感人。楊二妹係作者九叔的二女，嫁楊姓，郭沫若1913年離家赴日留學時，她還是個小女孩。1939年3月因父病返老家探望期間，郭沫若與其重逢，第二年，她就英年病逝，郭沫若聞訊後哀痛不已，感觸頗深，一氣寫成四首《鷓鴣天》組詞。這組詞在寫實的基礎上，選擇了富有感染力的細節、場景來追憶悼念

〔註27〕1944年1月9日昆明版《掃蕩報・星期之頁》8期，題爲《述懷並序》。

自己兒時的玩伴楊二妹。他以所見所思爲依託，在逐層的描繪中表現自己的哀思和惋惜之情。在喁喁傾訴中，又不拘泥於個人小家的災難與不幸，而巧妙地將其與所置身的大時代背景結合起來，使其整組詞不僅立意高遠，頗有鮮明的時代特色，而且還寫活了猶如白色薔薇般一朝萎謝，讓人惋惜的才女身影。

抗戰是爲了和平，救亡是爲了更好地生活，郭沫若在嚴峻的抗戰歲月裏，也不失浪漫詩人的閒適雅趣和飄逸情懷。如 1943 年春他在《黃山探梅四首》中寫道：「嘉陵江上春風早，綠嫩紅肥映碧苔。」或許屢受國民黨頑固派排擠和鉗制，郭沫若在一些舊體詩詞中流露淡泊名利，樂情山水的嚮往和向平民趣味靠攏的趨向，前者如《山容》；後者如《豬頌》和《石頌》等。古代文人們常常將舊體詩用作風雅的遊戲，古典文化修養深厚的郭沫若也不例外，在他的舊體詩詞中也有一時興至的遊戲筆墨，如《題馮玉祥先生畫》（1942）和《觀〈兩面人〉》（1944）等。

郭沫若在陪都重慶期間，堅持「人民本位」的文藝思想，秉承「思想應該指導一切，這利他的集體的思想應該指導一切」〔註 28〕的創作理念，在創作新詩的同時，借舊體詩詞獨特的語言方式和情感指向來抒寫自己的愛國憂民情懷。這些新詩或舊詩，大都寫得通俗易懂，散文化傾向突出。當然，有些詩中的議論成份過多，有標語口號之嫌，無疑也降低了其詩歌的審美標準，這或許是他在陪都重慶期間創作的詩歌影響不大的原因。

郭沫若在第三廳和「文工會」期間還爲配合形勢和鬥爭需要，寫有大量的雜文，結集爲《羽書集》（香港盂廈書店 1941 年版）、《蒲劍集》（重慶文學書店 1942 年版）、《今昔集》（東方書社 1943 年版）、《沸羹集》（大孚出版公司 1947 年 12 月版）等出版。「這些隨時寫錄下來的東西想也不失爲這一大時代的粗糙的剪影」〔註 29〕其內容大致有以下幾個方面：其一，鼓動人民，宣傳抗戰。如《我們爲什麼抗戰》一文就明確地告訴全國同胞，愛好和平的中華民族，爲保家衛國，才被迫拿起武器爲生存而戰。其二，揭露敵人，怒斥漢奸，爭取外援。如《「侵略日本」的兩種姿態》、《汪精衛進了墳墓》、《告國際友人書》等。第三，爭取民主，反對投降。如《答費正清博士》、《爲革命

〔註 28〕 郭沫若：《如何研究詩歌與文藝》，《郭沫若論創作》，上海文藝出版社 1983 年版，第 177 頁。
〔註 29〕 郭沫若：《沸羹集‧序》，《沸羹集》，大孚出版公司 1947 年版。

的民權而呼籲》等。第四，崇敬魯迅、禮贊屈原，歌頌列士和友人。如《不
滅的光輝》、《革命詩人屈原》、《悼江村》等。郭沫若的雜文，是詩和散文的
結晶，文字樸實，感情豐厚，情理結合，形式自由，風格多樣。

此外，郭沫若在抗戰時期還寫有《波》、《地下的笑聲》等小說和《銀杏》
等散文。

（二）歷史劇

郭沫若在第三廳和「文工會」期間，文學上取得的最大收穫是創作了以
《屈原》為代表的六個歷史劇。因為「戲劇是宣傳教育的利器」〔註30〕，能
迅速再現當時社會尖銳複雜的矛盾，易於引起人們對社會問題和時代風雲的
深切關注。「皖南事變」後，郭沫若在兩年多（1941 年 2 月～1943 年 12 月）
的時間裏，創作激情又一次爆發，連續創作了《棠棣之花》（1941）、《屈原》
（1942）、《虎符》（1942）、《高漸離》（1942）、《孔雀膽》（1942）和《南冠草》
（1943）六部歷史劇。

郭沫若之所以專注歷史劇的創作，與他身處的國內外環境和創作心態不無
關係。抗戰進入相持階段後，日寇改變戰略，對國民政府進行政治誘降，蔣介
石害怕共產黨的軍隊在敵後坐大，於 1939～1943 年間，連續發動了三次反共
高潮。特別「皖南事變」，更是震驚中外。針對大規模內戰一觸即發的危險，
中共提了「堅持抗戰，反對投降，堅持團結，反對分裂，堅持進步，反對倒退」
的三大政治口號，領導全國人民同國民黨頑固派進行針鋒相對的鬥爭。與此同
時，郭沫若領導的「文工會」，針對國民黨頑固派對書報的嚴密檢查，對言論
自由的限制，選擇「用歷史題材來兼帶著表達並批判當代的任務」〔註31〕。

大型五幕歷史話劇《棠棣之花》整理修改的成功，既是「皖南事變」的
形勢促成，也是郭沫若走「迂迴的路」的大膽嘗試。《棠棣之花》的創作歷時
22 年，最早構思於 1920 年，計劃寫成十幕劇（屠狗、別墓、邂逅、密謀、行
刺、訣夫、誤會、聞耗、哭屍和表揚），收入詩集《女神》的只是第二幕「別
墓」和第三幕「邂逅」，這兩幕都是詩劇，內容「不外是誅鋤惡人的思想」。
1925 年五卅運動後，郭沫若把自己關在寓所，用 10 天工夫續寫了《聶嫈》，
即《棠棣之花》的後兩幕（前三幕 1922 年 5 月寫成後擱置）。幾天後，上海

〔註30〕 王訓昭、盧正言、邵華、蕭斌如、林明華編：《郭沫若研究資料（上）·中國
文史資料全編》（現代卷），知識產權出版社 2010 年版，第 271 頁。
〔註31〕 郭沫若：《關於歷史劇》，1948 年 5 月 22 日《風下》周刊第 127 期。

美專學生在罷工工友中演出了具有反帝愛國思想的《聶嫈》，此時，已初見話劇的雛形。1926 年 4 月北伐時，何香凝曾在廣州將詩劇《棠棣之花》和兩幕劇《聶嫈》合為四幕劇《棠棣之花》演出過。1937 年「八一三」事件發生以後，上海成了「孤島」，郭沫若再次整理出五幕劇《棠棣之花》，雖然根據當時的抗戰形勢，有了「望合厭分」的思想，卻沒能形成駕御全劇的主題，缺少感人的戲劇形象。1941 年 1 月，「皖南事變」爆發後，郭沫若受此觸動，將全劇的中心事件聶政刺俠累的俠義行為改為「救國救民」奮起鬥爭的英雄事業。「主張集合反對分裂」的主題隨之被成功提煉，終於有了統攝全劇的靈魂，劇中的人物、情節和結構成為一個有機的整體。

「棠棣之花」出自《詩經‧小雅‧常棣》（「常棣」即「棠棣」，本寫「兄弟們能共患難，禦外侮」〔註32〕郭沫若在大型五幕歷史話劇《棠棣之花》中，藉此比喻聶嫈、聶政的姐弟深情。

話劇《棠棣之花》，主要表現了前 403 年，周天子封魏斯、趙籍、韓虔三家為諸侯國。到前 376 年，韓、趙、魏廢晉靜公，將晉公室剩餘土地全部瓜分。韓、趙、魏三諸侯國又被合稱為「三晉」。三家分晉後，韓國的君主韓哀侯聽從他的丞相俠累的意見傾向於親秦，而嚴仲子卻始終反對俠累，但鬥爭失敗，只好亡命濮陽。但他韜光養晦，結交仁人志士，一心想除去俠累，阻止其親秦的陰謀。有一次，嚴仲子親自拜訪一位有勇氣、重義氣的青年俠客——聶政。聶政和學生姐姐聶嫈一直隱居侍奉老母，嚴仲子請他出山，解除中原禍患，但因其母，聶政沒有答應。聶母死後，聶政服滿喪期，奔赴濮陽探訪嚴仲子。來到濮陽橋時，恰逢嚴仲子與其好友韓山堅在一家酒店喝酒，三人便謀劃起行刺事件。在東孟會上，按原計劃聶政將俠累和韓哀侯一併刺殺，因韓山堅遇害，聶政自殺身亡。聶政在自殺之前徹底毀壞了自己的面容。聶嫈女扮男裝也來到了濮陽橋，被酒家母誤認。當她從一位盲老人和一位幼女口中得到聶政已死的消息後，甘冒生命危險去認弟弟的遺體，後在聶政屍旁自殺。酒家女春姑因對聶政一見傾心也隨聶嫈去認屍，最後也自殺在聶政屍旁。該劇於 1941 年 11 月 20 日郭沫若 50 壽辰時在重慶抗建堂首演獲得了很大成功，激發了郭沫若創作歷史劇的熱情。

在朋友們的慫恿下，郭沫若「的腦識就像水池開了閘一樣，只是不斷地湧出，湧到了平靜為止。」「我是二號開始寫的，寫到十一號的夜半完畢。綜

〔註32〕金啓華：《詩經全譯》，江蘇古籍出版社 1984 年版，第 129 頁。

計共十天。」就完成了五幕歷史劇《屈原》。這十天期間，郭沫若還去演講、會客，替淩鶴看《山城夜曲》的稿子和出席茶話會，「實際上的寫作時間，每天平均怕不上四小時吧。寫得這樣快實在是出乎意外。」〔註33〕郭沫若之所以在如此短的時間內寫出這部不朽之作，與他一生崇拜屈原，對屈原及相關歷史爛熟於胸不無關係。特別是屈原「對於國族的忠烈」和「尊重正義抗拒強暴」〔註34〕的精神，契合了郭沫若所處的抗戰時代，基於此，他「便把這時代的憤怒復活在屈原時代裏去了。」即「借了屈原的時代來象徵我們當時的時代。」〔註35〕

作爲「一部革命現實主義和革命浪漫主義完美結合的優秀作品」〔註36〕《屈原》，一共五幕。郭沫若「本打算寫屈原一世的，結果只寫了屈原一天——由清早到夜半過後。但這一天似乎已把屈原的一世概括了。」〔註37〕

第一幕，一天清早，屈原漫步桔園，吟誦《桔頌》，抒發愛國憂民、報效祖國的壯志豪情。這時，秦國丞相、連橫家張儀施美人計與楚懷王的寵姬南后鄭袖內外勾結，一場分裂和出賣楚國的陰謀正在醞釀之中。第二幕，鄭袖夥同上官大夫靳尚設計，以請屈原指導「九歌」爲名，將他騙入宮廷，當面吹捧他，待楚王回宮時，便詐作頭疼，倒入屈原懷中，反誣屈原調戲她，致使楚懷王遷怒屈原，將其免職。張儀乘機阿諛鄭袖，討好楚懷王，促使其與齊斷交，與秦結好。一群姦佞精心策劃的陰謀終於得逞，楚國陷入危亡之中。第三幕，由於靳尚等人的謊言欺騙，群眾不明眞相，屈原的弟子宋玉也趨炎附勢而去，只有侍女和弟子嬋娟對他的品格篤信不移。屈原在群眾的招魂聲中悄然離家出走。第四幕，屈原行吟澤畔，巧遇爲其辨誣者。接著，他們又遇到楚懷王、鄭袖、張儀等人，再遭侮辱。屈原當面揭穿鄭袖的陰謀，怒斥張儀，遭監禁。嬋娟亦因之被囚。第五幕，屈原被囚禁在東皇太一廟，含冤被屈，悲憤莫名，在雷電風雨交加的夜晚作風、雷、電的頌歌，抒悲憤之情，傾吐詛咒黑暗、渴求光明的心聲。嬋娟來見屈原，誤飲靳尚派鄭詹尹送來暗

〔註33〕郭沫若：《〈屈原〉附錄》，《郭沫若論創作》，上海文藝出版社 1983 年版，第382 頁。

〔註34〕郭沫若：《關於屈原》，1940 年 6 月 9 日《大公報》。

〔註35〕郭沫若：《序俄文譯本史劇〈屈原〉》，《郭沫若論創作》，上海文藝出版社 1983 年版，第 404 頁。

〔註36〕史全生：《中華民國文化史》（下冊），吉林文史出版社 1990 年版，第 942 頁。

〔註37〕郭沫若：《〈屈原〉附錄》，《郭沫若論創作》，上海文藝出版社 1983 年版，第387 頁。

害屈原的毒酒而身亡，屈原跟隨前來救他的衛士一起衝出廟門出走。全劇在悼嬋娟的《禮魂》歌聲中結束。

《屈原》定稿後，郭沫若將它交給重慶《中央日報》副刊的編輯孫伏園發表。從 1942 年 1 月 24 日至 2 月 27 日，《屈原》在該報副刊分十次連載。3 月初，中華劇藝社等團體正式排練《屈原》。4 月 3 日，《屈原》在重慶國泰大戲院公演，陳鯉庭導演，主演金山。第二天，中央社在報導中稱「上座之佳，空前未有。」《新華日報》在援引這條消息時稱「此劇集劇壇之精英」，「堪稱絕唱。」4 月 5 日，《新蜀報》刊出《〈屈原〉演出特輯》，羅蓀在《談屈原》中，贊揚該劇是「一首優美動人的詩」。

《屈原》的上演使整個山城都沸騰了，特別是劇中屈原的一段獨白《雷電頌》，彷彿是投向反動營壘的一枚重磅炸彈，點燃了山城觀眾對黑暗現實壓抑的憤怒之火。自演出之日起，郭沫若幾乎每場必到，悉心觀察觀眾的反應，每當觀眾的掌聲響起，他欣喜之情溢於言表。4 月 7 日，他邀請黃炎培到重慶國泰大觀院觀劇，黃炎培觀後，對郭沫若寫作《屈原》的寓意和價值深爲理解和折服，故寫七絕兩首相贈：

　　　　（一）不知皮裏幾陽秋，偶起湘累問國仇。一例傷心千古事，
荃茅那許別薰蕕。

　　　　（二）陽春自古寡知音，降格曾羞下里吟。別有精神難寫處，
今人面目古人心。

在詩的前面特撰小序：「既讀沫若所爲屈原劇本，復觀表演，率成二絕句奉贈，郭沫若其許爲道者乎？」郭沫若讀到黃炎培的贈詩後，引爲知音，在 4 月 11 日步他的詩韻，和詩兩首：

　　　　（一）兩千年矣洞庭秋，疾惡由來貴若仇。無那春風無識別，
室盈茨菉器盈蕕。

　　　　（二）寂寞誰知弦外音？滄浪澤畔有行吟。千秋清議難憑藉，
瞑目悠悠天地心。

詩前，仍寫有小序：「任之（黃炎培之字）既觀《屈原》演出，以二絕句見贈，謹步原韻奉酬，如有同音，殆鼓宮宮動者耶？」第二天，郭沫若詩與黃炎培原詩以《弦外之音——黃炎培、郭沫若唱酬》爲名，一併發表在《新民報》副刊上。13 日，重慶《新華日報》又以《〈屈原〉唱和》爲名，將唱和之作重新發表。

《屈原》發表與演出，在山城重慶造成空前的反響，《時事新報》、《新華日報》、《新蜀報》、《大公報》、《新民報》、《掃蕩報》、《中央日報》、《文學創作》等報刊雜誌，相繼發表評論文章，一致認為，該劇的創作與演出是「劇壇的一個奇跡」。〔註 38〕然而，其春秋筆法的政治作用使國民黨當局十分震驚，國民黨中央宣傳部副部長潘公展為自己的報紙公然刊載罵自己的文章非常生氣，下令撤銷了孫伏園的編輯職務。為爭奪觀眾，國民黨當局一方面放映黃色影片，另一方面又在抗建堂繼續排演陳銓歌頌國民黨特工人員、張揚強權思想的《野玫瑰》，教育部甚至授予其劇本三等獎，廣為宣傳。《野玫瑰》的獲獎，遭到進步文化界的猛烈抨擊，教育部長陳立夫和潘公展借文藝界座談為名，布置一批御用文人圍攻《屈原》，誣衊郭沫若的《屈原》「違反歷史，破壞團結」，要求政府立即禁演。面對國民黨頑固派對《屈原》的圍攻與詆毀，周恩來在認真閱讀劇本後，組織專家座談，給予《屈原》充分的肯定，並說明《屈原》中的《雷電頌》是郭沫若「借屈原之口說出自己心中的怨憤，也表達了蔣管區廣大人民的憤恨之情，是向國民黨壓迫人民的控訴，好得很！」〔註 39〕在天官府郭沫若寓所慶祝《屈原》演出成功的宴會上，周恩來曾贊許地說道：「在連續不斷的反共高潮中，我們鑽了國民黨一個空子，在戲劇舞臺上打開了一個缺口。在這場戰鬥中，郭沫若同志立了大功。〔註 40〕

《屈原》寫成一個月後，郭沫若從 1942 年 2 月 2 日開始創作五幕歷史劇《虎符》，耗時十天。《虎符》以《史記・信陵君列傳》中「竊符救趙」的故事為藍本，通過信陵君和如姬竊符救趙的故事，歌頌了維護正義和團結、反對侵略和投降的信陵君和為了求得「人」的權利、「不惜殺身以成仁」的如姬形象的創造，提出了「把人當成人」的時代主題。因劇本同《屈原》一樣具有「暗射的用意」，受到了國民黨頑固派「嚴格的檢查」，在重慶演出一次後就不能重演了。〔註 41〕

郭沫若從 1942 年 5 月 28 日著手寫作，6 月 17 日完成了「存心用秦始皇來暗射蔣介石」〔註 42〕的歷史劇《築》（後改名《高漸離》），10 月 30 日發表

〔註 38〕蘇光文編著：《抗戰文學紀程》，西南師範大學出版社 1986 年版，第 130 頁。
〔註 39〕張穎：《霧重慶的文藝鬥爭》，《人民文學》1977 年 1 號。
〔註 40〕夏衍：《知公此去無遺恨──痛悼郭沫若同志》，《人民文學》1978 年第 7 期。
〔註 41〕郭沫若：《由〈虎符〉說到悲劇精神》，《郭沫若論創作》，上海文藝出版社 1983 年版，第 423 頁。
〔註 42〕郭沫若：《高漸離・校後記之二》，《郭沫若全集・文學編（第七卷），人民文

在《戲劇春秋》2 卷 4 期上。此劇取材《史記‧刺客列傳》中高漸離以築擊秦始皇的故事。好友荊軻刺殺秦始皇遇難後，高漸離隱居在宋子城的一家酒館，隱姓埋名，充當傭保。後來，被秦始皇的御醫夏無且發現，被擒。在囚禁的期間，高漸離的女主人懷貞夫人也被帶至琅琊行宮，秦始皇強暴了懷貞夫人，懷貞夫人自盡未果。秦始皇愛惜高漸離的音樂才能，又忌憚他是荊軻的朋友，於是薰瞎高漸離的雙眼，並對其施以閹刑，而高漸離的心境也在慢慢變化……主僕再度聚首時都已成為廢人，高漸離和懷貞夫人開始策劃對秦始皇的刺殺……劇本以此抨擊了專制主義者的兇狠殘暴、荒淫偽善和空虛怯懦。因劇本具有強烈的政治意圖和思想傾向，受到了國民黨當局的嚴格審查，一直未能上演，1946 年 5 月上海群益出版社出版初版單行本時署名《築》。解放後，郭沫若對此進行了較大的修改，並將其改名為《高漸離》，收入 1957 年人民文學出版社出版《沫若文集》。

寫完戰國四劇後，郭沫若於 1942 年 9 月寫成了描寫元代大理總管段功與梁王女兒阿蓋相愛的四幕歷史劇《孔雀膽》。中華劇藝社迅即搬上舞臺，獲得成功。郭沫若原本打算把宋末抗元史的釣魚城故事寫成劇本，在查閱相關文獻時，為阿蓋的故事所吸引，轉而寫出了這一部王子與公主的愛情悲劇。故事的內容為：元朝末年，群雄烽起。明大將明玉珍派明二部直搗昆明。雲南的梁王及其全家子女被擒。危難之際，大理總管段功伸出援手，出兵解救。梁王為感激段功的救命之恩，遂拜他為雲南平章政事，並將心愛的女兒阿蓋許配他。丞相車力特穆爾，為人陰險奸詐，在私通王妃忽地斤後，垂涎阿蓋，並想篡奪王位。見段功受梁王寵愛，嫉恨燒心，向梁王進讒。他與忽地斤同謀，借段功給梁王送壽禮之際，毒死王子穆哥，嫁禍段功。梁王怒極，把孔雀膽毒酒交給女兒阿蓋毒死段功，未成。一計不成，又生一計。車力特穆爾又邀段功去東寺進香，段功遭埋伏，被亂箭射死。車力特穆爾見段功已死，企圖污辱阿蓋，被梁王發現，便兇相畢露，二人為此展開生死搏鬥。阿蓋趁車力特穆爾不備，將他刺死，為段功、穆哥報仇雪恨，忽地斤無地自容，跳河自盡。阿蓋自飲孔雀膽毒酒殉情而死。梁王見此情境，無限悲痛，悔恨自己昏庸，輕信讒言，釀成一場悲劇。

《孔雀膽》雖然演出效果極佳，但因其複雜的歷史背景，導致人們對其主題的瞭解多有歧義，引起較多的懷疑和指責。郭沫若本人也數次從不同的

學出版社 1986 年版，第 129 頁。

角度闡釋其主題：民族團結；戀愛鬥爭的副題掩蓋了主題，批判妥協主義。或許歷史學家翦伯贊的剖析切中肯綮。他早在 1942 年 12 月 31 日發表在重慶《新華日報》上的《關於〈孔雀膽〉》中就指出：「我認為《孔雀膽》的產生，除了它所暗示之重大的政治意義而外，在歷史劇的發展史上，也開創了一個新紀元⋯⋯元代歷史重來就沒有搬上舞臺，《孔雀膽》恐怕還是第一次。」

　　1943 年 3 月，郭沫若寫成了以明末青年愛國詩人夏完淳慷慨殉國事跡為題材的《南冠草》，這是他抗戰時期六部歷史劇中最忠實於史實的一部。郭沫若對明末抗清的英雄人物夏完淳有深入的研究。夏完淳自幼聰明，「五歲知五經，七歲能詩文」，14 歲隨父夏允彝抗清。父殉國後，他和陳子龍繼續抗清，不幸失敗被捕。郭沫若擇取夏完淳被捕後至死為止的一部詩集的名字為劇名，1943 年 11 月，導演洪深將其搬上舞臺時，改用夏完淳臨死時寫就的一首詩中的一句「金鳳剪玉衣」為劇名。

　　郭沫若在《南冠草》中創造出了以夏完淳為代表的愛國知識分子群像。少年愛國英雄夏完淳，從小胸懷大志，憂國憂民。14 歲隨父抗清。父殉國後，他和老師陳子龍繼續抗清，不幸失敗被捕。夏完淳在公堂上慷慨陳詞，痛罵明降將洪承疇。在杜九皋的幫助下，他在獄中與其妻錢秦篆、姊夏淑吉訣別，將其在獄中所撰詩稿《南冠草》交付其姊收藏。在刑時，他傲然挺立，拒不下跪，面對明孝陵慷慨就義。

　　郭沫若在「第三廳」和「文工會」期間創作的六部歷史劇，都是針對國民黨頑固派的倒行逆施而作，目的性很強，也極富戰鬥性。因其對歷史的洞悉，又採用採取「借古喻今」、「失事求似」的創作原則與方法，較好地處理好了歷史真實與藝術真實的關係，不僅抒寫他個人的愛國情思，而是還充分地發揮了其特殊的戰鬥作用。茅盾認為，郭沫若的歷史劇，不僅「在文藝上，衝破那麼多年的窒息」，而且「是大後方抗戰文藝運動在黑暗深沉中再進軍的嘹亮的號角」。〔註43〕1944 年 1 月 9 日，毛澤東也給予高度的評價：「郭沫若在歷史話劇方面做了很好的工作」〔註44〕，同年 11 月 21 日，他在給郭沫若的親筆信中寫道：「你的史論、史劇有大益於中國人民，只嫌其少，不嫌其多，精神決不會白費的，希望繼續努力。」

〔註43〕茅盾：《抗戰文藝運動概略》，《中學生（增刊）〈戰爭與和平〉》1946 年第 10 期。
〔註44〕毛澤東：《看了〈逼上梁山〉以後寫給延安平劇院的信》，1967 年 5 月 25 日《人民日報》。

第三章　巴金在重慶的生活與創作

一、巴金在重慶的生活

　　被譽爲「二十世紀的良心」（曹禺語）的巴金，從 1940 年 10 月末從昆明來到重慶，到 1946 年 5 月返回上海。在這近 6 年的時間裏，巴金除 1941 年 9 月至 1942 年 3 月、1942 年 10 月至 1944 年 5 月在桂林長住外，基本上（這期間他也曾輾轉到過江安、成都、貴陽、昆明、上海等地）都定居在陪都重慶。重慶不僅成爲巴金在抗戰時期生活和工作的中心，而且也爲他提供了大量的創作素材，促進了他的現實主義文學風格的成熟。誠如魏洪丘所言，巴金在重慶「灑下了自己辛勤的汗水，留下了匆匆腳步的深深印痕，創造了極其豐碩的文化成果，成爲那個歷史時代的有力見證」。〔註1〕

　　巴金在昆明寫完《抗戰三部曲‧火》第一部後，於 1940 年 10 月末，乘飛機從昆明飛抵「大後方」陪都重慶。巴金到重慶後，住在沙坪壩吳朗西夫婦經辦的互生書店裏。巴金和吳朗西是老朋友。1935 年 5 月，吳朗西創辦了文化生活出版社，自任社長。同年 8 月，巴金從日本回到上海不久，吳朗西就聘請他任總編輯，編輯《文化生活叢刊》的第三種——魯迅翻譯的《俄羅斯童話》（高爾基著）。自此以後，他們精誠合作，共同推出了《文化生活叢刊》、《文學叢刊》、《譯文叢書》、《文學小叢書》等，其中不少是中外名著，由名家翻譯，裝幀講究，封面莊重大方，得到社會上的廣泛好評。從 1937 年 8 月 13 日淞滬抗戰爆發後，巴金與吳朗西分別已逾三年，如今重逢，相見甚歡。他們商議後，決定分別在桂林和重慶兩地成立文化生活出版社辦事處，

〔註 1〕屬莉：《山城重慶是巴金的創作寶地》，《華西都市報》，2005 年 10 月 19 日。

桂林的工作由巴金自兼，重慶辦事處則聘請當時在互生書店幫忙的田一文負責，吳朗西仍以總經理的名義在必要時負責籌撥資金。

　　1940 年 11 月初，巴金前往北碚夏壩復旦大學，探訪靳以、梁宗岱等好友。9 日，在靳以的陪伴下，他又走訪了胡風於東陽鎮石子山的「通俗讀物編刊社」。不久，巴金從重慶出發前往四川江安縣看望好友，時任「國立戲劇專科學校」教務主任的曹禺。巴金的到來，使曹禺高興不已。戰亂相離，一別三年，彼此有說不完的話。在促膝交談的六天中，巴金談到了吳天根據他的小說《家》改編的五幕同名話劇，此時正在上海上演，他不甚滿意，徵求曹禺的意見。吳天版的《家》，從揭露和批判封建家庭的腐朽和罪惡的角度入手，從封建大家庭共度除夕並爲高老太爺辭歲始，到高老太爺亡故導致大家庭的分崩離析終，全劇以大家庭的罪惡、鬥爭和衰敗爲線索，側重於覺慧的反抗，洋溢著逼人的青春氣息。曹禺看了吳天版的《家》後認爲，劇本太忠實於原著，未能形象地提煉出《家》的情感精髓。出於回報巴金知遇之恩〔註2〕的創作心理，開始醞釀對小說《家》的改編。1942 年初，曹禺從江安返重慶後，即著手將小說《家》改編爲同名的四幕話劇。盛夏，曹禺在重慶唐家沱借住的一艘待修輪船上，冒著酷暑完成了《家》的改編。曹禺版的《家》，從情愛糾葛入手，以覺新、瑞珏的婚姻始，到瑞珏的難產死亡終。全劇突出的是覺新、瑞珏和梅芬爲代表的諸多青年的愛情悲劇和青春力量，側重於表現覺新、瑞珏和梅芬三人之間的複雜關係，凝重深刻。

　　巴金辭別曹禺後返回重慶。12 月 7 日，「文協」假中法比瑞同學會舉行茶話會，歡迎巴金、茅盾、冰心等來渝作家。到會的有郭沫若、老舍、田漢、馮乃超等 70 餘人。大家互相懇談，均表示要爲抗戰勝利而努力奮鬥。在這次會上，巴金第一次見到了周恩來，周恩來的熱情握手、親切笑容給他留下了深刻印象，促使他開始從「無政府主義」的信仰向共產主義信仰靠攏。

　　1941 年 1 月，巴金從重慶回到離別 18 年的成都探訪親友，住在榮華寺街南邊的侄兒李致（大哥李堯枚之子）家。在成都居住的 50 天時間裏，他會見了一些老友，也看望了一些親屬。大家庭早已分崩離析，兄弟姊妹和侄男侄

〔註 2〕1933 年暑假，尚在清華大學讀書的曹禺，將創作的《雷雨》交給了童年好友靳以。此時，靳以正與巴金、鄭振鐸籌辦《文學季刊》。一年後，巴金來北平，靳以向他推薦《雷雨》，巴金一看，感動得流了淚，決定將《雷雨》四幕劇一次刊登在 1934 年 7 月出版的《文學季刊》一卷三期上。曹禺因此一舉成名，時年僅 23 歲。

女分散居住。成都正通順街的老屋，早已易手他人。黃昏時分，巴金漫步來到18年前的故居「怡廬」，往事恍如昨日，一一呈現在眼前。

曾經當過坐騎的一對石獅子杳無蹤跡，防水用的雙石缸也不見了，只有鑲嵌在內牆照壁上祖父留下的「長宜子孫」四個大字還依稀可見。巴金本想進去看看母親住過的上房，留在記憶中的後園、馬房和那棵閱盡人間滄桑的桂樹怎樣？然而，面對早已成爲保安處長劉兆藜「藜閣」的舊居，巴金停止了邁出的腳步。他彷彿看見了自己和三哥離家時，與大哥和三姐依依惜別的情景……物是人非，三姐和大哥都已撒手人寰，祖父臨死時千叮萬囑要兒孫爲他保留的房屋與字畫，早已屬於別人。祖父哪裏知道財富並不「長宜子孫」，倘使不給兒孫一種生活技能，「家」和財富只能是囚禁他們的牢籠，銷蝕他們的理想和心靈。這次回成都不過幾天，姊侄們告訴他，那個狂嫖濫賭的五叔，因偷盜已病死獄中。他的妻兒將他的屍首，買棺材收殮了後將其放在破廟時，巴金還專程前往弔唁。祖父最疼愛的五叔的結局，對巴金觸動很大，他醞釀著要以五叔的墮落爲題材再寫一小說，作爲《秋》的續篇《冬》，寫大家庭崩潰後「不肖兒子」五叔的結局，以此昭示天下，財富不會「長宜子孫」。

在黃昏的街燈下，巴金離開了昔日的公館，轉身離開時，從公館的門縫裏露出了一束燈光，使他聯想到歐洲古代的傳說，在哈立希島上，愛爾克舉著燈光，夜夜翹盼那個航海遠行的兄弟回來。可她沒有等到她兄弟回來，自己卻在期盼中離開了人世。巴金也曾答應過三姐，自己回來時要向她講述外面世界的景象，如今自己回來了，三姐卻早已不在人世，一絲絲悵惘襲上他的心頭。

這個讓巴金刻骨銘心的城市，這次回來，固然有物是人非，今夕何年的傷感，但仍然充滿了與親人老友重逢的喜悅。他多次與老友施居甫、吳先憂、馬宗融等人見面，共同追憶起過去那些難以忘懷的時光。特別是與馬宗融憶到其因患產褥熱英年早逝的妻子羅淑，更是使巴金惋惜不已！他不僅專程與馬宗融到郊外爲羅淑掃墓，而且還長時間地沉浸在對她的回憶中。

巴金就任上海文化生活出版社總編輯時，好友馬宗融的妻子羅世彌，交給他一篇以軍閥統治下的四川偏僻農村爲背景，描寫封建勢力重壓下農民出賣人妻悲劇的短篇小說《生人妻》。巴金爲她卓越的文學才華折服，在原稿上替她署名「羅淑」，在自己和靳以主編的《文學月刊》第1卷第4期上發表。小說發表後廣獲好評，羅淑也被視爲「很有才華，很有希望」的青年女作家。

可惜天妒英才，1938年2月，羅淑不幸因產褥熱病故於成都，年僅35歲。巴金得知羅淑死訊傳，沉痛不已。為了紀念她，三個月後，就把她已發表的四個短篇小說《生人妻》、《橘子》、《劉嫂》、《井工》結集為小說集《生人妻》，作為《文學叢刊》出版。集後，他還專門寫有《紀念一個友人》。在文中，巴金稱羅淑「是中國的一個優秀的女兒」。第二年6月，正在桂林的巴金，得到了羅淑的一些作品初稿，又把它編輯為小說集《地上的一角》，列入「文學小叢書」的第一集，交文化生活出版社出版，時間是1939年9月。在「後記」中，巴金稱贊她：「美麗的人格將是大家的鼓舞的泉源。」帶著對亡友羅淑的懷念，巴金回到重慶後，立即著手將羅淑餘下的曾發表過的三篇短篇散文和遺稿中相對完整的小說《魚兒坳》和《賊》，編輯成羅淑的第三本小說散文集《魚兒坳》。1941年8月，這本小冊子列入文化生活出版社的「文學小叢書」第三集出版。巴金希望通過自己的編輯，使得羅淑「那些頗為潦草的字跡還在訴說一顆善良仁愛的女性的心的跳動。甚至躺在最後的安息地上，她還發出正義的喊聲，為那些被侮辱者與被損害者呼籲。我們能說她已經死去了麼？她的作品活下去，她的影響長留，則她的生命就沒有死亡，而且也永遠不會死亡。〔註3〕

巴金從成都返回重慶後，仍住在沙坪壩互生書店。成都之行的朝朝暮暮，揮之不去。特別故居的敗落更是他陷入深深的沉思，故居照壁上的「長宜子孫」四個字，像烙鐵一樣印在他的腦海裏，引發了他對人生道路的思索：只有走出「長宜子孫」的禁錮，才能獲得自己的新生。為此，他於1941年3月一氣呵成了散文名篇《愛爾克的燈光》。

1941年3月9日，巴金開始醞釀創作《抗戰三部曲·火》第二部。小說觸動於與他同住互生書店，曾在「第五戰區」從事過宣傳工作的田一文。巴金沒有戰地生活的經歷，三年前，他在漢口一家飯館吃飯時，偶遇一位胡姓的四川婦女，她曾帶領20幾個姑娘在戰地服務團工作過，還在上海戰場上活動過一陣子。胡姓婦女的戰地經歷，曾給巴金留下了深刻的印象，如今與他住在一起的田一文，在閒聊之下又詳細地向他講述了自己在三年前參加過戰地服務團的一些情況，這使巴金不由自主地想到了剛完成的長篇小說《火》中的主人公馮文淑。將要小說的情節延續下去，最好的出路是讓她到戰地去，田一文講述的戰地生活細節正好彌補自己沒有這方面生活經歷的缺陷。憑著

───────────────

〔註3〕《巴金全集》第17卷第342～343頁，人民文學出版社1986年版。

抗日愛國的熱情，巴金在互生書店附近租了一間空屋子，趁重慶霧季，敵機未來騷擾，從三月底寫到五月下旬，在不到兩個月的時間裏，將這些間接材料和印象，凝聚加工創作出了《火》的第二部《馮文淑》。小說以眞實的皖北地區的抗日故事爲根據，描寫了一群戰地工作團成員緊隨部隊跨過大別山去參加保衛武漢的戰鬥，著重反映了戰地文藝宣傳工作者的地位和作用，以此激勵全民起來參加抗戰。因是根據第二手的材料，寫的又是巴金所不熟悉的生活，他後來認爲作品不能感動人，是「失敗之作」。

霧季過後，日機對重慶的轟炸又多了起來。在躲空襲期間，巴金常常目睹那些橫遭日機炸彈死於非命的平民，睜著死不瞑目的大眼睛。這使他不由自主地想起，年初在成都探親時就得知相交 12 年的好友陳範予〔註4〕不幸病逝的噩耗，返渝後又收到他死前給自己的告別信。巴金爲他的堅強與勇敢折服，寫下了感人肺腑的《悼範兄》，以眞摯的感情描述他們之間的交流，高度地評價陳範予「以有限的餘生，爲社會文化、思想運動作最後努力」的一生，稱贊他爲堅強的「戰士」。

1941 年 7 月，西南聯大放暑假，巴金專程從陪都重慶來到昆明看望未婚妻蕭珊。此時，蕭珊和王樹藏、劉北汜、蕭荻等同學已在錢局街金雞巷「先生坡」合租了一套三間民房居住。巴金來後，就住在此處。這群大學生本打算等巴金一道去石林徒步旅行。不料，巴金在來昆明途中受寒，一到住處就發高燒，整整躺了 4 天，蕭珊只好留下來照顧他。巴金在昆明住了一個月，恰逢雨季。每天他和蕭珊踩著泥水到附近的小鋪去吃「過橋米線」，偶爾也到繁華的金碧路一帶看電影。他們的生活過得平靜而溫馨。巴金在與蕭珊朝夕相處時，未曾荒廢光陰，他將與未婚妻度過的美好時光，流淌到了後來編成的散文集《龍·虎·狗》中。雨季一過，敵機的轟炸接踵而至，震破的房頂到處漏雨，附近的一座花園和一棟精緻的小樓，也被炸成了一片廢墟。巴金爲此寫下了著名的散文《廢園外》，以此控訴日寇對生命的摧殘。

〔註 4〕陳範予，著有《新宇宙觀》、《科學與人生》、《達爾文》(譯)、《科學方法精華》(譯)、《遺傳與人性》(譯)等。1901 生於浙江諸暨，在浙江第一師範求學時，與馮雪峰、潘漠華、汪靜之，柔石等人同學，在朱自清、葉聖陶等一師教師的支持下組織「晨光文學社」，開展課餘文學活動。一師畢業後，陳範予患上了肺結核，他堅強地輾轉於滬江浙閩之間的教育戰線。1930 年，陳範予在福建泉州平民中學任校長時，與到當地訪問的巴金，一見如故，結下了終生的友誼。1941 年 2 月，陳範予病逝於福建崇安武夷山。

1941 年 9 月 8 日，蕭珊陪伴巴金與王文濤到桂林去籌建文化生活出版社桂林辦事處。蕭珊開學在即，旋即趕回昆明上學。走前，巴金因擔心蕭珊冬天在昆明受風寒，爲她買了一件皮夾克。本月 20 日下午 2 時，巴金和田漢、聶甘弩、何家槐、梅晦、鍾敬文、彭燕郊、麥青、陳占元等一起受到了文協桂林分會設茶會歡迎。12 月 7 日下午，巴金到廣西劇場參加文協桂林分會第二屆年會。在這次年會上，巴金被推選爲第三屆文協理事。本月 12 日，巴金參加了文協桂林分會三屆一次理事會。

在桂林，巴金與閩南結識的老友王魯彥重逢，看見他拖著病體（肺結核晚期）正在爲自己籌辦的《文藝雜誌》忙碌，很是爲他的身體擔擾。爲了減輕老友刊物創刊號按時出刊的稿源壓力，1941 年 12 月，巴金爲此創作了「用兩個女孩子的友誼來揭露侵略戰爭的罪行」〔註 5〕的短篇小說《還魂草》。小說以書信體格式描寫了兩個女孩袁利莎和秦家鳳之間純眞的友誼，以及日寇對這種友誼的摧殘。作品逼眞地反映了山城重慶在抗戰期間的苦難景象和中國人民不屈不撓的苦戰精神。

1942 年 3 月，巴金由桂林經昆明，再次返回重慶。5 月初，爲處理書籍出版工作、成立文化生活出版社成都分社和治療牙病，巴金又回了一趟成都，仍然住在李致家。巴金這次返蓉住了三個月，寫下了小說《豬與雞》（手頭拮据的寡婦馮太太想找點外快，在院子裏養豬養雞，引起鄰居和房東不滿。雞大部分給黃鼠狼拖走了，豬也被房東指使的人打傷之後病死了。馮太太最後搬了家。）在離蓉返渝時，他還在侄兒李致的紀念冊上留了四句話：「讀書的時候用功讀書，玩耍的時候放心玩耍，說話要說眞話，做人得做好人」。7 月，巴金回到重慶，住在民國路 3 號三樓。在渝期間，他寫有小說《兄與弟》（唐家兩兄弟，老二欠老五的 60 元賭債不還，老五拿了他一床毯子抵賬。兄弟翻了臉，相罵相打。一周後老五所住的簡陋的工棚倒塌，他被壓死。老二見狀極度悲痛，可是回家不久，也睡熟了。）和散文《在成渝路上》等。

1942 年 10 月 14 日，巴金從重慶返回桂林，住在東江路福隆街文化生活出版社桂林辦事處。不久。寫有小說《夫與妻》（蔣裁縫和他的妻子半夜吵架，驚動了鄰里警察。丈夫怪妻子不幹活，不管鋪子；妻子怨丈夫脾氣壞，長久外出和常常深夜不歸。）巴金在輾轉成都、重慶和桂林三地，因接觸到抗戰時期的普通市民，通過《豬與雞》、《兄與弟》和《夫與妻》三篇「小人小事」

〔註 5〕巴金：《關於〈還魂草〉》，《巴金選集（10）》，四川文藝出版社 2010 年版。

的短篇小說，真實地再現了抗戰時期市民生活的庸俗無聊和大時代小人物生活的艱難和不幸。12 月 3 日，文協桂林分會第四屆會員大會召開，巴金再次當選為理事。

1943 年 2 月，與巴金毗鄰而居的老友林憾廬（林語堂三哥）患肺炎又遭遇庸醫猝然去世，他為此非常悲痛，寫下感人至深的《紀念憾翁》。巴金在文中回顧了老友為抗戰刊物《宇宙風》，「犧牲了健康，犧牲了安樂，犧牲了家庭幸福，甚至冒著種種危險；你將自己的心血和精力熬成墨水，給理想多塗一點光彩，為抗戰多盡一份力量。」對於老友高尚人品進行了熱情的禮贊：「你的死使神聖的抗戰失掉了一個熱烈的擁護者，使為正義奮鬥的人失去了一個忠實的朋友。你是一個理想家，但你又是實際的人；你是一個虔誠的基督教徒，但你又和非宗教者做了好友。」「一直到死，你都是在替別人著想。你永遠想到別人，忘了自己。」1943 年 4 月到 9 月底，巴金將對老友林憾廬幻化為基督教徒寫進了小說《火》的第三部中。

《抗戰三部曲・火》的第三部，原名《田惠世》，它描寫了要求進步、嚮往革命的青年馮文淑，由南方返回昆明，住在同學朱素貞處，與愛國的基督教徒田惠世一家建立了深厚友誼。田惠世為了宣傳抗戰而積極籌辦刊物，受到政府新聞出版審查單位的種種阻撓、打擊，最後含恨而逝。朱素貞的未婚夫劉波報仇犧牲後，朱素貞為他報仇，從事暗殺活動，失敗後遇害，馮文淑隻身離開內地。《火》第三部第三章《田惠世》曾在王魯彥主編的《文藝雜誌》上連載，1945 年 7 月由開明書店出版。1960 年，巴金對此書作了修改，劉波和朱素貞均未死，小說的結局預示著「這幾個朋友將來還有機會在前方見面」。修改時加上素貞從香港寫給文淑的一封信，說她和劉波已結婚，將來準備一同到前線工作。「前線就是『如今一般人朝夕嚮往的那個聖地』，就是說延安。」作者認為自己「改得合情合理。當時人們惟一的希望就在那裏，……符合歷史的真實」。

在創作小說《田惠世》的同時，巴金還著手翻譯屠格涅夫的《處女地》，並與在桂林的英國神甫賴貽恩就道德問題展開了論戰，寫有《一個中國人的疑問》等雜文，發表在《廣西日報》副刊上。

1944 年 3 月 19 日，巴金參加文協桂林分會第五屆會員大會，討論並通過了設立西南文藝工作者聯誼部、響應當前憲政運動、與印刷界加強聯繫、出版定期刊物、編印文藝年鑒及叢書、恢復文藝講習班、加強與國際友人聯繫、

介紹優秀作品出國等重要提案，並和田漢、歐陽予倩、邵荃麟、艾蕪、柳亞
子、黃藥眠等當選為第六屆理事。

1944 年 5 月初，巴金和蕭珊決定旅行結婚，他們離開住了一年半的桂林。
5 月 8 日，年已 40 歲的巴金和 27 歲的蕭珊（陳蘊珍），在經過了長達八年的
戀愛後，走入婚姻的殿堂。他們的婚禮沒有舉行任何儀式，也沒有辦一桌酒
席和添置一床新被、一件新衣服。只是在 5 月初，巴金通過其胞弟李濟生給
朋友們發了一份「旅行結婚」的通知，便和蕭珊從桂林乘車到了貴陽的效外
賓館「花溪小憩」，開始了 28 年相濡以沫的夫妻生活。巴金後來回憶道：「我
們結婚那天的晚上，在鎮上小飯館裏要了一份清燉雞和兩樣小菜，我們兩個
在暗淡的燈光下從容地夾菜、碰杯，吃完晚飯，散著步回到賓館。」〔註 6〕在
賓館，他們談著過去的事情和未來的日子，安排著婚後的生活，感到寧靜的
幸福。他們在花溪只住了三天，又到貴陽住了兩三天，巴金就安排蕭珊到四
川旅行及探親去了。著名作家的婚事如此簡單，蜜月又如此的短暫，不免使
人疑惑。巴金自己的解釋是抗戰時期不必張揚，簡單就是幸福，送走蕭珊，
是為了自己留下來治鼻病和寫作「楊老三的故事」（《憩園》）。其實情究竟如
何，因無資料披露，不得而知。總之，巴金在等待醫院床位時，開始了《憩
園》的寫作。6 月動身回重慶時，他又返回花溪小憩住了兩天。他後來記述道：
「我在寂寞的公園裏找尋我和蕭珊的足跡，站在溪畔欄杆前望著急急流去的
水……。」〔註 7〕

「蜜月旅行」結束後，巴金以「黎德瑞」的名字住進了貴陽中央醫院。
在醫院住了十幾天，動了兩次手術，第一次做矯正鼻中隔手術，後來又轉到
外科開「水囊腫」。在住院的 10 多天裏，目睹了同病室病人的受難慘況，給
他留下了深刻印象。巴金出院後，沉浸在新舊主人的《憩園》創作中，靈感
飛動，人物和故事如泉湧。他本打算從貴陽返桂林，繼續他的創作。因蕭珊
兩次寫信要他去重慶，於是，他在 6 月下旬搭上了去重慶海棠溪的郵車。

1944 年 7 月初，到重慶後的巴金和蕭珊住在民國路文化生活出版社重慶
辦事處樓下的一個七八個平方的小房間裏，開始了夫妻間的小家庭生活。巴

〔註 6〕轉引自劉恩義 王幼麟：《巴金與蕭珊》78 頁，四川文藝出版社 2003 年 10 月
版。

〔註 7〕巴金：《關於〈第四病室〉》，《第四病室》，浙江文藝出版社 2003 年版，第 228
頁。

金一邊忙於寫作和出版社的事務性工作，一邊與新老朋友時常聚會暢談。在這個期間，蕭珊曾獨自到成都看望過巴金的繼母。國民黨軍隊的湘桂大撤退，重慶的時局非常混亂。在苦悶中，巴金又聞訊好友王魯彥於 8 月 26 日在桂林不幸病逝，享年 42 周歲，惋惜不已，痛苦萬分，揮淚寫下悼文《寫給彥兄》。三年後，巴金還爲其出版的《魯彥短篇小說集》寫了後記。

幾年之中，老朋友陳範予、小說家王魯彥先後患肺病而逝，使巴金倍感國統區的黑暗與腐朽，由此引發了他對舊中國正直知識分子命運問題的思索。1944 年秋冬的一個晚上，巴金開始了《寒夜》的寫作。1944 年尾，國民黨湘桂大撤退、日軍進入貴州，重慶的文藝工作者對國民黨頑固派的逃跑政策憤慨萬分，但又沒有行之有效的抗敵辦法，倍感彷徨無路。周恩來應邀參加了重慶文藝工作者的座談會，在座談會上，周恩來堅定抗戰必勝的信心和繼續抗敵道路的指引，感染了全體與會者，也消除巴金的疑慮，讓他在困難的時刻看到光明。

1945 年 1 月 14 日，散文家繆崇群（1907～1945）又患肺病歿於重慶，享年 38 歲。繆崇群病逝前，巴金曾前去探望。他在《紀念一個善良的友人》中寫道：「你喘著氣告訴我你委實沒有力走到裏面去了。你那時身體似乎很壞，連走路都很費力。」「我默默地看著你們夫婦紅著臉（病態的紅）」「還是你那包著水的眼睛，微笑的嘴唇，帶痰的咳聲，關切的問詢。這一切彷彿是永不會改變的東西。從最初的相識到最後的會晤，我沒有看見你改變過一點，甚至不治的痼疾，甚至人世的苦辛，都不曾毀損了你的面容和心靈。」

1945 年 2 月，巴金和老舍、茅盾等著名文化人士在重慶《新華日報》上聯名發表《文化界時局進言》。5 月 4 日，他又出席了「中華全國文藝界抗敵協會」在曹家巷文化會堂舉行的文協成立七週年暨第一屆文藝節紀念會。7 日，當選爲理事。

1945 年 5 月至 7 月，巴金秉承春秋筆法，在重慶創作了以自己在貴陽中央醫院第三病室住院的親身經歷爲素材，描寫病室中烏七八糟的情景的中篇小說《第四病室》。當然，巴金在表現大後方人民的痛苦，抨擊國民黨反動政府的腐敗和黑暗時，也寄予了自己的願望，虛構了楊木華大夫。楊木華大夫是悲慘生活中閃爍的一線亮光，特別是她希望人們都「變得善良些，純潔些，對人有用些。」無疑寄予了巴金的理想和希望。

1945 年 8 月 28 日，毛澤東到重慶參加「重慶談判」，巴金第一次與之見

面，受到了巨大的鼓舞。抗戰勝利初期，巴金參加了「中華全國文藝界抗敵協會」組織的附逆文化人調查委員會，直接參加了對背叛祖國、投靠日僑的漢奸文人罪行的調查。10 月 10 日，「中華全國文藝界抗敵協會」改名為「中華全國文藝界協會」。21 日，文協在張家花園會所舉行會員聯歡晚會，巴金出席，又再一次聆聽了周恩來應邀所作的毛澤東關於文藝為工農兵服務方針的報告，和對延安文藝運動情況的介紹。

1945 年 10 月底，蕭珊因妊娠反應無法乘船去上海，被迫滯留在重慶待產，巴金隻身前往上海籌備恢覆文化生活出版社。到上海不久，「值得驕傲的朋友」陸蠡被證實已被日本憲兵殺害，最關心他的三哥又撒手人寰，巴金陷入了喪兄失友的悲痛中。因蕭珊即將分娩，他又懷著悲痛匆忙趕回重慶。1945 年 12 月 16 日，他們的女兒在重慶寬仁醫院出生。巴金為了紀念剛去世的三哥李堯林，給女兒取乳名小林，學名李國煩（有感於國事的煩悶，又契合國字輩，故名國煩。）。從給女兒命名，足見當時巴金的心情。

1946 年 1 月 20 日，巴金參加了文化界名人聯名發表的《陪都文藝界致政治協商會議各委員書》，呼籲廢除國民黨政府的專制文化政策，確立民主的文化建設機制。後他又和張瀾、沈鈞儒、郭沫若等聯名發表《致美國國會爭取和平委員會書》。4 月底，蕭珊帶著女兒小林從重慶先行返回到上海。5 月 5 日，巴金出席了全國文協在張家花園召開的慶祝文藝節大會。11 日，又出席了文聯社發起的文藝座談會，

1946 年 5 月 21 日，巴金離開重慶到了上海。

二、巴金在重慶的創作

巴金在抗戰期間的創作，與陪都重慶緊密相聯。重慶不是成為其創作的背景，就是其創作表現的內容。基於抗日救亡的創作心態，在重慶，巴金不僅創作了立足於現實的一些重要作品，如「人間三部曲」——《憩園》、《第四病室》、《寒夜》等，而且因其創作的心境日趨平和，感情更加節制，其現實主義創作風格發生了重大變化：激情澎湃的一洩千里已過度到通過生活本身來暗示或說明其思想感情。巴金的現實主義風格也因此由深化而終至成熟。

巴金在重慶或以重慶為背景的創作，種類較多，影響較大的是小說和散文。此外，還有翻譯和雜文。

就其小說而言，中長篇小說成就最大，短篇小說也大放異彩。

　　1941 年 3 月 29 日至 5 月 23 日，巴金在重慶創作完成了他在抗日戰爭時期的力作《抗戰三部曲·火》的第二部（又名《馮文淑》）。雖然巴金本人認為《抗戰三部曲·火》「全是失敗之作」，但無法否認他是「爲了喚起讀者抗戰的熱情而寫的」，是「爲了傾吐」他的「愛憎而寫的」，是基於「打擊敵人」、「向群眾宣傳」、「爲當時鬥爭服務」的創作目的和動機而寫的。

　　巴金後來介紹他在重慶創作《抗戰三部曲·火》的第二部（又名《馮文淑》）說道：

　　　　一九四一年初在重慶和幾個朋友住在沙坪壩，其中一位一九三八年參加過戰地工作團，在當時的「第五戰區」做過宣傳工作，我們經常一起散步或者坐茶館。在那些時候他常常談他在工作團的一些情況，我漸漸地熟悉了一些人和事，於是起了寫《火》的第二部的念頭：馮文淑可以在戰地工作團活動了。

　　　　《火》第二部就只寫這件事情，用的全是那位朋友提供的材料。我仍然住在書店的樓上，不過在附近租了一間空屋子。屋子不在正街上，比較清靜，地方不大，裏面只放一張白木小桌和一把白木椅子。我每天上午下午都去，關上門，沒有人來打擾，一天大約寫五六個小時，從三月底寫到五月下旬，我寫完小說，重慶的霧季也就結束了。在寫作的時候我常常找那位朋友，問一些生活的細節，他隨時滿足了我。但是根據第二手的材料，寫我所不熟悉的生活，即使主人公是我熟習的朋友，甚至是我的未婚妻，我也寫不好，因爲環境對我陌生，主人公接觸的一些人我也不熟悉，編造出來，當然四不像。我不能保證我寫出來的人和事是眞實的或者接近眞實，因此作品不能感動人。但其中也有一點眞實，那就是主人公和多數人物的感情，抗日救國的愛國熱情，因爲這個我才把小說編入我的《文集》。

　　巴金正是抱著「祖國永不會滅亡」（海涅《夜思》）的愛國熱情，在重慶沙坪壩創作了《抗戰三部曲·火》第二部（《馮文淑》）。小說寫 1938 年春天，武漢外圍戰正在進行中。馮文淑跟隨上海青救會負責人曾明遠率領的第五戰區戰地服務團，在安徽農村進行抗日動員的宣傳工作。這個擔當宣傳任務的戰地服務團有隊員 12 人，他們深入農村演劇，教歌，辦壁報，搞畫展，作口頭宣傳。開始時，農民對他們的宣傳行爲並不理解，後來逐漸受到了群眾的

歡迎。他們也從純樸、善良的農民身上感受到了其蘊藏的抗戰潛力。當敵人逼近他們所在的小縣城時，戰地服務團的人發生了嚴重的分歧。曾明遠和這個團體的大多數人隨軍轉移，繼續向民眾做宣傳抗日救亡的工作；楊文木、李南星、方群文等人則留了下來，堅持鬥爭。這塊土地雖然被敵人佔領了，可到處都是其陷入泥淖的火坑。

　　小說的故事雖然是聽來的，但作品中的人物和環境卻是巴金所熟悉的。東北流亡青年楊文木，一心想打回老家去，性格急躁；上海「小開」王東，總愛向女人獻小殷勤；有大姐風度的張利群等，都融入了巴金輾轉於上海、昆明、桂林、重慶等地的人生體驗和感悟。特別是主人公馮文淑，更是把蕭珊的性格、氣質和思想賦於她，使之這個人物生動而形象。馮文淑帶著學生的天真活潑和稚氣，開朗大方又不失少女的羞澀，喜歡作弄別人的缺點又富有同情心，愛幻想又重視眼前的細小工作，無憂無慮又吃苦耐勞，完全把自己融入到戰地服務團的這個集體，並在時代的風浪中經受住了考驗。小說中的馮文淑就是現實中蕭珊的寫照。巴金本人也曾說過：

> 我在廣州寫《火》的時候，並未想到要寫三部。只是由於第一部倉卒結束，未盡言又未盡意，我才打算續寫第二部，後來又寫了第三部。寫完第一部時，我說：「還有第二部和第三部。一寫劉波在上海做秘密工作，一寫文淑和素貞在內地的遭遇。」但是寫出來的作品和當初的打算不同，我放棄了劉波，因為我不瞭解「秘密工作」，我甚至用「波遇害」這樣一個電報結束了那個年輕人的生命，把兩部小說的篇幅全留給馮文淑。她一個人將三部小說連在一起。馮文淑也就是蕭珊。

> 第一部裏的馮文淑是八・一三戰爭爆發後的蕭珊。參加青年救亡團和到傷兵醫院當護士都是蕭珊的事情，她當時寫過一篇《在傷兵醫院中》，用慧珠的筆名發表在茅盾同志編輯的《烽火》周刊上，我根據她的文章寫了小說的第二章。這是她的親身經歷，她那時不過是一個高中學生，參加了一些抗戰救國的活動。

> 一九四三年我在桂林寫《火》的第三部，就用轟炸的夢開頭：馮文淑在昆明重溫她在桂林的噩夢，也就是我在回憶一九三八年我和蕭珊在桂林的經歷。

　　因小說的題材是間接來的，巴金本人沒有直接參加過抗日救亡工作的實

際經驗，缺乏足夠的抗戰生活體驗，使之在小說中對人物和場面的描寫不免空疏，對日本侵略者的殘酷行為展示不夠，也未能指明抗戰時期愛國青年的具體出路，整部小說的感染力不強。然而，小說所提供的「個人融入集體」的主題模式，在民族危亡時，廣大青年基於道德熱忱而大聲發出的「大家抗戰去」的呼聲，對日寇的憤怒之火，對抗敵宣傳隊在抗戰中採取戲劇、歌曲等文藝樣式宣傳救亡圖存的作用，無疑為廣大讀者展示了抗戰的新天地：到抗戰後方去，放手發動群眾，堅持抗戰。特別是小說對廣大農民群眾身上蘊藏的抗戰潛力的挖掘和展示，在當時抗戰文學創作中所起的先驅和引導作用，還是不能低估的。

　　1944 年 5 月初，巴金將新婚妻子蕭珊送走後的當天下午，他便到貴陽中央醫院看鼻病，醫師說他的鼻中隔需要動手術矯正，因未預先登記，沒有床位，不能當天住院。他只好返回到旅館，等了兩天。後來，他又換了一家小旅館的小房間，沒有窗戶，白天也要開燈。於是，他白天就到大街上散步，去小旅館坐茶館，去沉思。

　　沉浸在往事的回憶中，不免會想到自己的家鄉成都，想起自己離家之時，家族人丁興旺，18 年後卻衰敗得不忍卒看，尤其是五叔的死，更是促使了巴金深思。他在寫《家》、《春》、《秋》時，已將五叔這個人物作為克定的原型寫了進去。五叔年幼時，聰明伶俐，深受祖父寵愛，長大後卻變成了紈袴子弟，日嫖夜賭，吸毒成癮，敗光了家財萬貫，變得一貧如洗，最後竟淪為慣偷，病死獄中。五叔的遭遇，使巴金認識到祖傳家業與財富並不會「長宜子孫」。1942 年 5 月 7 日，巴金再次回成都，在接下來的兩個月時間裏，他進一步地看到了寄生在成都這個樂園裏的剝削者，居積囤奇，揮金如土所導致的社會風氣，更增加了他寫作的欲望，他要提醒和告誡人們：「財富只能毀滅崇高的理想和善良的氣質，要是它只消耗在個人的利益上面。」〔註8〕

　　出於「替垂死的舊社會唱輓歌」〔註9〕的創作目的和「鞭撻的是制度」〔註10〕的創作意圖，巴金在與蕭珊結婚後組成新家庭之際，開始了《憩園》的創作。兩天後，因到中央醫院第三病室（外科病室）住院動手術，中斷創

〔註 8〕巴金：《愛爾克的燈光》，《巴金文集（10）》，人民文學出版社 1961 年版，第 383 頁。

〔註 9〕巴金：《〈憩園〉法文譯本序》，《海的夢　憩園》，人民文學出版社 2009 年版，第 262 頁。

〔註10〕巴金：《談〈憩園〉》，《巴金全集》第 20 卷，人民文學出版社 1993 年版。

作。出院後，他先在中國旅行社招待所裏住了十多天，繼續寫《憩園》，從早到晚，恨不得一口氣將小說寫完。因爲《憩園》裏的人物和故事，巴金稔熟於胸，寫作像「噴泉似的」從筆端湧出。「越寫越感覺痛快，彷彿在搬走壓在頭上的石塊。」〔註11〕即使在大街上散步的時候，也丟不開了憩園的新舊主人和那兩個家庭，甚至在返渝途中的小客棧裏也沒有停筆，到渝後不久，《憩園》就殺青了。

《憩園》是巴金小說中的藝術瑰寶，至今仍散發出迷人的光輝。在與新婚妻子分別之際創作的這部家族興衰小說，巴金難免會百感交集。自己生病住院，妻子又遠赴四川，離別的愁緒在所難免，但更多的是心有所屬的喜悅。或許基於此，他在緬懷兒時的生活和對家族的記憶上，冷色調的批判更多地讓位於對命運的「同情」和「關注」，對舊家園（憩園）的留戀與嚮往。

小說以講故事的方法，通過「我」——作家黎德瑞（巴金留日和在貴陽中央醫院住院期間都曾使用過的名字）回到故鄉，在街頭邂逅老同學姚國棟，受其邀請，住在其新買的公館憩園裏寫作，親聞目睹了公館前後兩家人的不幸遭遇，揭露了封建禮教對正常人性的扭曲和摧殘，同時昭示了財富不能「長宜子孫」的這個眞理。

小說的故事情節大致如下：

> 睽別 16 年後，我一回到故鄉的省城就邂逅了老同學姚國棟，受他邀請到他的公館「憩園」裏寫作。一到憩園，我就看見聽差們正與一個十幾歲的孩子在爭吵。姚國棟見狀，吩咐聽差趙青雲把我的箱子拿到花廳去，讓我與舊公館的楊家小孩談談。孩子告我他 15 歲了，並要求我將假山旁的茶花折一枝給他。接花後，他道謝而走。

> 姚國棟與萬昭華雖是續弦，卻感情很好。只因前妻的娘家是巨富，他們總是利用小虎來折磨萬昭華。小虎在家裏不肯念書，脾氣又大，時常到他外婆趙家去賭錢，又學了些壞習氣，做後娘的萬昭華不大好管教，左右爲難。我向姚國棟詢問那個前來折茶花的孩子的情況，姚國棟說，他是從前舊公館楊（夢癡）老三的少爺，因花匠老劉請假，趙青雲代爲管理花園，因而對楊家少爺前來折花不滿，楊家少爺又偏要來，兩人爲此經常爭吵。

〔註11〕巴金：《關於〈第四病室〉》，《第四病室》，浙江文藝出版社 2003 年版，第 227、頁。

出於好奇，我來到公館附近的「大仙祠」，驚奇地發現我昨天折給楊少爺的那枝茶花。走進小門，看見一位衣服襤褸的老人，面容衰老，輪廓清秀。我問他話，他點頭作答，我以為他是啞巴，便悵然離去。

小虎在外婆家輸了錢，遷怒於趙青雲去接了他。姚太太拿他沒辦法。我看到眼裏，想幫姚太太勸勸姚國棟管管小虎。

我在姚家的生活自由自在。從第六天開始寫我的第四部長篇小說。小說寫一個老車夫和一個唱書的瞎眼女人的故事。我預計二十天完稿。我來姚家兩周後的一個晚上，散步路過大仙祠時，又看見那個啞巴手裏拿著一本《唐詩三百首》，正咳嗽不已。我猜想他一定是楊老三，本想幫幫他，他卻做手勢叫我出去。

我正在街上為這事疑惑時，遇見了姚國棟。他叫我陪他妻子去看電影，因他要陪趙老太太去聽川戲。我和姚太太來到電影院，看了一部反映美國南北戰爭時期的故事片《戰雲情淚》。姚太太為劇情感動得淚流滿面。中途，電影片子突然斷了。我驀然發現在我右面前三排的座位上，楊家少爺與一位中年太太和年輕人正在竊竊私語。看完電影，我陪姚太太步行回公館。交談中，我明顯地感覺到她語調裏有一種捉摸不定的淡淡的哀愁。當她聽說我正在寫的小說中的老車夫跟瞎眼女人的結局是悲劇時，她請求我改成喜劇。她說：「寫小說的人卻可以給人間多添一點溫暖，揩乾每隻流淚的眼睛，讓每個人歡笑」。她的話，對我觸動很大，乃至於當天晚上失眠了。

第二天，姚國棟前來看我，我趁此勸他好好管管小虎，可他不以為然。楊家小孩來找我，請求我不要再到大仙祠去了。我問他，廟的啞巴是他什麼人？他搖頭哭著離去。

我外出吃晚飯，看見隔壁鍋魁店的漢子將一個偷鍋魁的啞巴打得頭破血流，楊家小孩拔開圍觀的眾人把他接走了。來到大仙祠，我看見楊家小孩正給啞巴療傷，哭著請他回去，或進醫院，他都不願。楊家小孩問我咋辦？我答應明天幫他把他父親送醫院醫治。我回公館時，將楊三老爺的情況告訴了李老漢，叫他去看看。

回到憩園，我心生憂慮，又走出公館，看見一對瞎眼夫妻和他

的兒子正拉著胡琴唱《唐明皇驚夢》。我又不由自主地來到大仙祠，看見李老漢正在安慰楊三老爺。待我重返憩園的天井時，碰見了姚太太。她告訴我，她才看了電影《苦海冤魂》，對片中好心腸的醫生和失業的女戲子被人送上絞刑臺很是不解。人與人之間為什麼不能更好的一點，為什麼一定要互相仇恨呢？從她吐露的心聲中，我看到了她內心的寂寞，便好言勸慰她。

第二天，我如約來到大仙祠，楊三老爺卻不見了，只看見他留給寒兒的一張字條：「忘記我，把我當成已死的人罷。你們永遠找不到我。讓我安安靜靜地過完這一輩子。」寒兒為此大哭不已。追問昨晚他父親給我說了什麼？我告訴他，他父親為了他好，要躲起來。寒兒聽後更加傷心了。

我為此感到寂寞，心裏不痛快，沉浸在寫作的故事之中。老文前來告訴我，預行警報來了，敵機來要空襲，叫我趕快出城去躲。在大門口，我追問李老漢，楊三老爺躲避的原委。李老漢告訴我，幾年前，楊老三從父親手裏分得了一大筆遺產，一所公館，可他除了嫖賭偷騙，一無所能，很快就花光了遺產、妻子的積蓄，公館也被迫賣掉了。大兒子恨他敗家，將他趕出了家門。楊老三流落街頭，成了乞丐，受人唾棄。只有他的小兒子寒兒，同情父親，常常給他送錢、飯食和茶花。在寒兒的懇求下，楊老三又回到家裏住。但大兒子恨他，妻子也不喜歡他，他又被趕了出來。楊老三自己也悔恨不已，便隱性埋名，故意躲了起來。

三個禮拜後，我看見寒兒站在山茶樹下觀望他父親32年前在樹上刻有「楊夢癡——庚戌四月初七」的痕跡。他哀求我有什麼辦法找到他父親，我默默搖頭，叫他忘了他，他卻不願意。這時，姚太太過來，我們一同來到我的房間。寒兒向我們講述了他父親的故事：

自他懂事起，就發現父母常常吵架。爹騙母親的錢，在外面置了一個小公館，與一個稱為老五的下江妓女同居。大伯父死後，二伯父和四爸就鬧著賣公館分家，爹不願賣公館，大哥卻代他簽了字。爹這時才明白祖父臨死時說的話，不留德行，留財產給子孫，是靠不住的。後來，公館就賣給了姚家。公館賣後分得的錢被大哥拿去，

他沒有拿到一分錢。不久，與爹同居的老五又將他值錢的東西偷光了，爹只好回來，大哥很是不滿，常常藉口罵他。有個星期天，我陪爹去看影戲，有人送他送一封信，他就走了。第五天他來信說，他到嘉定生病了，母親叫我給他寄了100元錢，大哥知道後很生氣。三個月，爹忽然回來了。大哥介紹他去做事，沒幹幾天，他就不幹了。大哥一氣之下，又把他趕出了家門。第二年中秋，嫁給王家做二姨太的老五，給爹送來一封信和3萬塊錢，以彌補爹的損失，被大哥拒絕了。又過了一段時間，我在外出買東西時才碰到爹，知道了他住在大仙祠。

姚太太聽後眼裏泛起了淚光，同情楊家小孩的遭遇，叫他常來玩！她還對我說，她想把花園還給楊家小孩，自己一事無成，是個廢人。她對我創作的價值非常推崇，為不能擴大自我而懊惱。最後，她勸我要注意休息，不要太勞累，並把我的原稿拿去看。姚太太走後，我想起她說的「犧牲是最大的幸福」，彷彿增加了無窮的力量，一氣呵成了我的小說。

第二天一早，姚國棟把我從睡夢中叫醒，他叫我與他們夫婦去遊武侯祠。出城時，我在街車上吃驚地看到警察正押著剃了光頭的楊老三，他正吃力地抬著石頭從城外進來，動作稍慢就遭到鞭子的毒打，孱弱的身體，像隨時都可能倒斃的乞丐。到了武侯祠，我無心欣賞景物，楊老三憔悴的面孔總是浮現在我的眼前。姚太太勸姚國棟好好管管小虎，姚國棟承諾從趙家把小虎接回來。當姚氏夫婦到大殿上去抽籤的時候，我遇見寒兒的母親、哥哥和他的未婚妻。中午在外吃午飯時，寒兒還問我打聽到他父親沒有？我告訴他，沒有。

回到憩園，我把遇見楊老三的事告訴了姚氏夫婦，姚國棟俠膽義肝允諾要把楊老三救出來。第二天早上，老文告訴我，姚氏夫婦為小虎吵了架，姚老爺一早就出去了。下午，姚國棟回來說沒有找到人，不好辦。又談起了他和妻子為小虎吵架的事。我藉此勸告他，要好好管管小虎，不要讓趙家的溺愛和金錢毀了他。吃過晚飯，姚國棟夫婦叫我去看電影《吾兒不肖》，我藉故推脫，希望他能通過這

電影吸取教訓。

我接受姚太太的意見，將我完稿的小說「明園」改成「憩園」，修改後寄了出去。當我從郵局回來時，姚國棟皺著眉頭告訴我，楊老三因偷盜抓進了監獄，因他改名孟遲，所以上次託人沒打聽到，如今證實，他關進監獄才一個多月就染霍亂死了，屍首給席子一裹，也不知丟在何處了。我聽後，心情非常沉重。

接下來的一個多星期，我生病了，整天都昏昏沉沉，四肢無力。病好後，與姚國棟夫婦出去玩了三天，回來時，又遇到了楊家小孩。他高興地告訴我，他哥哥明天結婚。隨後，又憂鬱地問我是否知道他爹的消息，我寬慰他說，他爹好像不在省城。寒兒還告訴我，他哥哥有可能調外縣當主任，他擔心搬家後爹爹找不著他們。走時，他邀請我明天去參加他大哥的婚禮。我回家房間，收到小說的一部分稿費 4000 元，隨匯票還有一封前輩作家邀請我快去的信。晚上，我又失眠了。第二天，我告訴姚國棟夫婦，我要走了，他們留我再住半個月。

一晃過了 10 天，趙老太太從外州縣回來後，又要把小虎接去，還請姚家不要時不時地派車去接，姚國棟認為正常，我為小虎的前途和姚一家人的幸福憂慮。

這天下午，我和姚國棟在園裏喝茶閒聊，趙青雲慌張地前來告知，趙老太太派人來請他過去，說虎少爺出城游泳被水沖走了。姚國棟驚惶失措。我安慰他，他卻說：「我知道，我自己也應該負責」，隨及匆忙趕往趙家。

我離開「憩園」的那天晚上，姚國棟夫婦在家裏為我餞行。姚太太哽咽地說，水流太急，小虎沒有找到。姚國棟喝醉後嗚嗚地哭了起來。姚太太邀請我明年一定要來，我傷感地答應了。

第二天一早，姚太太和周嫂來給我送行，姚太太叫我多寫信勸勸姚國棟，並交給我一封信，說是姚國棟送給我的他們倆的結婚照片。我在車上與她道別時，她說：「我真羨慕你能夠自由地往各處跑。」車子路過大仙祠時，大仙祠早在四五天前就拆毀了，呈現在眼前是一片廢墟和瓦礫！

　　從小說文本上看，《憩園》明暗線交織，四個故事互相勾連，成爲一個整體。明線的故事有：憩園客人（黎先生）和新主人（尤其是女主人萬韶華）的日常往來，憩園新主人姚國棟的家庭生活；暗線的故事有：憩園舊主人楊（夢癡）老三的不幸遭遇，客人黎先生在憩園從事同名小說《憩園》的創作情況。一般讀者對新舊主人的興亡印象深刻，而對黎先生與萬韶華的交往，萬昭華對黎先生創作同名小說《憩園》的影響往往忽略，這使得對小說文本的解讀未免膚淺，小說中的一些重要信息和意義未曾引起足夠的重視。這或許是《憩園》自發表以來爭議不斷的原因。

　　小說中，對黎先生和萬韶華交往的敘述含蓄而曖昧。作爲旁觀者，「我」（黎先生）受邀住進了憩園，成爲公館生活的見證者和參與者。隨著「我」替代姚國棟陪同萬韶華去看電影，傾聽寒兒講述其父親的故事，「我」接受萬韶華的建議，改變小說的結局，並將其更名爲《憩園》，「我」和萬紹華之間的關係發生了微妙的變化。萬韶華不僅年輕、漂亮，而且可親、大方，一見面就給「我」留下很好的印象：「她每一笑，房屋便顯得明亮多了，同時我心上那個『莫名的重壓』（這是寂寞，是愁煩，是悔恨，是渴望，是同情，我也講不出，我常常覺得有什麼重的東西壓在我的心上，我總不能拿掉它，是它逼著我寫文章的）也似乎輕了些。」〔註12〕

　　毋庸諱言，「我」喜歡萬昭華，進而對老同學姚國棟有了一絲醋意。當「我」聽到他和萬昭華雖是別人介紹認識的，結了婚卻「過得很好」，「很幸福」時，「我」插嘴道：「像你這樣對結婚生活滿意，還要整天發牢騷，倒不如我一個人獨來獨往自由自在。」當姚國棟談到自己婚後戀愛更有趣時，「我不能忍耐了，便打岔道：『算了，算了，你這種大道理還是拿去跟林語堂博士談罷。』」嫉妒之情溢於言表，甚至波及到了林語堂博士。可萬昭華「兩排白牙齒在我的眼前微微亮了一下」〔註13〕，「我」便醋意漸消，心平氣和了。可是，到了夜晚睡覺時，「我又想著姚太太的家庭生活是不是像她的丈夫所說的那麼幸福。我越想越睡不著。後來我煩躁起來，罵著自己道：『你管別人的事情做什麼？各人有各人的生活方式，用不著你耽心！你好好地睡罷。』」〔註14〕理智如此，「我」仍然徹夜難眠，一直熬到天亮。

〔註12〕巴金：《海的夢　憩園》，人民文學出版社 2009 年版，第 104 頁。
〔註13〕巴金：《海的夢　憩園》，人民文學出版社 2009 年版，第 108 頁。
〔註14〕巴金：《海的夢　憩園》，人民文學出版社 2009 年版，第 111 頁。

「我」總算等來了和萬昭華單獨接觸的機會。受姚國棟所託,「我」替他陪姚太太去看電影《戰雲情淚》。小說濃墨重彩地描寫兩人看電影時複雜的心路歷程:「電燈重燃起來。」她「噓了一口氣,默默埋下了頭。我卻抬起臉,毫無目光地把眼光射到一些座位上去。」〔註 15〕電影結束後,萬紹華的內心仍難平靜,她讓「我」陪她在月夜裏步行回家。在路上,萬紹華向「我」坦露了她對作家的羨慕之情:「我總是這樣想,寫小說的人都懷有一種悲天憫人的菩薩心腸,不然一個人的肚子裏怎麼能容得下許多人的不幸,一個人的筆下怎麼能宣泄許多人的悲哀?」「我相信你們小說家看事情比平常人深刻得多。平常人只會看表面,你們還要發掘人心。我想你們的生活也很苦,看得太深了恐怕還是看到痛苦多,歡樂少……」「我」聽了她的這番表白十分難過:「她的聲音微微地戰抖著,餘音拖得很長,像歎氣,又像哭泣,全進到我的心裏,割著我的心。我失去了忍耐的力量,我忘記了我自己,我恨不能把心挖了出來,我懇切地對她說:『姚太太,我還不能說懂不懂你的意思。不過你不要擔心。請你記住,誦詩有你這樣一位太太,應該是世界上最幸福的人。』」〔註 16〕理性如此,「我」雖理解你內心的寂寞,慈悲你不為人知的孤苦,可能做的就是勸勸老同學好好地珍視你。萬昭華也只能借「我」小說中人物結局的改變,自我安慰了:「黎先生,你為什麼不讓那個老車夫跟瞎眼女人得到幸福?人世間的事情縱然苦多樂少,不見得事事如意。可是你們寫小說的人卻可以給人間多添一點溫暖,揩乾每隻流淚的眼睛,讓每個人歡笑……」〔註 17〕

隨著交往的深入,「我」對萬昭華產生了深深的同情,甚至「無法說明我對她的感情。我可以說,縱使我在現社會中是一個卑不足道的人,我的生命不值一文錢,但是在這時候只要能夠給她帶來幸福,我什麼也不顧惜。可是怎麼能夠讓她明白我這種感情呢?我不能對她說我愛她,因為這也許不是愛。我並沒有別的心思。我只想給她帶來幸福,讓她的臉上永遠現出燦爛的微笑。」〔註 18〕只想給人幸福,這就是愛,是超越男女之情的大愛。正因為「我」對萬昭華理解、同情和心心相印,才使她在聽了楊老三的故事之後,「才懂得什麼叫不幸和痛苦」,「知道活著是怎麼一回事了」,才從個人狹小的空間

〔註 15〕 巴金:《海的夢 憩園》,人民文學出版社 2009 年版,第 138 頁。
〔註 16〕 巴金:《海的夢 憩園》,人民文學出版社 2009 年版,第 142 頁。
〔註 17〕 巴金:《海的夢 憩園》,人民文學出版社 2009 年版,第 143 頁。
〔註 18〕 巴金:《海的夢 憩園》,人民文學出版社 2009 年版,第 166 頁。

走出來，產生一種博愛和悲天憫人的胸懷。所以，萬昭華對「我」在感激之餘說：「同情，愛，互助，這些不再是空話。我的心跟別人的心挨在一起，別人笑，我也快樂，別人哭，我心裏也難過。我在這個人間看見那麼多的痛苦和不幸，可是我又看見更多的愛。我彷彿在書裏聽到了感激的、滿足的笑聲。我的心常常暖和得像在春天一樣。活著究竟是一件美麗的事，我記得你也說過這樣的話。」〔註19〕

萬昭華的坦露心跡和心境改變，使「我」極為感動，最終促使「我」改變了創作計劃：讓老車夫和瞎眼女人結合到一起，並將小說取名為《憩園》。

「憩園」借男女之愛所表現出的大愛和悲天憫人情懷，標誌著巴金思想意識的轉變，究其原因，既與他年齡增長所導致的心理因素變化有關，也離不開他的感情生活。巴金並不否認《憩園》的自敘傳色彩。他說，「小說的敘述者黎先生可能是我，也可能不是我，我1934年11月去日本，改名『黎德瑞。小說裏有我自己的感情，也有我自己的愛憎。」〔註20〕自1923年離開成都外出後，巴金長年單身，四海為家。在漂泊孤獨的日子裏，他結識過許多優秀的女性，如羅淑、楊苡（即楊靜如，《呼嘯山莊》的譯者）、王蕴文，甚至還有波蘭女郎亞里安娜。巴金從日本回來在上海任文化生活出版社總編輯期間，與繆崇群和張祖英夫婦、馬宗融和羅淑夫婦、索非和鞠馨夫婦，過從甚密，結下深厚的友誼。

這些女性友人，對巴金的到來，總是熱情相待，使漂泊孤單的他有一種賓至如歸的溫暖感覺。如「1932年9月，巴金北上探望三哥李堯林和其他朋友。他先到青島看望正在山東大學教書的沈從文。那時沈與張兆和正在熱戀中。然後，他又來到北平，寄住在摯友、散文家繆崇群家中。繆與張祖英剛剛新婚。他們夫婦倆熱情歡迎巴金的到來。繆崇群說，他們把他『當作蜂王，當作長老』一樣來接待。那也正是繆崇群最幸福的日子，自稱過著『蜜蜂一般的生活』。新婦張祖英聽說自己寂寞的丈夫還有這麼一個好友，感到意外的欣喜。她特地縫製一床新被送來給巴金蓋用。因住處窄小，她自己就住到娘家去住。巴金和繆崇群抵足而眠。巴金曾把繆崇群從夢囈中喚醒，繆崇群也聽見巴金輾轉不眠的聲音。」〔註21〕自然，這些女性當中，蕭珊給予他的崇

〔註19〕 巴金：《海的夢 憩園》，人民文學出版社2009年版，第212頁。
〔註20〕 巴金：《談〈憩園〉》，《巴金全集》第20卷，人民文學出版社1993年版。
〔註21〕 丹晨：《巴金與愛情》，《當代作家評論》1992年3期。

拜、溫柔和愛意，更是使他銘記在心。

蜜月新婚期間，身處貴陽「花溪小憩」的巴金，執筆寫《憩園》時，不免百感交集，如今，自己結束了單身和漂泊，終於有了自己的憩園。回首往事，生命中這些天使般的女性，或英年早逝（羅淑、張祖英），或音訊杳茫。感歎之餘，都化著筆下的永恒紀念。《憩園》中姚夫人萬韶華形象無疑凝聚了巴金所結識的女性的綜合投影。正因爲如此，巴金才在小說中將黎先生對姚夫人的暗戀，作爲暗線隱秘曲折地表現出來。「正是在與眾多女性的交往中，巴金感受到一種博大深沉的愛，並深受其感染和薰陶，這使得巴金早年所堅信無疑的無政府主義信仰開始動搖，使其在『我控訴』的創作信條下多了一個『我同情』的創作宗旨，而『控訴』和『同情』這兩種互爲矛盾的情感交織糾纏在一起，最終形成《憩園》獨特的敘事風格和令人費解的敘事動機。」
〔註22〕

1944 年 11 月 10 日桂林淪陷時，巴金與蕭珊住在重慶民國路文化生活出版社樓下一間狹小的屋子裏。白天嘈雜，晚上又常常停電，老鼠又多，巴金心情頗不寧靜。前不久，老友王魯彥患肺結核病死於鄉間的情景還歷歷在目，一些熟悉的好友的身影，在戰亂的幾年之中，相繼消失。巴金在痛失好友的同時，也陷入深深的思索。爲何羅淑、陳範予、林憾廬等正直善良的人卻英年早逝？是什麼使這些才華卓越的友人罹患疾病，齎志而歿？是日寇的入侵，還是國統區的黑暗與腐朽？由此，巴金開始了探究舊中國正直知識分子命運問題的《寒夜》的創作。

《寒夜》的故事發生在抗戰後期的重慶。人物雖是虛構的，但背景和事件都十分眞實。後來，巴金在回憶小說的創作情形時說：「整個故事就在我當時住處的四周進行，在我住房的樓上，在這座大樓的大門口，在民國路和附近的幾條街。人們躲警報，喝酒，吵架，生病……這一類的事每天都在發生。物價飛漲，生活困難，戰場失利，人心惶惶……我不論到哪裏，甚至坐在小屋內，也聽得見一般『小人物』的訴苦和呼籲。」〔註23〕或許正如巴金所說，身處其間，感同身受，描寫底層老百姓生活的《寒夜》，展示的則是戰亂時期陪都平民的悲歡離合。

〔註22〕 王永兵：《〈憩園〉：巴金「爲自己而作」的紀念品》，《安慶師範學院學報》2007
　　　　 年第 4 期。
〔註23〕 巴金：《寒夜》，上海文藝出版社 1985 年版，第 283 頁。

　　小說敘述了小知識分子汪文宣和曾樹生通過自由戀愛而組建的小職員家庭，在抗戰後期竭力維持家庭的完整卻被不合理的社會制度逼上絕路的悲劇，展現了陪都重慶廣大小市民在抗日戰爭後期的生活現狀。

　　小說的內容大致如下：

　　故事發生在 1944 年「湘桂大撤退」時的重慶。一個深秋的晚上，汪文宣剛躲過警報，回到凌亂而狹小的家裏。妻子曾樹生前一天晚上和他吵架後，負氣出走。

　　他們都是大學畢業生，在大學教育繫念書時，對生活充滿熱情的理想和反抗精神。汪文宣不顧母親的反對，和同學曾樹生戀愛、同居。隨後，他又懷著創辦「鄉村化、家庭化的學堂」的遠大抱負走上社會。然而，國民黨政府的腐敗、社會的黑暗、生活的貧困，使他的理想在冷酷的現實中一一破滅。當汪文宣和家人從江南輾轉到了重慶時，他已經喪失了當年的銳氣，忍氣吞聲地在一家半官半商的圖書文具公司當校對，成為了一個安分守己、忍辱偷安的小職員。

　　第二天，汪文宣幾次去大川銀行找曾樹生，請求她跟自己回家。曾樹生不願意回去看婆母的冷眼和譏諷，繼續過那種吵鬧不休的日子。

　　一次，汪文宣發現曾樹生和一個三十多歲的男子一起上國際咖啡店去，心理非常痛苦。他垂頭喪氣地回到又冷又暗的家裏。母親知道他去找過曾樹生，怒氣衝衝地指責他不該向妻子低頭。曾母愛兒子和孫子，卻恨兒媳。因為兒媳對她不恭順，整天不著家，像「花瓶」那樣在外應酬，兒子愛她勝過自己。更使她難以釋懷的是，兒媳不是兒子明媒正娶的，自己稍微對兒媳不滿，兒子總是為她開脫。受到母親責罵，汪文宣心煩意亂，他從家裏出來，在冷酒館裏喝得酩酊大醉。當他踉踉蹌蹌在回家的途中吐得一塌糊塗時，曾樹生碰見了他，憐憫地扶他回家，一場家庭風波暫時平息。

　　汪文宣的工作單調沉悶，他雖任勞任怨，兢兢業業卻因為人老實，加上身體孱弱，編輯部周主任、吳科長等上司總是欺壓他，小潘等同僚也看不起他，只有鍾（奉先）老同情他。因收入微薄，日

子艱難，汪文宣無力支付兒子的學費，連給妻子的生日蛋糕也買不起，卻還要硬著頭皮掏出僅有1000法幣湊份子給周主任做壽。工作中長時間的勞累和家庭紛爭，生活像座山一樣把他壓垮了，他病了，咳嗽、發燒、吐血。但是，他不敢告訴母親和妻子，常常拖著軟弱無力的身子到公司去校那永遠也校不完的似通非通的譯稿。

母親與妻子的爭吵仍沒停息，苦悶的汪文宣又一次喝醉了酒，病到在床上。

日本人打到貴州的消息源源不斷地傳來，大川銀行的陳主任升調為蘭州的經理，要曾樹生隨他一道去蘭州。曾樹生很矛盾，她並不甘心當「花瓶」，也扔不下善良懦弱的汪文宣，對在貧困中受苦的婆婆也有同情。她在外面應酬時想家，可回到家裏，婆婆的敵視和責罵又使她難以忍受。她再也不願這樣過下去，她要先拯救出自己。

陳主任看出了曾樹生的感情矛盾，乘機向她表白自己對她的愛，給她預定到蘭州的飛機票。曾樹生在人生的十字路口惶惑、徘徊、掙扎。汪文宣知道後，勸她走，他不願連累妻子。丈夫的大度使曾樹生感到良心的責備，她拒絕了陳主任的好意。

汪文宣帶病去上班，母親與妻子為此又大吵了一架。曾樹生不怕吃苦，可她受不了婆婆的冷嘲熱諷。當她知道丈夫去上班是為了預支一點薪水給自己買生日禮物時，她又被感化了。

為了給兒子治病，汪母賣掉了丈夫送給她的唯一紀念品——戒指。汪母曾是昆明才女，過慣了舒服的日子，如今淪落為「二等老媽子」，自己做飯、洗衣服，打掃房間，節省開支，勉強維持生計。為了兒子，她什麼苦都能吃，就是受不了兒媳的氣，看不得兒子和媳婦在一起。吵架時，她罵兒媳是花瓶，是兒子的姘頭，叫她滾。

汪母篤信中醫，堅持請張伯情來家裏給兒子治病。張伯情的中藥毫無療效，汪文宣的病越來越嚴重。曾樹生勸他去醫院檢查，他自知是肺病，花一大筆錢去檢查也無用。他不願多花妻子的錢，自己不曾給妻子帶來幸福，也不願過多地拖累她。因為生病，同事對汪文宣惟恐避之不及。他請回家養病，時間一長，公司就派鍾老前來告知他，他被解雇了。

　　曾樹生的調職通知書發下來了，為了擺脫永無休止的爭吵和一家人的生活，也為了自己過得舒適一些，在經過痛苦的掙扎和猶豫後，她最終跟著上司陳主任——一個比她年輕的、有權勢的人到蘭州去了。起先，曾樹生還按時給汪文宣寫信，給家裏寄錢。不久，她給汪文宣寫了一封長信，向他傾訴了自己內心的痛苦，表示要與他結束這種夫妻關係，不過，她仍然按月給汪文宣匯錢。

　　圖書公司換了新主任，在鍾老的幫助下，汪文宣又回公司上班了。因同事知道他患有肺病，對他下了最後通牒，不准他在飯堂與大家一道用膳。世態的炎涼，加上鍾老患霍亂的猝死，使汪文宣遭受到沉重的打擊，他再也無法下床了，連嗓子也啞了。

　　日本人投降了，抗戰總算勝利了。滿街都是慶祝的鞭炮聲和遊行的歡呼聲，可命如遊絲的汪文宣卻無福享受這抗戰勝利的喜悅。他在那間陰暗的小屋裏，一手抓住母親，一手抓住兒子，在人們歡慶勝利的喜悅中，淒慘地咽下了最後一口氣。

　　兩個月後，曾樹生請假回重慶，才知道丈夫已在抗戰勝利的鞭炮中死於貧病，兒子也隨婆母搬走了，不知去向。她茫然地徘徊在街頭，不知道是該去找兒子，還是回蘭州去答應陳經理的要求。寒夜的確太冷了。她需要溫暖。

　小說主人公汪文宣和曾樹生，畢業於上海某大學教育系，因有著共同的理想：追求個性解放（蔑視和反抗封建禮教）和奉行教育救國（辦一所鄉村化、家庭化的學堂）而戀愛同居。然而，他們身處戰亂的陪都重慶，腐敗的社會制度和日寇的侵略炮火，轟毀了他們的理想和事業。汪文宣在一個半官半商的圖書公司做校對，身體孱弱，患有肺病，卻為了一份微薄的養家薪水，被迫泯滅自己的個性，謹小慎微地忍受上司的冷眼、同事的奚落，可仍然不討好，最後被辭退。汪文宣雖有正義感，看不慣社會上的醜惡現象，卻因體弱失業、貧困疾病而找不到拯救自新之路。他盼望抗戰勝利早日到來，又預感到即便打敗了日寇，母親和兒子的命運也不會得到徹底的改變。最終，在抗戰勝利的鑼鼓聲中，他帶著精神與肉體的極大痛苦，淒涼地離開了人世。曾樹生不同於汪文宣，她不甘屈服，在外界（單位和家庭）壓抑的環境中並沒有失去生活的勇氣。她不甘心就這樣過一輩子死氣沉沉的生活。曾樹生雖

近不惑之年，卻依然散發著青春氣息。雖為生活所迫，被迫做了大川銀行的「花瓶」，但她仍然保持著純樸正直的本性。在家裏，因與汪文宣沒有正式結婚，遭到了保守婆母的歧視、指責。丈夫的懦弱和兒子的冷漠，使她對那個了無生氣的家庭感到窒息和絕望，常常產生逃離家庭的念頭。她因為愛丈夫，才忍氣吞聲地為這個家庭做出了犧牲和讓步。或許在她內心深處還潛存著對幸福生活的幻想，陳主任的適時追求，使她面對取捨，徘徊不定：「走」的前景和「留」的苦澀，生命的愉悅和無望的犧牲，無數次的審視和決斷縈繞著她。丈夫生病失業後，因與婆母關係進一步惡化和一家人的生計，曾樹生跟隨上司陳主任去了蘭州，可她並沒有遺棄丈夫和家人，到蘭州後還按月寄錢回家供兒子讀書。抗戰勝利後急忙飛回重慶尋找家人。與汪文宣相比，曾樹生雖然身上有著種種弱點，諸如任性而自尊、聰明而愛虛榮，但她的「救出自己」比起汪文宣的「自我壓抑」還是要進步得多。然而，在黑暗腐敗的社會制度中，曾樹生的「自救」努力，實際上是徒勞的，她和汪文宣一樣，都是被黑暗社會所吞噬的另一種類型的人。小說中的汪母，形象更為複雜，作為老一代知識女性的典型，她受過舊式教育，看人論事仍然秉承著陳腐的舊道德觀念。戰爭使她從一個昆明「才女」變成了操持家務的老媽子，身心遭受壓抑而性格變得扭曲。她始終不承認曾樹生是自己名媒正娶的兒媳，因而對她的一切行為都看不慣，常常以長者的身份橫加干涉與指責，甚至罵她是兒子的「姘頭」，這必然遭到「自救」者曾樹生的反抗和沉溺者汪文宣的敷衍。或許戰爭使她失去一切，她無處發泄，因而固執已見。為了兒子和孫子，她寧願挨餓和忍受一切痛苦，也不願讓兒媳來養活自己。她不滿兒媳的所作所為，妒忌兒媳分享自己對兒子的愛，叫她滾出家門。或許陳腐的教育和觀念，使她愚昧而糊塗。她為家庭的紛爭常常反思，卻又不明事理，而把原因歸咎於讀書：「我後悔當初不該讀書，更不該讓你也讀書。我害了你一輩子，也害了我自己。」當抗戰勝利後，她也曾一度幻想，從此「我們不再吃苦了」，但隨著兒子的病死，她一夜之間愁白了頭髮。為了生存，她只好帶著孫子流浪去了遠方……

《寒夜》的情節並不曲折，場面也不驚險緊張，感染讀者是小說中人物的命運和精神世界。小說以「寒夜」為意境中心，點面結合，圍繞汪文宣、曾樹生和汪母等主要人物的獨特個性，採用了心理分析的方法來揭示人物的內心矛盾和人物之間的情感衝突。隨著情節的展開和推進，將人物的心理活

動與環境氣氛融為一體。如汪文宣無意間發現妻子與陳主任在一起的複雜心緒和曾樹生到蘭州前「去」「留」的內心衝突，就將人物內心的痛苦表現得非常感人。不僅如此，巴金對人物心靈的隱秘和人物在對立情勢下複雜的心理軌跡和逆反心理，把握著精準，描寫達到了高度個性化。此外，小說中對比、映襯手法的運用也可圈可點，如被社會遺棄的汪文宣卻置身於愛的包圍中；汪文宣與曾樹生鮮明的性格對比等，也屢屢被人稱道。

巴金曾在《〈寒夜〉後記》中闡明自己寫作這部小說的最初動機。他說，「我只寫了一些耳聞目睹的小事，我只寫了一個肺病患者的血痰，我只寫了一個渺小的讀書人的生與死。但是我並沒有撒謊。我親眼看見那些血痰，它們至今還深深印在我的腦際，它們逼著我拿起筆替那些吐盡了血痰死去的人和那些還沒有吐盡血痰的人講話。」〔註24〕在一次空襲警報剛剛解除後不久，巴金受此觸動，寫下了汪文宣躲警報的場面。剛開了頭，就因其他事而耽擱下來。

巴金基於「好人得不到好報」而創作的《寒夜》，在塑造主人公汪文宣時，既融入了自己和那些英年早逝的友人（老友陳範予患了肺結核死在武夷山，王魯彥寂寞淒涼的死在鄉下，表弟在肺結核的折磨下死去；還有三哥李堯林的英年早逝）在戰亂時顛沛流離的影子，更多的原型則是他的好友繆崇群。1961年11月20日，他在《談〈寒夜〉》中寫道：「『斜坡上』的孤墳裏埋著我的朋友繆崇群。那位有獨特風格的散文作家很早就害肺病。我一九三二年一月第一次看見他，他臉色蒼白，經常咳嗽，以後他的身體時好時壞，一九四五年一月他病死在北碚的江蘇醫院。他的性格有幾分像汪文宣，他從來不肯麻煩別人，也害怕傷害別人，到處都不受人重視。他沒有家，孤零零的一個人；靜悄悄地活著，又有點像鍾老。據說他進醫院前，病在床上，想喝一口水也喝不到；他不肯開口，也不願讓人知道他的病痛。他斷氣的時候，沒有一個熟人在場。我得了消息連忙趕到北碚，只看見他的新墳，就像我在小說裏描寫的那樣。連兩個紙花圈也是原來的樣子，我不過把『崇群』二字換成了『文宣』。」〔註25〕

長篇小說《寒夜》被譽為巴金「家庭題材小說」的爐火純青之作。人們評價：「它凝聚著作家抗戰八年的豐富生活、血淚的感受、深沉的思想感情，

〔註24〕巴金：《寒夜》，上海文藝出版社1985年版，第280頁。
〔註25〕巴金：《寒夜》，上海文藝出版社1985年版，第295頁。

它改變了自己早期作品中過多的抽象議論的筆法，更趨於對現實生活的客觀真實的再現，及對人物心靈的細膩刻畫，讓形象說話，因而作品有一種動人心弦的力量。它的出現，表現出巴金的創作進入了成熟的現實主義階段，標誌著巴金的創作進入了第二個高峰時期。」〔註26〕

《寒夜》的寫作斷斷續續，第一章從1944年初冬在重慶躲警報後開始，後因事耽擱，一年後又接著寫，大約寫了三分之一後又停了下來，一直到搬回上海的淮海坊才最終完稿，時間已是1946年的除夕了。

1945年5月到7月，巴金出於「控訴當時的社會」的動機，在重慶沙坪壩一個朋友的家裏，根據自己1944年6月在貴陽中央醫院第三病室住院的親身經歷，創作了「真實生活的記錄」的小說《第四病室》。在小說中，巴金把自己「原來的第三病室同第四病室顛倒一下，連用床位號碼稱呼病人」，「也保留下來了。」「……那個燒傷工人因為公司不肯負擔醫藥費，終於在病房裏痛苦地死去；那個小公務員因為父親患病和死亡給弄得焦頭爛額；那個因為車禍斷了左臂的某器材庫員在受盡折磨之後不知由於什麼原因得了傷寒，病情惡化；還有那個給挖掉一隻眼睛的病人等等，等等，我都是按照真實寫下來的，沒有概括，也沒有提高。」〔註27〕小說中只有醫生楊木華，護士林惜華和病人朱雲標，才是作者加工塑造的。

巴金在小說中借一個病人陸懷民（借用了朱雲標的本姓）在醫院十八天的「病中日記」，將戰時大後方的眾生相真實而生動地呈現了出來。醫院本是救死扶傷、治病救人的地方，而在貴陽中央醫院，住院病人「得用現款買藥，自己不買紗布就不能換藥，沒有錢買藥就只有不停地給打鹽水針。」〔註28〕一些付不出小費的病人，護理的工友就不給予清理便器，以致被大小便憋得呼天喊地，院長、醫生、護士對此卻熟視無睹。

小說記載的雖是作者在貴陽中央醫院的見聞，卻也是重慶現實社會的真實寫照。作品以日記體的方式，淋漓盡致地把戰時中國大後方人民的痛苦、國民黨統治之下的黑暗冷酷表現出來。一間有二十幾張病床的外科病房，正是當時中國社會的縮影。在病室裏，病人怎樣受苦，怎樣死亡，在社會裏人

〔註26〕 胡永修　周芸芳：《巴金研究》，電子科技大學出版社1993年版。

〔註27〕 巴金：《關於〈第四病室〉》，《第四病室》，浙江文藝出版社2003年版，第229頁。

〔註28〕 巴金：《關於〈第四病室〉》，《第四病室》，浙江文藝出版社2003年版，第229頁。

們也同樣地受苦，同樣地死亡。小說既深刻地揭示金錢支配人間關係的酷烈現實，也張揚了對於人間情懷和人道主義的呼喚。巴金基於「作爲一個病人非常希望有這樣一位醫生」的創作心理，塑造一位年輕醫生楊木華，「她不把病人看作機器或者模型，她知道他們都是有靈魂、有感情的人。」楊木華是「這種痛苦、悲慘的生活中閃爍著的一線亮光」，「她隨時在努力幫助別人減輕痛苦，鼓舞別人的生活的勇氣，要別人『變得善良些，純潔些，對人有用些……』」。〔註29〕

《第四病室》的意義和價值，就在於現實主義筆法的真實。或許因爲小說沒有主人公，沒有曲折動人的故事情節，通篇又採用冷靜的、白描的、記事性的文體，對一個小小病房的日常生活進行細緻入微地描寫，才導致它沒有受到過應有重視和廣泛好評。然而，其現實主義的創作方法在今天仍有借鑒的意義。

在抗戰時期的陪都期間，巴金除了創作《抗戰三部曲‧火》第二部《馮文淑》和「人間三部曲」——《憩園》、《第四病室》、《寒夜》外，還創作和出版了一些「寫一點生活，讓那種生活來暗示或說明我的思想感情」〔註30〕的短篇小說。如他在 1941 年底創作的兩篇反戰短篇小說《還魂草》和《某夫婦》，不僅與重慶生活密切相關，而且還是抗戰期間短篇小說的力作。

《還魂草》寫於 1941 年 12 月 4 日，發表於 1942 年 1 月 15 日出版的《文藝雜誌》創刊號。全文長達 4 萬字，直接描寫了作者在沙坪壩互生書店樓上曾經度過的一段生活。長期生活在大後方，無數次遭遇日寇的狂轟爛炸，親聞目睹了人民的深重災難，激發起巴金對日寇暴行的滿腔仇恨和對人民群眾的深切同情。他寫下了這篇歌頌青春的美麗，友誼的真摯，與對黑暗世界控訴的短篇小說。

小說採用第一人稱的方式來敘述故事情節，我和作品中主人公黎先生爲同一個人，這樣就能避免置身於故事之外的客觀敘述，便於敘事抒情。故事情節雖很簡單，卻以情動人。還魂草的故事，本是巴金筆下的人物黎先生小時候聽一個年長朋友講的一個民間傳說：「將自己的血培養一種草，長成了就用它去救活一個死去的友人。」住在朋友書店裏的黎先生，孤單而寂寞，幸

〔註29〕 巴金：《關於〈第四病室〉》，《第四病室》，浙江文藝出版社 2003 年版，第 232 頁。
〔註30〕 巴金：《談我的短篇小說》，1958 年 6 月《人民文學》6 月號。

好有兩個小女孩常常來陪伴。她們喜歡聽故事，今天輪到「我」（黎先生）在小屋裏將這個聽來的故事講給兩個小女孩利莎和秦家鳳聽。雖然屋外彌漫著燄人的煤煙和塵埃，在逼仄的小屋裏，大人與小孩之間卻搭建起了互相關心的紐帶。黎先生在寫作之餘，常常得到朋友的小女孩利莎及其女同學秦家鳳的愛護和照顧。小女孩天眞活潑，愛聽故事，黎先生常常應邀給她倆講故事，時間一久，彼此間建立了眞摯的友情。特別是利莎和秦家鳳之間純潔的友誼，對人世間總是充滿希望的美麗心靈給予了他心靈上無限的安慰，每當他陷於心靈上的困頓時，利莎和秦家鳳就彷彿是上天派來的小天使，總能及時出現，給他帶來心靈上的清風，吹散他心上的陰霾。後來，秦家鳳及其母親被敵機炸死。利莎到處尋找還魂草，拿針刺出手指頭的血來培養它，奢求救活死去的好友。小說在一種哀傷的氣氛中結束。在戰爭中，利莎父親的小書店也難於幸存，化爲灰燼。無奈之餘，利莎與母親搬往別處安家，「我」則與她父親住在大學宿舍，幫忙把書店早些恢復起來。小說通過天眞爛漫的小姑娘秦家鳳的慘死，揭露了日本侵略者的殘酷與罪行，勾勒了國統區陰暗的生活畫面，激發人們爲了孩子的生存，爲了領土的完整而鬥爭。

巴金寫完《還魂草》之後，又於同月 27 日創作了短篇小說《某夫婦》。小說同樣以第一人稱寫法，反映了朋友溫和明方一家的不幸遭遇。他們夫妻感情甚篤，溫暖幸福，有個可愛的孩子。不久，溫到甘肅去，留下太太和孩子在江津教書。後來，溫被日寇飛機炸死，明方獲悉趕去料理後事，悲痛欲絕，囑咐小孩長大後一要報仇雪恨，希望他「一定可以做他父親未做了的事。」小說雖無曲折情節，卻寫得沉痛委婉，感人至深。它既深刻地地揭露和控訴日本侵略者暴行，又抨擊譏諷了國民黨頑固派的腐敗無能，也曲折地反映了大後方進步知識分子報國無門的憂鬱積憤。

巴金在抗戰時期的陪都期間，還創作了不少堪稱美文的散文。主要收入《無題》（1941 年 6 月）、《龍·虎·狗》（1942 年 1 月）、《廢園外》（1942 年 6 月）、《小人小事》（1945 年 12 月）、《旅途雜記》（1946 年 4 月）和《懷念》（1947 年 8 月）等集中。在這些題材多樣的散文中，以遊記、抒情小品和序跋居多，隨筆而就，感情充沛，文筆流暢。如收入《旅途雜記》集中的《在瀘縣》（1940 年 12 月），就流露出樂觀的抗戰情緒，教人相信任何野蠻的侵略力量都不能毀滅中國，中國人民將在廢墟上建起九層的寶塔。《別桂林及其他》、《貴陽短簡》、《成渝路上》等，記載了抗戰期間民眾逃難的場景，具體

生動地描述了中國人民在戰時的苦難生活與堅定團結的抗日精神。《廢園外》集中所收篇什題材不一，內容有異，但眞情合一，形散而目標神聚，誠如巴金在其《後記》中所言：「這些不像樣的零碎文章，都是被一個信念貫串著的，那就是全國人民所爭取的目標：正義的最後勝利。」《懷念》集中悼唁師長及亡友的文章，感情眞摯而深沉，師長及友人的音容笑貌和美好心靈，栩栩如生。如《紀念友人世彌》，懷念已故友人——女作家羅淑。她爲人正直、熱情、賢淑和果敢。爲她的英年早逝、死於庸醫不勝惋惜。再如《寫給彥兄》，巴金對師友王魯彥在貧病中的堅強和樂觀極爲推崇，對他高尚的品格禮贊有加，爲他常年漂泊在外，積極從事抗日救亡運動和推廣世界語導致積勞成疾，英年早逝哀悼不已！

　　巴金較重視序跋的寫作，幾乎每一部著作的出版、再版或重印，他都會寫下平實而流暢的前記、後記或題記、小引等文字，幫助讀者更好地理解他的作品。在這些序跋中，他總會介紹其寫作意圖、背景、經過、內容和修訂情況等。這些序跋都是很好的散文，保持著一貫的寫作風格，以閒話拉家常的方式敘說著這部作品的寫作動機、態度，隨意發揮，有時也難免有嘮叨的毛病。如《火》第二部的《後記》以簡潔的文字介紹了寫作的經過，第三部的《後記》較長，字裏行間留下了抗戰期間物價飛漲對出版業的衝擊。《憩園》的《後記》，先闢報紙說他棄文經商的謠言，繼之道出本書的寫作目的和寫作過程。《第四病室》的《小引》，彼爲新奇，以兩封信來交代了小說材料的來源和主人公的命運。《寒夜》的《後記》，先交待寫作本書的生活情形，接著信手諷刺耿庸批評他「不敢面對鮮血淋漓的現實」，專寫「小人小事」的現實原因，而沒像「批評家」所吩咐的那樣，在小說的最後加上一句「哎喲，黎明！」因爲「那些被不合理的制度催毀、被生活拖死的人斷氣時已經沒有力量呼叫『黎明』了。」

　　此外，巴金在渝期間，也翻譯過不少外國文學作品，計有（俄）赫爾岑的《家庭的戲劇》、（俄）克魯泡特金的《倫理學》、（德）斯托姆的《遲開的薔薇》、（俄）屠格涅夫的《處女地》、《父與子》和《散文詩》等。巴金在創作之餘，花費大量的時間去從事翻譯，其心態和創作是一樣的。誠如他說：「寫作只是爲了戰鬥」，「我用自己的武器，也用揀來的別人的武器戰鬥了一生。」「我翻譯外國前輩的作品，也不過是借別人的口講自己的心裏話。」〔註31〕

〔註31〕　《巴金譯文選集·序》，生活·讀書·新知三聯書店 2003 年版。